COLLECTION JULES VERNE

COLLECTION JULES VERNE
BAND 14

Die geheimnisvolle Insel

Band 1

Pawlak Taschenbuch Verlag, Berlin, Herrsching

Nachdruck mit freundlicher Genehmigung des
Verlages A. Hartleben, Inh. Dr. Walter Rob, Wien I.
Die Vorlagen für die Umschlagillustrationen der
Collection Jules Verne sind Jules Verne Bänden,
erschienen im A. Hartleben's Verlag, Wien, entnommen.
Umschlaggestaltung: Bine Cordes, Weyarn
Die Orthographie wurde der heutigen Schreibweise angeglichen.

Gesamtherstellung: Elsnerdruck GmbH, Berlin
Printed in Germany
ISBN: 3-8224-1014-4

Inhalt

Erstes Kapitel 7

Der Orkan von 1865. – Rufe in der Luft. – Ein Ballon in der Gewalt einer Trombe. – Die Hülle zerrissen. – Nichts als Himmel und Wasser. – Fünf Passagiere. – Was in der Gondel vorgeht. – Eine Küste in Sicht. – Die Lösung des Dramas

Zweites Kapitel 14

Ein Episode aus dem Sezessionskriege. – Der Ingenieur Cyrus Smith. – Gedeon Spilett. – Der Neger Nab. – Pencroff, der Seemann. – Der junge Harbert. – Ein unerwarteter Vorschlag. – Zusammentreffen um zehn Uhr abends. – Abfahrt im Sturme.

Drittes Kapitel 24

Um fünf Uhr nachmittags. – Der Fehlende. – Nabs Verzweiflung. – Nachsuchungen im Norden. – Das Eiland. – Eine Nacht der Angst. – Der Morgennebel. – Nab schwimmt. – Ansicht des Landes. – Durchzug durch den Kanal.

Viertes Kapitel 33

Die Steinmuscheln. – Der Fluß an seiner Mündung. – Die Kamine. – Fortsetzung der Nachforschungen. – Ein Wald grüner Bäume. – Vorrat an Brennmaterial. – Man erwartet die Ebbe. – Von der Höhe der Küste. – Eine Ladung Holz. – Die Rückkehr zum Ufer

Fünftes Kapitel 42

Häusliche Einrichtung. – Eine wichtige Frage. – Das Zündhölzchen-Etui. – Nachsuchung am Strande. – Des Reporters und Nabs Rückkehr. – Ein einziges Streichhölzchen! – Das lodernde Herdfeuer. – Die erste Mahlzeit. – Die erste Nacht auf dem Lande

Sechstes Kapitel 51

Das Inventar der Schiffbrüchigen. – Nichts! – Ersatz für eine Lunte. – Ausflug in den Wald. – Die Flora der grünen Bäume. – Der Jacamar auf der Flucht. – Spuren wilder Tiere. – Die Kurukus. – Die Tetras. – Eine sonderbare Angelfischerei

Siebtes Kapitel 60

Nab ist noch nicht zurück. – Betrachtungen des Reporters. – Das Abendbrot. – Eine drohende, schlechte Nacht. – Der Sturm ist entsetzlich. – Aufbruch in der Nacht. – Kampf gegen Regen und Wind. – Acht Meilen von der ersten Niederlassung.

Achtes Kapitel 70

Lebend oder tot? – Nabs Bericht. – Die Fußabdrücke. – Eine unlösliche Frage. – Cyrus Smiths erste Worte. – Die Konstatierung der Fußspur. – Rückkehr nach den Kaminen. – Pencroffs Entsetzen

Neuntes Kapitel 80

Cyrus ist ja da! – Pencroffs Versuche. – Geriebenes Holz. – Insel oder Festland? – Des Ingenieurs Projekte. – Auf welchem Punkte des Pazifischen Ozeans? – Mitten im Walde. – Die Pinie. – Eine Wasserschweinjagd. – Rauch von guter Vorbedeutung.

Zehntes Kapitel 91

Eine Erfindung des Ingenieurs. – Was Cyrus Smith vor allem beschäftigt. – Aufbruch nach dem Berge. – Der Wald. – Vulkanischer Boden. – Die Tragopans. – Die wilden Schafe. – Die erste Hochebene. – Das Nachtlager. – Der Gipfel des Kegels.

Elftes Kapitel 101

Auf dem Gipfel des Kegels. – Das Innere des Kraters. – Ringsherum Wasser. – Kein Land in Sicht. – Das Ufer aus der Vogelschau. – Hydrographie und Orographie. – Ist die Insel bewohnt? – Taufe der Baien, Buchten, Kaps, Flüsse usw. – Die Insel Lincoln.

Zwölftes Kapitel 112
Regulierung der Uhren. – Pencroff ist befriedigt. – Ein verdächtiger Rauch. – Der Lauf des Roten Flusses. – Die Flora der Insel Lincoln. – Die Fauna. – Die Bergfasane. – Verfolgung von Känguruhs. – Die Agutis, Grants-See. – Rückkehr nach den Kaminen.

Dreizehntes Kapitel 122
Was man an Top findet. – Herstellung von Pfeilen und Bögen. – Eine Ziegelei. – Der Töpferofen. – Verschiedene Küchengeräte. – Der erste Topf Suppe. – Wermut-Kraut. – Das südliche Kreuz. – Eine wichtige astronomische Beobachtung.

Vierzehntes Kapitel 134
Messung der Granitwand. – Eine Anwendung des Lehrsatzes von den ähnlichen Dreiecken. – Die geographische Breite der Insel. – Ein Ausflug nach Norden. – Eine Austernbank. – Zukunftsprojekte. – Der Meridiandurchgang der Sonne. – Die Koordinaten der Insel Lincoln.

Fünfzehntes Kapitel 144
Die Überwinterung wird endgültig beschlossen. – Die metallurgische Frage. – Durchforschung der Insel des Heils. – Robbenjagd. – Fang eines Echidnus. – Der Kula. – Was man die katalonische Methode nennt. – Eisenfabrikation. – Wie man Stahl erhält.

Sechzehntes Kapitel 153
Die Wohnungsfrage wird nochmals behandelt. – Pencroffs Phantasien. – Eine Untersuchung der Nordseite des Sees. – Der Nordrand des Plateaus. – Die Schlangen. – Das Ende des Sees. – Tops Unruhe. – Top im Wasser. – Ein Kampf unter dem Wasser. – Der Dugong.

Siebzehntes Kapitel 162
Besuch des Sees. – Der Wegweiser. – Cyrus Smiths Projekte. – Das Dugongfett. – Verwandlung des Toneisensteins. – Das schwefelsaure Eisen. – Wie Glyzerin erzeugt wird. – Die Seife. – Salpeter. – Salpetersäure. – Der neue Wasserfall.

Achtzehntes Kapitel 172
Pencroff verlernt das Zweifeln. – Der frühere Abfluß des Sees. – Unter die Erde. – Der Weg durch den Granit. – Top ist verschwunden. – Die innere Haupthöhle. – Der Schacht. – Ein Geheimnis. – Mit der Hacke. – Die Rückkehr.

Neunzehntes Kapitel 181
Cyrus Smiths Plan. – Die Fassade des Granithauses. – Die Strickleiter. – Pencroffs Träume. – Die aromatischen Kräuter. – Ein natürlicher Kaninchenbau. – Ableitung des Wassers für den Bedarf der neuen Wohnung. – Die Aussicht von den Fenstern des Granithauses.

Zwanzigstes Kapitel 191
Die Regenzeit. – Die Kleidungsfrage. – Eine Robbenjagd. – Fabrikation von Kerzen. – Häusliche Arbeiten. – Die beiden Brückchen. – Rückkehr von einem Besuche der Austernbank. – Was Harbert in seiner Tasche fand.

Einundzwanzigstes Kapitel 200
Einige Grade unter Null. – Untersuchung der Sumpfstrecken im Südosten. – Eine Art Füchse. – Ansicht des Meeres. – Ein Gespräch über die Zukunft des Pazifischen Ozeans. – Die Arbeit der Infusorien. – Was einmal aus der Erde wird. – Die Jagd. – Der Fuchsenten-Sumpf.

Zweiundzwanzigstes Kapitel 209
Die Fallen. – Die Füchse. – Die Bisamschweine. – Nordwestwind. – Ein Schneesturm. – Die Korbmacher. – Größte Winterkälte. – Die Kristallisation des Ahornzuckers. – Der geheimnisvolle Schacht. – Eine projektierte Nachforschung. – Das Schrotkörnchen.

Die Schiffbrüchigen des Luftmeers

Erstes Kapitel

Der Orkan von 1865. – Rufe in der Luft. – Ein Ballon in der Gewalt einer Trombe. – Die Hülle zerrissen. – Nichts als Himmel und Wasser. – Fünf Passagiere. – Was in der Gondel vorgeht. – Eine Küste in Sicht. – Die Lösung des Dramas.

»Steigen wir wieder?«

»Nein. Im Gegenteil, wir gehen herab.«

»Noch schlimmer, Herr Cyrus! Wir – fallen!«

»Herrgott! So werfen Sie Ballast aus!«

»Da ist der letzte schon entleerte Sack.«

»Erhebt sich der Ballon?«

»Nein!«

»Ich höre etwas wie Wellengeplätscher.«

»Unter der Gondel ist das Meer.«

»Und höchstens fünfhundert Fuß unter uns!«

»Da schallte eine mächtige Stimme durch die Luft und erklangen die Worte:

»Alles, was ein Gewicht hat, hinaus damit . . .! Alles! Und dann sei Gott uns gnädig!«

Dieser Zuruf verhallte am 23. März 1865 gegen vier Uhr nachmittags über der Wasserwüste des Pazifischen Ozeans in den Lüften.

Gewiß hat noch niemand den verheerenden Nordoststurm vergessen, der zur Zeit der Frühlingsäquinoktien jenes Jahres ausbrach, und welchen ein Sinken des Barometers bis auf 710mm. begleitete. Unausgesetzt wütete jener vom 18. bis zum 24. März.

In Europa, Asien und Amerika richtete er in einem 1800 Meilen breiten, den Äquator schief durchschneidenden Striche von 35° nördlicher bis zu 40° südlicher Breite ungeheure Verwüstungen an. Zerstörte Städte, aus dem Boden gerissene Wälder, durch darüber gestürzte Wogenberge verheerte Ufer, gescheiterte Schiffe, welche das Büro Veritas nach Hunderten zählte, ganze, durch Wasserhosen nivellierte Landstrecken, Tausende von Menschen, die auf dem Lande umkamen oder vom Meere verschlungen wurden, – das waren die traurigen Spuren, welche dieser wütende Orkan auf seinem Wege hinterließ. An Zahl der Unfälle übertraf er noch jene, die über Havanna und Guadeloupe, der eine am 25. Oktober 1810, der andere am 26. Juli 1825, hereinbrachen.

Während dieser vielfachen Katastrophen auf dem Lande und dem Meere spielte sich auch in den wildbewegten Lüften ein ergreifendes Drama ab.

Von dem Gipfel einer Trombe gleich einer Kugel auf dem Fontänenstrahle getragen und von der wurmförmigen Bewegung der Luftmassen erfaßt, flog ein Ballon in fortwährender Drehung um sich selbst mit der rasenden Schnelligkeit von neunzig Meilen in der Stunde. (= 46 Meter in der Sekunde oder 166 Kilometer in der Stunde) durch den unendlichen Raum dahin.

Unter demselben schaukelte eine Gondel mit fünf Insassen, die inmitten der dichten mit Wasserstaub vermengten Dünste, welche über den Ozean dahinjagten, kaum sichtbar war.

Woher kam dieses Luftschiff, dieser Spielball des entsetzlichen Sturmes? An welchem Punkte der Erde war er aufgestiegen? Während des Orkans selbst konnte es doch nicht wohl abgegangen sein, jener währte schon fünf Tage lang an und gingen seine ersten Anfänge bis auf den 18. März zurück. Gewiß mußte der Ballon von sehr weit herkommen, da er binnen vierundzwanzig Stunden mindestens 2000 Meilen zurücklegte.

Jedenfalls stand den Passagieren kein Hilfsmittel zu Gebote, den seit ihrer Abreise zurückgelegten Weg abzuschätzen, da ihnen jedes Merkzeichen dafür abging. Ja, sie befanden sich sogar in der sonderbaren Lage, von dem Sturme, der sie entführte, nicht das geringste gewahr zu werden. Sie flogen eben weiter, drehten sich um sich selbst und bemerkten weder etwas von der Drehung, noch von ihrer horizontalen Fortbewegung, da ihr Blick die dichten Nebelmassen, die sich unter der Gondel zusammenballten, nicht zu durchdringen vermochte. Die Dunkelheit der umgebenden Wolken war eine so große, daß sie nicht einmal Tag und Nacht unterscheiden ließ. Solange sie in hohen Luftschichten dahinschwebten, traf sie kein Lichtstrahl, drang kein Geräusch von der bewohnten Erde, kein Rauschen des empörten Meeres bis zu ihnen hinauf. Nur ihr schneller Fall sollte sie über die Gefahren belehren, die ihnen über den Wassern drohten.

Von allen schwerwiegenden Gegenständen, wie Waffen, Munition, Lebensmitteln usw. entlastet, stieg der Ballon 4500 Fuß in die höheren Luftschichten auf. Nachdem sie das Meer unter ihrer Gondel gesehen, hielten sich die Passagiere in der Höhe für weit weniger gefährdet als in der Tiefe, zauderten keinen Augenblick, auch die sonst nützlichsten und notwendigsten Gegenstände über Bord zu werfen, und achteten nur darauf, kein Atom von der Seele ihres Fahrzeugs, dem Gase, zu verlieren, das sie über dem Abgrunde schwebend erhielt.

Voll Unruhe und Angst verstrich die Nacht, welche für minder energische Geister tödlich gewesen wäre. Dann kam der Tag wieder, und gleichzeitig schien die Wut des Sturmes nachzulassen. Mit der Morgenröte des 24. März hoben sich die durchsichtiger gewordenen Wolkenmassen; nach wenigen Stunden zerriß die Trombe. Der Wind verwandelte sich aus einem Orkan in eine »steife Brise«, d. h. seine Schnelligkeit verminderte sich etwa um die Hälfte. Noch hätte man ihn zwar mit dem Seemannsausdrucke einer »drei Reffbrise« bezeichnen können, immerhin ließ der Kampf der Elemente aber recht fühlbar nach.

Gegen elf Uhr hatten sich die unteren Luftschichten vollkommen aufgehellt. Die Atmosphäre zeigte jene nach stärkeren meteorischen Erscheinungen gewöhnliche sicht- und fühlbare feuchte Durchsichtigkeit. Der Orkan schien nicht weiter nach Westen gereicht zu haben, sondern in sich selbst zu Grunde gegangen zu sein. Wahrscheinlich endete er nach dem Bruche der Trombe in elektrischen Entladungen, wie es auch von den Taifunen des Indischen Meeres bekannt ist.

Zu derselben Zeit ward man aber aufs neue gewahr, daß der Ballon langsam zu den unteren Luftschichten herabsank. Es schien sogar, als falle er zusammen und zöge sich seine Hülle in die Länge, mit Übergang aus der Form der Kugel in die eines Eies. Gegen Mittag schwebte das Luftschiff kaum noch

2000 Fuß über dem Meere. Jenes faßte 50.000 Kubikfuß* und konnte sich, dank seiner Kapazität, sowohl lange Zeit in der Luft halten, als auch sehr bedeutende Höhen erreichen.

Die Passagiere warfen nun die letzten Gegenstände aus, welche die Gondel beschwerten, einige bis hierher aufbewahrte Nahrungsmittel, alles, bis auf die Kleinigkeiten, die man in den Taschen zu tragen pflegt. Einer von ihnen war in den Ring geklettert, an den die Fäden des Netzes geknüpft sind, und suchte dieses Anhängsel des Luftschiffes möglichst verläßich zu befestigen.

Augenscheinlich vermochten die Passagiere den Ballon nicht mehr in der Höhe zu erhalten, und fehlte es ihnen an Gas.

Sie waren so gut wie verloren!

Kein Festland, keine rettende Insel erhob sich aus dem Wasser, kein Landungsplatz, an dem der Anker hätte haften können.

Unter ihnen dehnte sich nur das unendliche Meer, dessen Wogen sich mit schrecklichem Ungetüm dahinwälzten, – der Ozean ohne sichtbare Grenzen, nicht einmal für jene Umschauer in der Höhe, deren Blicke einen Umkreis von vierzig (englischen) Meilen nach jeder Seite hin beherrschten! – Es war jene vom Orkane ohne Erbarmen gepeitschte Wasserwüste, die ihnen wie eine wilde Jagd entfesselter Wellen erschien, auf deren Rücken weiße Kämme schäumten. Kein Land war in Sicht, kein hilfeversprechendes Fahrzeug!

Um jeden Preis mußte also dem Niedersinken des Ballons Einhalt getan werden, um dem Untergange in den Wogen zu entgehen. Dieses so dringliche Vorhaben beschäftigte eben die Insassen der Gondel. Trotz aller Bemühungen fiel der Ballon aber mehr und mehr und trieb gleichzeitig mit dem Winde von Nordosten nach Südwesten in rasender Schnelligkeit dahin.

Es war eine schreckliche Lage, in der sich die Unglücklichen befanden. Nicht mehr Herren ihres Luftschiffes, stand ihnen auch kein wirksames Hilfsmittel zu Gebote. Die Hülle des Ballons schwoll mehr und mehr ab; das Gas entwich durch dieselbe. Sichtbar beschleunigte sich der Fall, und kaum sechs-

*Etwa 1700 Kubikmeter.

hundert Fuß trennten die Gondel noch vom Ozeane.

Das Entweichen der Füllung, die durch einen Riß des Ärostaten ausströmte, war aber nicht zu hindern.

Durch Erleichterung der Gondel hatten die Passagiere sich zwar noch etwas länger in der Luft halten können, aber doch nur um einige Stunden. Die unvermeidliche Katastrophe war eben nicht abzuwenden, und im Fall vor Eintritt der Nacht kein rettendes Land auftauchte, mußten Passagiere, Gondel und Ballon ihren Untergang finden.

Eine einzige Hilfe gab es noch, und zu dieser griff man in diesem Augenblicke. Offenbar waren die Passagiere des Luftschiffes energische Leute, die dem Tode unerschüttert ins Auge sahen. Kein Laut drängte sich über ihre Lippen. Sie hatten beschlossen, bis zum letzten Atemzuge zu kämpfen und nichts unversucht zu lassen, um ihren Fall aufzuhalten. Die nur aus Korbweidengeflecht bestehende Gondel war untauglich zu schwimmen, und hätte auf keine Weise über Wasser gehalten werden können.

Um zwei Uhr schwebte das Luftschiff kaum noch vierhundert Fuß über den Wellen.

Da erschallte eine Stimme, die eines Mannes, dessen Herz keine Furcht kannte; ihr antworteten nicht minder entschlossene Stimmen:

»Ist alles ausgeworfen?«

»Nein! Noch sind 10.000 Francs in Gold hier.«

Sofort fiel ein schwerer Sack ins Meer.

»Steigt der Ballon?«

»Ein wenig, er wird bald genug wieder sinken.«

»Was können wir weiter über Bord werfen?«

»Nichts!«

»Doch! – Die Gondel selbst!«

»Schnell alle in die Stricke und die Gondel ins Meer!«

In der Tat lag hierin das äußerste Mittel, den Ärostaten zu entlasten. Die Stricke zwischen der Gondel und dem Ring wurden durchschnitten, und noch einmal schoß der Ballon zu einer Höhe von 2000 Fuß empor.

Die fünf Passagiere hingen in den Schnüren oberhalb des Ringes und hielten sich an den Netzmaschen über der entsetzlichen Tiefe.

Das so empfindliche Bestreben eines Luftschiffes nach der Gleichgewichtslage ist bekannt, ebenso wie die Erfahrung, daß man nur den leichtesten Gegenstand auszuwerfen braucht, um eine Bewegung in vertikalem Sinne hervorzurufen. Ein solcher in der Luft schwimmender Apparat stellt gewissermaßen eine mathematisch richtige Waage dar. Es leuchtet also ein, daß seine plötzliche Entlastung von einem beträchtlichen Gewichte ihn weit und schnell emportreiben muß. Derselbe Fall trat eben jetzt ein.

Nach einigem Auf- und Abschwanken in den höheren Luftschichten aber begann der Ballon wieder zu fallen, da der Riß, welcher dem Gase den Austritt gestattete, nicht zu schließen war.

Die Passagiere hatten getan, was in ihrer Macht stand; nun gab es kein Mittel weiter, sie zu retten, und sie hofften nur noch auf die Hilfe der Vorsehung.

Um vier Uhr strich der Ballon wiederum nur vierhundert Fuß über dem Wasser hin.

Da erschallte ein lautes Gebell. In Begleitung der Passagiere befand sich auch ein Hund, der neben seinem Herrn in den Maschen des Netzes hing.

»Top muß etwas gesehen haben!« rief einer der Passagiere. Bald darauf ertönte auch eine markige Stimme:

»Land! Land!«

Vom Anbruch des Morgens an hatte der Ballon, den der Wind unausgesetzt nach Südwesten trieb, eine gewaltige nach Hunderten von Meilen zu berechnende Entfernung durchmessen, als jetzt in seiner Fluglinie ein ziemlich hoch aufsteigendes Land in Sicht kam.

Noch befand es sich freilich gegen dreißig Meilen unter dem Winde, und einer guten Stunde bedurfte es wohl, dasselbe zu erreichen, vorausgesetzt, daß der Ballon nicht aus der Richtung kam. Eine Stunde! Würde das Luftschiff sich nicht vor Ablauf dieser Zeit vollkommen entleert und seine Tragkraft eingebüßt haben?

Das war die schreckliche Frage. Deutlich sahen die Passagiere den Punkt, den es um jeden Preis zu erreichen galt. Ob jener zu einer Insel oder zu einem Kontinente gehörte, sie wußten es nicht, ja, sie kannten kaum die Richtung, in welcher der Orkan sie verschlagen hatte. Ob jenes Stück Erde aber bewohnt war oder nicht, ob es ein gastliches Land oder nicht, – sie mußten es zu erreichen suchen!

Seit vier Uhr konnte sich niemand mehr darüber täuschen, daß der Ballon keine Tragkraft mehr hatte. Er streifte schon dann und wann die Oberfläche des Meeres. Mehrmals beleckten die Kämme der enormen Wellen das untere Strickwerk, vergrößerten dadurch sein ursprüngliches Gewicht, und nur zur Hälfte hielt sich der Ballon noch aufrecht, wie ein flügellahm geschossener Vogel.

Eine halbe Stunde später winkte das rettende Land in der Entfernung von nur einer Meile, doch jetzt barg der erschöpfte, schlaffe, lang gestreckte und tiefe Falten schlagende Ballon bloß noch in seinen obersten Teilen etwas Gas. Auch die in den Schnüren hängenden Passagiere belasteten ihn zu sehr, und bald tauchten diese halb ins Meer und wurden von den wütenden Wellen geschüttelt. Die Hülle des Luftschiffes bildete eine den Wind fangende Tasche und trieb das Ganze wie ein Fahrzeug dahin. Vielleicht erreichte es auf diese Weise die Küste!

Nur zwei Kabellängen von dieser entfernt ertönte plötzlich ein gleichzeitiger Aufschrei aus vier Kehlen. Der Ballon, von dem man ein wiederholtes Erheben sich nicht vermutete, machte einen unerwarteten Sprung, nachdem ihn ein mächtiger Wasserberg getroffen hatte. So als ob er plötzlich weiter entlastet worden sei, schnellte er bis 1500 Fuß in die Höhe und begegnete dabei einer Art Luftwirbel, der ihn statt nach der Küste nur auf derselben Stelle mehrmals herumdrehte. Nach Ablauf zweier Minuten aber sank er in schräger Linie und fiel endlich außerhalb des Bereichs der Wellen auf den Ufersand nieder.

Die Passagiere halfen einer den andern aus den Maschen des Netzes. Der von ihrem Gewichte befreite Ballon wurde wieder vom Wind ergriffen und verschwand, wie ein verwundeter Vogel, der noch einmal auflebt, in den Lüften.

Fünf Passagiere und einen Hund hatte die Gondel getragen,

nur vier warf der Ballon ans Ufer.

Der Fehlende war offenbar durch den anschlagenden Wasserberg mit fortgespült worden und hatte dem dadurch erleichterten Ballon Gelegenheit gegeben, sich zum letzten Male zu erheben und dann das Land zu erreichen.

Kaum setzten die vier Schiffbrüchigen, – denn diesen Namen verdienten sie wohl mit allem Rechte, – den Fuß aufs Land, als sie bemerkten, daß einer von ihnen fehle, und riefen:

»Wahrscheinlich sucht er sich durch Schwimmen zu retten! Zu Hilfe! Zu Hilfe!«

Zweites Kapitel

Eine Episode aus dem Sezessionskriege. – Der Ingenieur Cyrus Smith. – Gedeon Spilett. – Der Neger Nab. – Pencroff, der Seemann. – Der junge Harbert. – Ein unerwarteter Vorschlag. – Zusammentreffen um zehn Uhr abends. – Abfahrt im Sturme.

Luftschiffer von Profession waren es nicht, vielleicht nicht einmal Liebhaber solcher Expeditionen, welche der Orkan an jene Küste schleuderte, sondern Kriegsgefangene, deren Kühnheit sie veranlaßt hatte, auf so außergewöhnliche Weise zu entfliehen. Wohl hundert Mal hätten sie dabei umkommen und aus dem zerrissenen Ballon in den Abgrund stürzen können! Der Himmel bewahrte sie indes für ein ganz eigenes Schicksal auf, und am 24. März befanden sie sich, nachdem sie aus Richmond, das damals von den Truppen des Generals Ulysses Grant belagert wurde, entflohen waren, 7000 Meilen von der Hauptstadt Virginiens und Hauptfestung der Separatisten während des schrecklichen Sezessionskrieges. Ihre Luftfahrt hatte fünf Tage gewährt.

Dieser Ausbruch der fünf Gefangenen, welcher mit der geschilderten Katastrophe endigte, geschah aber unter folgenden merkwürdigen Umständen:

In demselben Jahre, nämlich im Februar 1865, fielen bei einem der erfolglosen Handstreiche Grants zur Überrumpelung

Richmonds einige seiner Offiziere in die Gewalt des Feindes und wurden in der Stadt interniert. Einer der hervorragendsten dieser Gefangenen gehörte zum Generalstabe der Bundesarmee und nannte sich Cyrus Smith.

Gebürtig aus Massachusetts, war Cyrus Smith ein Ingenieur, ein Gelehrter ersten Ranges, dem die Bundesregierung während des Krieges die Leitung des Eisenbahnwesens, das eine so hervorragende Rolle spielte, anvertraute. Durch und durch ein Amerikaner des Nordens, mager, knochig und etwa fünfundvierzig Jahre alt, zeigten sein Haar und Bart, von dem er übrigens nur einen starken Schnurrbart trug, schon eine recht grauliche Färbung. Sein schöner »numismatischer« Kopf schien bestimmt zu sein, auf Münzen geprägt zu werden; dazu hatte er brennende Augen, einen festgeschlossenen Mund, überhaupt das Aussehen eines Lehrers an der Militärschule. Er war einer jener Ingenieure, die mit Hammer und Feile, wie die Generale, die ihre Laufbahn als gemeine Soldaten begannen. Zugleich mit einer hohen Spannkraft des Geistes besaß er eine große technische Handfertigkeit. Seine Muskulatur verriet die ihr innewohnende Kraft. Ein Mann der Tat und des Rates, führte er alles aus ohne sichtbare Anstrengung, unterstützt von einer merkwürdigen Lebenselastizität und mit jener Zähigkeit, welche jedem Fehlschlagen Trotz bietet. Sehr unterrichtet und praktisch angelegt, war ihm ein prächtiges Temperament eigen, denn er erfüllte, in jeder denkbaren Lage Herr seiner selbst, vollkommen die drei Bedingungen, deren Ensemble erst die menschliche Energie bildet: Tatkraft des Geistes und Körpers, Ungestüm des Verlangens und Macht des Willens. Als Devise hätte auch er die Wilhelms von Oranien wählen können: »Ich gehe an eine Sache auch ohne Hoffnung und harre auch ohne Erfolg bei ihr aus.«

Gleichzeitig war Cyrus Smith auch die personifizierte Unerschrockenheit und bei allen Schlachten des Sezessionskrieges gegenwärtig gewesen. Nachdem er seinen Kriegsdienst unter Ulysses Grant als Freiwilliger von Illinois begonnen, kämpfte er bei Paducah, Belmont, Pittsburg, bei der Belagerung von Korinth, bei Port-Gibson, am Black-River, bei Chattanooga, Wilderneß, am Potomac, überall mutig voranstürmend, ein

Soldat, würdig eines Generals, der die Worte sprach: »Ich zähle niemals meine Toten!« Hundertmal lief Cyrus Smith wohl Gefahr, zu denen zu gehören, die der schreckliche Grant »nicht zählte«, doch trotzdem er sich bei allen Gefechten jeder Gefahr aussetzte, blieb er immer vom Glück begünstigt, bis zu dem Augenblicke, da er, in der Schlacht bei Richmond verwundet, gefangen wurde.

An demselben Tage, wie Cyrus Smith, fiel auch eine andere wichtige Persönlichkeit in die Gewalt der Südstaatler, und zwar kein Geringerer als der ehrenwerte Gedeon Spilett, »Reporter« des »New-York Herald«, der beauftragt war, der Entwicklung des Kriegsdramas mit den Heeren des Nordens zu folgen.

Gedeon Spilett gehörte zu jenen Staunen erregenden englischen oder amerikanischen Chronisten von der Rasse eines Stanley und anderer, die vor nichts zurückschrecken, um sich von allem haargenau zu unterrichten und es ihrem Journale in kürzester Zeit zu übermitteln. Die Zeitungen der Union, wie der »New-York Herald«, bilden eine wirkliche Großmacht, und ihre Berichterstatter sind Leute, mit denen man rechnet. Gedeon Spilett nahm einen Rang unter den Ersten derselben ein.

Ein Mann von hohem Verdienste, energisch, geschickt und bereit zu allem, voller Gedanken, durch die ganze Welt gereist, Soldat und Künstler, hitzig im Rat, entschlossen bei der Tat, weder Mühen, Strapazen noch Gefahren achtend, wenn es sich darum handelte, etwas für sich und sofort für sein Journal zu erfahren, ein wahrer Heros der Wißbegierde, des Ungeborenen, Unbekannten, Unmöglichen, war er einer jener furchtlosen Beobachter, die im Kugelregen notieren, unter den Bomben schreiben, und für welche jede Gefahr nur einen glücklichen Zufall bildet.

Auch er hatte alle Schlachten in den vordersten Reihen mit durchgekämpft, den Revolver in der einen, das Skizzenbuch in der anderen Hand, ohne daß sein Bleistift bei dem Kartätschenhagel zitterte. Er ermüdete die Drähte nicht durch unausgesetzte Telegramme, wie diejenigen, welche nur melden, daß sie nichts zu berichten haben, sondern jede seiner kurzen, klaren und bestimmten Noten brachte Licht über irgendeinen wichtigen Punkt. Nebenher fehlte es ihm nicht an guten Einfällen. So war er es, der nach dem Zusammenstoße am Black-River seinen Platz am Schalter des Telegraphen-Büros um keinen Preis aufgeben wollte, um seinem Journale den Ausgang der Schlacht mitzuteilen, und der deshalb zwei Stunden hindurch die ersten Kapitel der Bibel abtelegraphieren ließ. Dem »New-York Herald« kostete der Scherz zwar 2000 Dollar, aber der »New-York Herald« brachte dafür auch die ersten Nachrichten.

Gedeon Spilett war von hohem Wuchse und höchstens vierzig Jahre alt. Ein blonder, ins Rötliche spielender Backenbart umrahmte sein Gesicht. Sein Auge blickte ruhig, aber lebhaft und schnell in seinen Bewegungen, wie das Auge eines Mannes, der alle Einzelheiten seines Gesichtskreises rasch aufzufassen gewöhnt ist. Fest gebaut, hatten ihn alle Klimate abgehärtet, wie das kalte Wasser den glühenden Stahl.

Seit zehn Jahren wohlbestallter Reporter des »New-York Herald«, bereicherte Gedeon Spilett denselben durch seine Berichte und Zeichnungen, denn er handhabte Feder und Stift mit gleicher Geschicklichkeit. Seine Gefangennehmung erfolgte, als er einen Bericht über die Schlacht aufsetzte und eine Skizze derselben zu Papier brachte. Die letzten Worte in seinem Notizbuche lauteten: »Zu meinen Füßen liegt ein Südstaatler und ...«, und Gedeon Spilett war verschollen, denn seiner unabänderlichen Gewohnheit gemäß war er auch bei diesem Treffen unverwundet geblieben.

Cyrus Smith und Gedeon Spilett, welche sich gar nicht oder höchstens dem Namen nach kannten, schleppte man beide nach Richmond. Der Ingenieur genas bald von seiner Verwundung und machte während seiner Rekonvaleszenz die Bekanntschaft des Reporters. Die beiden Männer gefielen sich und lernten bald einander schätzen. In kurzer Zeit gipfelte ihr gemeinsames Leben nur noch in dem einen Zwecke, zu fliehen, sich der Armee Grants wieder anzuschließen und aufs neue für die Unteilbarkeit des Vaterlandes zu kämpfen.

Die beiden Amerikaner waren entschlossen, jede sich bietende Gelegenheit zu benutzen; doch trotzdem sie in der Stadt frei umhergingen, war Richmond aber so dicht und streng bewacht, daß eine gewöhnliche Flucht unmöglich schien.

Mittlerweile hatte sich Cyrus Smith auch sein früherer, ihm auf Tod und Leben ergebener Diener beigesellt. Ein unerschrockener Neger, geboren auf einer Besitzung des Ingenieurs, erhielt er, trotzdem sein Vater und seine Mutter zu den Sklaven gehörten, von Cyrus Smith, einem Abolitionisten von Kopf und Herz, die Freiheit. Aber der Sklave wollte von seinem Herrn nicht lassen, den er über sein Leben liebte. Er war ein Bursche von dreißig Jahren, kräftig, beweglich, geschickt, intelligent, sanft und ruhig, manchmal recht naiv, immer lächelnd, diensteifrig und gutmütig. Sein Name lautete Nabuchodonosor, doch er hörte nur auf den abgekürzten, familiären Namen Nab.

Als die Gefangennahme seines Herrn zu Nabs Ohren drang, verließ er ohne Zaudern Massachusetts, kam vor Richmond an und gelangte durch List und Verschlagenheit und zwanzig Mal in Gefahr, den Kopf dabei einzubüßen, in die belagerte Stadt. Die Freude Cyrus Smiths, seinen getreuen Diener wiederzusehen, und die Nabs, seinen Herrn wiederzufinden, spottete jeder Beschreibung.

Wenn Nab auch nach Richmond hatte hineinkommen können, so war es doch weit schwieriger, herauszukommen, da man die föderierten Gefangenen sehr sorgsam überwachte. Es bedurfte demnach einer ganz außergewöhnlichen Gelegenheit, um einen Fluchtversuch mit einiger Aussicht auf Erfolg zu unternehmen, und diese bot sich nicht nur nicht selbst, sondern ließ sich auch sehr schwer herbeiführen.

Inzwischen setzte Grant seine energische Kriegführung fort. Der Sieg bei Petersburg wurde ihm lange streitig gemacht. Seine Streitmacht in Verbindung mit der des Generals Butler errang vor Richmond noch immer keine Erfolge und nichts prophezeite bis jetzt eine nahe bevorstehende Befreiung der Gefangenen. Der Reporter, dem während der langweiligen Kriegsgefangenschaft jede Gelegenheit zu interessanten Berichten abging, konnte sich gar nicht beruhigen. Er hatte nur einen Gedanken, den, Richmond um jeden Preis zu verlassen. Mehrmals unternahm er einen dahin zielenden Versuch, immer hielten ihn unübersteigliche Hindernisse zurück.

Die Belagerung nahm ihren weiteren Verlauf, und wenn die Gefangenen alles anwandten, um zu entwischen und die Heere Grants zu gewinnen, so hatten auch nicht weniger Belagerte die eiligste Absicht, davonzugehen, um die separatistische Armee zu erreichen, und unter diesen ein gewisser Jonathan Forster, ein enragierter Südstaatler. Vermochten die föderierten Gefangenen die Stadt nicht zu verlassen, so konnten es die Konföderierten eben auch nicht, denn die Heere des Nordens schlossen diese in dichtem Ringe ein. Schon lange Zeit war jede Verbindung zwischen dem Kommandanten von Richmond und dem General Lee unterbrochen, trotzdem es im höchsten Interesse der Stadt lag, jenen ihre Lage mitzuteilen, um den Anmarsch eines Ersatzheeres zu beschleunigen. Erwähnter Jonathan Forster kam deshalb auf den Einfall, die Linien der Belagerer mit Hilfe eines Ballons zu überschreiten und auf diese Weise nach dem Lager der Separatisten zu gelangen.

Der Kommandant genehmigte diesen Versuch. Sofort wurde ein Luftschiff angefertigt, und Jonathan Forster, dem fünf Begleiter in die Lüfte folgen sollten, zur Verfügung gestellt. Alle waren mit Waffen versehen, für den Fall einer nötig werdenden Verteidigung beim Landen, und mit Lebensmitteln für den einer längeren Dauer der Reise.

Die Abfahrt des Ballons wurde für den 18. März festgesetzt; sie sollte während der Nacht vor sich gehen, und hofften die Luftschiffer unter Voraussetzung eines mäßigen Nordwestwindes binnen wenigen Stunden in dem Hauptquartier des Generals Lee anzukommen.

Dieser Nordwestwind wehte aber nicht in erwünschter Stärke, sondern wuchs an jenem 18. März zur Macht eines Orkans, so daß die Abreise Forsters verschoben werden mußte, wollte man nicht mit dem Luftschiffe das Leben derjenigen, die es durch das aufgewühlte Luftmeer getragen hätte, aufs Spiel setzen.

Gasgefüllt stand der Ballon auf dem großen Platze in Richmond, bereit aufzusteigen, sobald die Witterung es gestattete, und die ganze Stadt brannte vor Ungeduld, den Zustand der

Atmosphäre sich bessern zu sehen.

Der 18. und 19. März verlief ohne jede Veränderung des stürmischen Wetters; ja, man hatte schon die größte Mühe, den Ballon, den die Windstöße immer zur Erde niederbeugten, nur zu erhalten.

Die Nacht vom 19. zum 20. kam heran, aber nur toller ward das Ungestüm des Wetters und dabei die Abreise zur Unmöglichkeit.

An demselben Tage wurde der Ingenieur Cyrus Smith auf der Straße von einem ihm unbekannten Manne angesprochen. Es war das ein Seemann, namens Pencroff, von beiläufig fünfunddreißig bis vierzig Jahren, kräftiger Statur, sonnenverbranntem Aussehen, mit lebhaften, häufig blinzelnden Augen, aber im ganzen einnehmendem Gesicht. Dieser Pencroff stammte aus den Nordstaaten, hatte alle Meere der Erde befahren und an Abenteuern alles bestanden, was einem zweibeinigen Geschöpfe ohne Flügel überhaupt nur widerfahren konnte. Es bedarf nicht der Erwähnung, daß sein unternehmender Charakter ihn alles wagen und vor gar nichts zurückschrecken ließ. Pencroff hatte sich anfangs dieses Jahres in Geschäften nach Richmond begeben, wobei ihn ein junger Mensch von fünfzehn Jahren, Harbert Brown aus New-Jersey, der Sohn seines Kapitäns, eine Waise, die er wie sein eigenes Kind liebte, begleitete. Verhindert, die Stadt vor dem Anfange der Belagerung wieder zu verlassen, befand er sich zum größten Mißvergnügen jetzt ebenfalls in derselben eingeschlossen und brütete nur über dem einen Gedanken, aus ihr auf irgendeine Weise zu entfliehen. Er kannte den Ingenieur Cyrus Smith dem Namen nach und wußte, mit welcher Ungeduld dieser Mann an seinen Fesseln nagte. An erwähntem Tage traf er auf ihn und zögerte nicht, denselben ohne jede Einleitung mit den Worten anzusprechen:

»Herr Smith, sind Sie Richmond noch nicht satt?«

Der Ingenieur maß mit dem Blicke den Mann, der ihn so anredete und halblaut hinzufügte:

»Herr Smith, wollen Sie fliehen?«

»Und wie das ...?« antwortete lebhaft der Ingenieur, dem diese Antwort fast wider Willen entfuhr, denn er hatte sich über den Unbekannten, der das Wort an ihn richtete, noch nicht vergewissert.

Nachdem er aber mit scharfem Blicke die Vertrauen erwekkende Erscheinung des Seemanns gemustert, konnte er nicht mehr daran zweifeln, einen ehrlichen Mann vor sich zu haben.

»Wer sind Sie?« fragte er kurz.

Pencroff gab sich zu erkennen.

»Gut«, entgegnete Cyrus Smith, »aber welches Mittel zu entfliehen schlagen Sie mir vor?«

»Dort, jenen Faulenzer von Ballon, den man untätig angebunden hält, und der mir aussieht, als warte er ganz allein auf uns . . .!«

Der Seemann hatte gar nicht nötig, den Satz zu vollenden. Der Ingenieur verstand ihn aus dem ersten Worte, ergriff ihn am Arme und zog ihn mit sich nach Hause.

Dort entwickelte der Seemann sein wirklich sehr einfaches Projekt, bei dem man eben höchstens sein Leben riskierte. Der Orkan tobte zwar gerade in tollster Heftigkeit, doch mußte ein geschickter und kühner Ingenieur, wie Cyrus Smith, ein Luftschiff wohl zu regieren vermögen.

Hätte Pencroff damit selbst Bescheid gewußt, er würde keinen Augenblick gezögert haben, – es versteht sich, nicht ohne Harbert, abzufahren. Er hatte manchen anderen Sturm gesehen und pflegte einen solchen nicht so hoch anzuschlagen.

Ohne ein Wort dazu zu sagen, hörte Cyrus Smith dem Seemann zu. Aber seine Augen leuchteten auf bei dieser sich darbietenden Gelegenheit, und er war nicht der Mann, sich eine solche entgehen zu lassen. Das Projekt erschien nur sehr gefahrvoll, aber doch ausführbar. In der Nacht konnte man wohl trotz der Wachen an den Ballon herankommen, in die Gondel schlüpfen und die Seile kappen, die ihn fesselten. Gewiß lief man Gefahr, mit Kugeln begrüßt zu werden, auf der anderen Seite konnte der Versuch aber auch von Erfolg sein, und ohne diesen Sturm . . . Ja, ohne diesen Sturm wäre aber auch das Luftschiff schon längst aufgestiegen, und jetzt böte sich nicht die so lange ersehnte Gelegenheit zur Flucht.

»Ich bin nicht allein«, sagte da endlich Cyrus Smith.

»Wie viele Personen gedächten Sie mitzunehmen?« fragte

der Seemann.

»Zwei; meinen Freund Spilett und meinen Diener Nab.«

»Das wären also zusammen drei Personen«, antwortete Pencroff, »und mit Harbert und mir im ganzen fünf. Nun, der Ballon sollte sechs Passagiere tragen . . .«

»Es ist gut; wir fahren ab!« schloß Cyrus Smith.

Dieses »wir« galt auch mit für den Reporter, aber der Reporter war kein ängstlicher Mann, und sobald er von dem Vorhaben Kenntnis erhielt, stimmte er demselben bei, und erstaunte nur allein darüber, daß er auf eine so einfache Idee noch nicht schon selbst gekommen sei. Nab endlich folgte ja seinem Herrn, wohin dieser zu gehen beliebte.

»Diesen Abend also«, sagte Pencroff, »gehen wir zu fünf, wie aus Neugierde, dort umher.«

»Heut abend um zehn Uhr«, antwortete Cyrus Smith, »und nun gebe der Himmel, daß sich der Sturm nicht vor unserer Aufsteigung lege!«

Pencroff verabschiedete sich von dem Ingenieur und ging nach seiner Wohnung zurück, wo der junge Harbert ihn erwartete. Der mutige Knabe kannte den Plan des Seemanns und harrte ungeduldig auf das Resultat jenes Ganges zu dem Ingenieur. Fünf beherzte Menschen waren es also ohne Zweifel, die sich in den Orkan hinaus zu wagen entschlossen hatten.

Der Sturm mäßigte sich nicht, und weder Jonathan Forster noch dessen Begleiter konnten daran denken, ihm in der zerbrechlichen Gondel Trotz zu bieten. Der Tag war schrecklich.

Der Ingenieur fürchtete nur das eine, daß der am Boden gefesselte und von den Windstößen häufig niedergedrückte Ballon in tausend Stücke zerreißen möchte. Mehrere Stunden lang lief er auf dem fast menschenleeren Platze zur Beobachtung des Apparates hin und her. Pencroff seinerseits tat gähnend und die Hände in den Taschen dasselbe, wie einer, der seine Zeit nicht totzuschlagen weiß, aber mit derselben Angst, daß der Ballon zerreiße oder seine Stricke löse und in die Luft entfliehe.

Der Abend senkte sich nieder; ihm folgte eine finstere Nacht. Wolkengleich strichen dicke Nebel über die Erde; dazu fiel ein mit Schnee untermischter Regen. Das Wetter war kalt.

Über ganz Richmond lagerten dichte Dünste. Es schien, als habe der Sturm einen Waffenstillstand zwischen Belagerern und Belagerten zu Stande gebracht, und als schweige die Kanone, beschämt durch den entsetzlichen Donner des Orkans. Verlassen dehnten sich die Straßen der Stadt; man hatte es sogar für unnötig gehalten, den Platz, in dessen Mitte das Luftschiff hin und her schwankte, zu besetzen. Offenbar begünstigte alles die Flucht der Gefangenen, bis auf die entfesselten Elemente . . .!

»Eine abscheuliche Flut!« sprach Pencroff für sich und stülpte sich seinen Hut, den der Wind entführen wollte, fester auf den Kopf. »Doch was da, wir werden schon mit ihr fertig!«

Um halb zehn Uhr schlichen sich Cyrus und seine Begleiter von verschiedenen Seiten aus auf den Platz, den die durch den Sturm verlöschten Gaslaternen in tiefem Dunkel ließen. Kaum sah man den ungeheuren, auf die Erde gedrückten Ärostaten. Unabhängig von den Ballastsäcken, die mit den Schnüren des Apparates verknüpft waren, wurde die Gondel durch ein starkes Tau zurückgehalten, das durch einen im Steinpflaster befestigten Ring und auch wieder zu ihrem Rande zurücklief.

Nahe der Gondel trafen sich die fünf Kriegsgefangenen. Sie waren in Folge der Dunkelheit, bei der sie sich kaum selbst erkannten, unbemerkt geblieben.

Ohne ein Wort zu sprechen, nahmen Cyrus Smith, Gedeon Spilett, Nab und Harbert in der Gondel Platz, während Pencroff auf Anordnung des Ingenieurs die Sandsäcke allmählich losknüpfte. Das war das Werk einiger Augenblicke, worauf der Seemann zu seinen Gefährten einstieg.

Jetzt wurde das Luftschiff nur noch durch das erwähnte Seil gehalten, und Cyrus Smith konnte jeden Augenblick in die Höhe gehen.

In diesem Momente sprang ein Hund mit einem Satze in den Nachen. Es war Top, der Hund des Ingenieurs, der seine Ketten zerrissen und seinen Herrn aufgespürt hatte. Cyrus Smith befürchtete eine zu große Belastung und wollte das arme Tier wieder hinausjagen.

»Bah! Das ist einer mehr!« sagte Pencroff und warf dafür zwei Säcke Ballast aus.

Dann ließ er das Seil schießen, der Ballon ging in schräg aufsteigender Linie ab, sein Nachen stieß an zwei Schornsteine, die er über den Haufen warf, und fort war er in die Lüfte.

Der Orkan wütete mit entsetzlicher Gewalt. Während der Nacht konnte der Ingenieur an ein Niederlassen gar nicht denken, und als es wieder Tag wurde, raubten dichte Nebelmassen jede Aussicht nach der Erde. Erst fünf Tage später trat eine Aufhellung ein und zeigte das grenzenlose Meer unter dem Ballon, der mit rasender Schnelligkeit dahinjagte.

Wir erzählten schon, wie von diesen am 20. März abgefahrenen Passagieren vier derselben am 24. auf eine verlassene Küste geworfen wurden, über 6000 Meilen von ihrem Vaterlande entfernt!*

Der aber, welcher fehlte und dem die vier übrigen eilend zu Hilfe liefen, war kein anderer, als ihr naturgemäßer Führer, war der Ingenieur Cyrus Smith!

Drittes Kapitel

Um fünf Uhr nachmittags. – Der Fehlende. – Nabs Verzweiflung. – Nachsuchungen im Norden. – Das Eiland. – Eine Nacht der Angst. – Der Morgennebel. – Nab schwimmt. – Ansicht des Landes. – Durchzug durch den Kanal.

Den Ingenieur, welcher in den Maschen des Ballonnetzes hing, hatte ein Wellenschlag, der jene zerriß, weggeschwemmt. Auch der Hund, der seinem Herrn zu Hilfe freiwillig nachsprang, war verschwunden.

»Vorwärts!« rief der Reporter.

Sofort begannen alle vier, Gedeon Spilctt, Harbert, Pencroff und Nab, trotz Ermüdung und Erschöpfung ihre Nachforschungen.

Aus Wut und Verzweiflung über den Gedanken, alles verlo-

*Am 5. Aprl fiel übrigens Richmond in die Hände Grants, womit der Bürgerkrieg sein Ende erreichte. Lee zog sich nach dem Westen zurück, und die Partei der Einheit Amerikas triumphierte.

ren zu haben, woran sein Herz hing, weinte Nab helle Tränen.

Zwischen dem Augenblicke, da Cyrus Smith verschwand, und demjenigen, da seine Begleiter das Land erreichten, verflossen kaum zwei Minuten. Sie durften also hoffen, ihn noch rechtzeitig retten zu können.

»Suchen wir nach ihm!« rief Nab.

»Gewiß, Nab«, tröstete ihn Gedeon Spilett, »und wir finden ihn auch wieder!«

»Lebend?«

»Lebend.

»Kann er schwimmen?« fragte Pencroff.

»Jawohl«, antwortete Nab, »übrigens ist ja Top bei ihm . . .!«

Als der Seemann das Grollen des Meeres hörte, schüttelte er den Kopf.

Im Norden der Küste und etwa anderthalb Meilen von der Stelle, an welcher die Schiffbrüchigen auf den Sand fielen, war es, wo der Ingenieur verschwand. Vermochte er auch den nächsten Punkt des Ufers zu erreichen, so lag dieser Punkt doch ebensoweit von hier entfernt.

Es mochte nun gegen sechs Uhr abends sein und wurde schon des bedeckten Himmels wegen sehr dunkel. Die Schiffbrüchigen liefen längs der Ostküste des Landes, nach dem der Zufall sie verschlagen hatte, dahin, – eines unbekannten Landes, von dem sie selbst über seine geographische Lage keine Ahnung hatten. Sie eilten über einen sandigen, mit Steinen untermischten Erdboden, dem jede Vegetation zu fehlen schien. Dieser sehr unebene, holperige Boden zeigte sich an gewissen Stellen von einer großen Menge Spalten zerrissen, die das Vorwärtskommen sehr behinderten. Aus denselben erhoben sich jeden Augenblick mit schwerfälligem Flügelschlage große Vögel, welche in der Dunkelheit nach allen Seiten hin auseinanderstoben. In ganzen Gesellschaften flatterten andere, schneller beflügelte auf und zogen einer Wolke ähnlich ins Weite. Der Seemann glaubte sie als Seemöwen und Wasserschwalben zu erkennen, als er ihr mit dem Rauschen des Meeres wetteiferndes Geschrei vernahm.

Von Zeit zu Zeit standen die Schiffbrüchigen still, um laut

zu rufen, und horchten, ob sie von der Wasserseite her irgendwelche Erwiderung vernähmen. Sie glaubten annehmen zu dürfen, daß, wenn sie sich ganz nahe der Stelle befanden, an der der Ingenieur voraussichtlich ans Land gekommen wäre, wenigstens das Gebell Tops ihr Ohr erreichen müßte, im Fall der Verunglückte selbst augenblicklich nicht zu antworten vermöchte. Doch nichts ließ sich hören außer dem Rauschen der Wellen und dem Toben der Brandung. Die kleine Truppe zog weiter und durchsuchte auch die kleinsten Ausbuchtungen des Ufers.

Nach zwanzig Minuten Wegs sahen sich die vier Schiffbrüchigen plötzlich durch eine lange Linie schäumender Wellen aufgehalten. Das Erdreich ging zu Ende. Sie befanden sich am äußersten Ende einer schmalen Landzunge, über welche das Meer brausend hereinbrach.

»Das ist ein Vorgebirge«, sagte der Seemann. »Wir werden zurückgehen und uns rechts halten müssen, um das eigentliche Land wieder zu erreichen.«

»Wenn er aber dort wäre!« erwiderte Nab und zeigte nach dem Ozeane, dessen furchtbarer Wellenschaum durch das Dunkel schimmerte.

»Nun wohl, rufen wir ihn nochmals!«

Alle vereinigten ihre Stimmen zu einem durchdringenden Rufe, aber keine Antwort kam zurück. Sie warteten einen Augenblick der Ruhe ab und riefen wiederholt. – Vergeblich!

Die Schiffbrüchigen kehrten also längs der anderen Seite der Landzunge nach dem sandigen, muschelbedeckten Lande zurück. Pencroff bemerkte, daß das Terrain von dem steileren Ufer aus aufstieg, und kam auf die Vermutung, daß es mittels eines lang hingestreckten Kammes mit einer hohen Küste, deren Gebirgsmassen im Schatten ihren unbestimmten Umriß zeigten, zusammenhängen müsse. Vögel beherbergte diese Uferstrecke nur wenige. Auch der Seegang erschien hier minder beträchtlich. Kaum hörte man ein Geräusch von der Brandung. Offenbar bildete diese Seite der Küste einen halbkreisförmigen Busen, den die vorspringende Spitze gegen den Wellenschlag der offenen See schützte.

Beim Verfolgen dieses Weges gelangte man jedoch mehr

nach Süden zu, d. h. von der Stelle weg, an welcher Cyrus Smith ans Land geschwommen sein konnte. In anderthalb Meilen Entfernung bildete das Uferland immer noch keinen aufsteigenden Winkel, durch den man nördlicher hinaufzukommen hoffen durfte, obgleich man nach Umgehung des Vorgebirges das eigentliche Land längst wieder erreicht hatte. Trotz der Erschöpfung ihrer Kräfte drangen die Schiffbrüchigen immer mutig vorwärts, immer in der Hoffnung, eine Biegung des Landes zu finden, längs der sie ihre ursprüngliche Richtung wieder einzuschlagen vermöchten.

Wie groß war daher ihre Enttäuschung, als sie sich nach Zurücklegung zwei weiterer Meilen von neuem auf einer höheren, von glatten Felsen gebildeten Spitze durch das Meer aufgehalten sahen.

»Wir sind auf einem Eilande«, sagte Pencroff, »und haben dasselbe von einem Ende zum anderen durchmessen.«

Der Seemann hatte vollkommen recht. Die Schiffbrüchigen waren auf kein Festland, nicht einmal auf eine Insel, sondern nur auf ein Eiland geworfen worden, dessen Ausdehnung in der einen Richtung nur gegen zwei Meilen betrug, während die der anderen schwerlich viel größer sein konnte.

Gehörte nun dieses unfruchtbare Stückchen Erde, das mit Steinen besät, keine Spur von Pflanzenleben zeigte und nur die einsame Zufluchtsstätte gewisser Meeresvögel bildete, vielleicht einem umfänglicheren Archipele an? Noch konnte man diese Frage nicht entscheiden. Als die Passagiere das Land von ihrer Gondel aus durch die Dunstmassen sahen, vermochten sie dessen Ausdehnung nicht unbehindert zu überschauen. Doch glaubte Pencroff, mit seinen an Durchdringung der Dunkelheit gewöhnten Seemannsaugen, im Westen unbestimmte Massen zu erkennen, die einer hoch aufsteigenden Küste angehörten.

Etwas Genaueres ließ sich freilich über die Lage des Eilandes vor der Hand nicht feststellen, als daß man es nicht sofort verlassen konnte, da es rings vom Meere umschlossen war. Jede weitere Nachforschung nach dem Ingenieur, der keinen Laut von sich hatte hören lassen, mußte also bis zum folgenden Morgen aufgeschoben werden.

»Cyrus' Stillschweigen beweist noch gar nichts«, sagte der Reporter. »Er kann ohnmächtig, verwundet, augenblicklich außer Stande sein, zu antworten; deshalb allein dürfen wir noch nicht verzweifeln.«

Der Reporter sprach zwar auch den Gedanken aus, auf einem vorspringenden Punkte des Eilandes ein Feuer, das dem Ingenieur als Signal dienen sollte, zu entzünden, doch suchte man vergeblich nach Holz oder trockenem Gesträuch. Sand und Steine, weiter fand sich eben nichts.

Man begreift leicht den Schmerz Nabs und der übrigen, welche sich dem unerschrockenen Cyrus Smith so innig angeschlossen hatten, jetzt, da es unmöglich schien, ihm Hilfe zu bringen. Entweder hatte der Ingenieur sich jetzt schon allein gerettet und eine Zuflucht auf der Küste gefunden, oder er war für immer verloren!

Wie langsam und quälend verliefen ihnen die Stunden der Nacht. Die Schiffbrüchigen litten furchtbar, ohne sich selbst darüber besonders Rechenschaft zu geben. Sie dachten gar nicht daran, einen Augenblick der Ruhe zu suchen. Sich selbst um ihres Führers willen vergessend, hoffend und sich zur Hoffnung ermutigend, liefen sie auf dem unfruchtbaren Eilande hin und her und kehrten immer wieder zu jener nach Norden auslaufenden Landspitze zurück, an der sie der Unglücksstelle am nächsten zu sein wähnten. Sie horchten gespannt, riefen so laut als möglich, und ihre Stimmen mußten weithin dringen, da in der Atmosphäre jetzt Ruhe herrschte und das Meer stiller zu werden und sich schon zu glätten begann.

Ein lauter Ruf Nabs schien einmal sogar von einem Echo wiedergegeben zu werden. Harbert machte Pencroff darauf aufmerksam.

»Das würde noch weiter beweisen, daß im Westen eine Küste ziemlich in der Nähe läge.«

Der Seemann nickte mit dem Kopfe. Übrigens konnten seine scharfen Augen nicht trügen. Hatte er ein Land, und wenn auch noch so wenig davon, gesehen, so mußte ein solches auch vorhanden sein.

Dieses entfernte Echo blieb aber auch die einzige Antwort,

welche Nab erhielt, sonst war tiefes Schweigen ringsumher.

Allmählich klärte sich der Himmel auf. Gegen Mitternacht erglänzten einige Sterne, und wäre jetzt der Ingenieur anwesend gewesen, er hätte schnell erkannt, daß diese Gestirne nicht der nördlichen Halbkugel angehörten. In der Tat schmückte der Polarstern nicht mehr diesen neuen Horizont, und die Sternbilder des Zenits waren nicht dieselben, welche über dem nördlichen Teile der Neuen Welt stehen, dagegen erglänzte das Südliche Kreuz sichtbar an dem anderen Pole der Welt.

Die Nacht verrann. Gegen fünf Uhr morgens, am 25. März, begannen die Höhen des Himmels sich langsam zu erhellen. Noch blieb der Horizont in Dunkel gehüllt, und selbst als der Tag anbrach, entwickelte sich ein dichter Dunst aus dem Meere, der den Gesichtskreis bis auf kaum zwanzig Schritte einschränkte. In langen Wolken rollte jener Nebel schwerfällig dahin.

Das war ein recht unvermutetes Hindernis; die Schiffbrüchigen konnten rings um sich nichts erkennen. Während die Blicke Nabs und des Reporters über den Ozean schweiften, lugten der Seemann und Harbert nach der Küste im Westen aus, ohne eine Spur von Land entdecken zu können.

»Tut nichts«, sagte Pencroff, »ich sehe die Küste zwar nicht, aber ich fühle sie . . . dort ist sie . . . dort . . . so gewiß, wie wir nicht mehr in Richmond sind!«

Der Nebel stieg bald empor; er war nur der Vorbote schönen Wetters. Heller Sonnenschein erwärmte seine oberen Schichten, und wie durch ein dünnes Gewebe drangen die Strahlen bis auf das Eiland hindurch.

So wurden die Dunstmassen gegen halb sieben Uhr, drei Viertelstunden nach Aufgang der Sonne, durchsichtiger. Sie stiegen nach oben. Bald trat das ganze Eiland vor Augen, als tauche es aus einer Wolke empor. Kreisförmig erweiterte sich der Gesichtskreis über dem Meere, nach Osten zu endlos, nach Westen hin aber durch eine hoch aufsteigende, zerklüftete Küste begrenzt.

Ja! Dort lag das Land, dort die wenigstens vorläufig sichere Rettung. Zwischen dem Eilande und der Küste, die durch einen eine halbe Meile breiten Kanal voneinander getrennt waren, rauschte das Wasser schnell wirbelnd hindurch.

Einer der Schiffbrüchigen, der nur sein Herz sprechen ließ, stürzte sich, ohne seine Gefährten vorher davon zu benachrichtigen, ja, ohne nur ein Wort zu verlieren, in den Strom. Es war Nab. Ihn trieb es nach jener Küste hinüber, um in deren nördlichem Teile seine Nachforschungen fortzusetzen. Niemand vermochte ihn zurückzuhalten. Vergebens rief ihn Pencroff an. Der Reporter traf Anstalt, Nab nachzufolgen.

Pencroff wandte sich an denselben.

»Sie wollen über den Kanal hinüber?« fragte er.

»Gewiß«, antwortete Gedeon Spilett.

»Nun wohl, so vertrauen Sie mir und warten das ab. Nab wird genügen, seinem Herrn Hilfe zu bringen. Wenn wir uns in diese Strömung wagten, möchten wir Gefahr laufen, durch die Kraft derselben ins offene Meer getrieben zu werden. Täusche ich mich nicht ganz, so hängt dieselbe nur mit der Ebbe zusammen. Sie sehen, wie der Sand allmählich bloßgelegt wird. Also fassen wir uns in Geduld; vielleicht findet sich bei niedrigem Wasser eine passierbare Furt . . .

»Sie haben recht«, erwiderte der Reporter, »trennen wir uns so wenig als möglich.«

Indessen kämpfte Nab aus Leibeskräften gegen den Strom, den er in schiefer Richtung durchschwamm. Bei jedem Stoße sah man seine schwarzen Schultern auftauchen. Wenn er auch sehr schnell seitwärts getrieben wurde, so kam er doch dem Ufer näher. Zum Durchschwimmen der halben Meile Entfernung zwischen dem Eilande und dem Lande brauchte er wohl eine halbe Stunde und kam nur einige tausend Fuß unterhalb des Punktes ans Ufer, welcher der Stelle, von der aus er ins Wasser sprang, gegenüber lag.

Nab faßte vor einer hohen Granitmauer Fuß und schüttelte sich tüchtig; dann verschwand er schnell hinter einer ins Meer vorspringenden Felsenspitze von derselben Höhe, wie der westliche Ausläufer des Eilandes.

Ängstlich verfolgten die Gefährten Nabs sein tollkühnes Unternehmen, und erst als dieser nicht mehr zu sehen war, wandten sie ihre Blicke auf das Land, in dem sie eine Zuflucht zu finden hofften, wobei sie einige Muscheltiere, die auf dem Sand verstreut lagen, verzehrten. Die Mahlzeit war zwar knapp, indessen doch eine Mahlzeit.

Die gegenüberliegende Küste bildete eine Bucht, die nach Süden zu in einem sehr spitzen, vollkommen vegetationslosen Vorsprung mit wild zerklüftetem Umrisse auslief. Diese Spitze stand mit dem eigentlichen Uferlande durch sehr merkwürdige Linien in Verbindung und stützte sich daselbst an hohe Granitfelsen. Im Norden dagegen erweiterte sich die Bai zu einem mehr abgerundeten Küstenstriche mit der Richtung von Südwest nach Nordost und endigte zuletzt mit einem Kap von geringer Ausdehnung. Die gerade Entfernung zwischen diesen beiden Ausläufern an den Enden des Uferbogens mochte gegen acht Meilen betragen. Eine halbe Meile vom Ufer aus gesehen nahm das Eiland wohl nur einen schmalen Streifen im Meere ein und glich einem ungeheuren Walfisch, dessen sehr vergrößerten Rumpf es darstellte. Seine größte Breite überschritt noch nicht eine Viertelmeile.

Vor dem Eilande bestand das Ufer in erster Reihe aus feinem, mit schwärzlichen Steinen gemischtem Sande, welche bei fallendem Wasser soeben wieder zum Vorschein kamen. In zweiter Reihe erhob sich eine Art Mittelwall von Urgebirge mit senkrecht abfallenden Wänden und wunderbar zerrissenem Kamme zu einer Höhe von etwa 300 Fuß. Dieser erstreckte sich wohl drei Meilen weit und endete nach der rechten Seite mit einer lotrechten, wie von Menschenhand bearbeiteten Wand. Nach links hin dagegen erniedrigte er sich, zerklüftet in prismatische Felsstücken, in allmählicher Neigung bis zu der Stelle, wo er mit den Gesteinsmassen des Vorgebirges verschmolz.

Auf der Höhe des eigentlichen Plateaus wuchs kein einziger Baum. Jenes bildete eine glatte Fläche, ähnlich dem Tafelberge hinter der Kapstadt am Vorgebirge der Guten Hoffnung, nur in verkleinertem Maßstabe. So wenigstens gestaltete sich der Anblick von dem Eilande aus. Übrigens fehlte es rechts, hinter der erwähnten lotrechten Wand, nicht an Pflanzenreichtum, und leicht erkannte man große Strecken grüner Bäume, die sich bis über Sehweite hinaus fortsetzten. Dieses

Bild erquickte das Auge, das von den langen Granitreihen ermüdet war.

Ganz zuletzt endlich überragte die scheinbare Hochebene, in einer Entfernung von mindestens sieben Meilen, ein weißer Gipfel, von dem die Sonnenstrahlen widerglänzten. Er bestand aus einer Schneehaube, welche irgendeinen entfernten Berg überdeckte.

Ob dieses Land eine Insel bilde, oder einem Kontinente angehöre, ließ sich vorläufig nicht entscheiden. Beim Anblick jener zerklüfteten Felsmassen, die sich zur Linken übereinander häuften, hätte ein Geolog aber an deren vulkanischem Ursprunge gar nicht zweifeln können, denn offenbar waren sie die Erzeugnisse plutonischer Prozesse.

Aufmerksam betrachtete Gedeon Spilett, Pencroff und Harbert dieses Land, auf dem sie vielleicht lange Jahre verbringen oder gar auch ihr Leben beschließen sollten, wenn es sich außerhalb der besuchten Schiffswege befand.

»Nun«, fragte Harbert, »was sagst du dazu, Pencroff?«

»Ei«, erwiderte der Seemann, »da wirds hübsch und nicht hübsch sein, wie überall. Wir werdens ja sehen. Jetzt scheint aber die Ebbe eingetreten zu sein. In drei Stunden werden wir wohl über das Wasser gelangen können, dann richten wir uns ein so gut es eben geht, und suchen Mr. Smith wieder aufzufinden.«

Pencroffs Berechnung bestätigte sich. Drei Stunden später lag bei niedrigem Meere der größte Teil des Sandes, der das Kanalbett bildete, frei. Zwischen dem Eiland und der Küste blieb nur noch ein schmaler Wasserarm übrig, der leicht zu überschreiten sein mußte.

Gegen zehn Uhr entledigten sich Gedeon Spilett und seine beiden Genossen ihrer Kleidung, hielten sie in einem Bündel über dem Kopfe und wateten durch das Wasser, dessen Tiefe fünf Fuß nicht überstieg. Harbert, für den auch das zu tief war, schwamm wie ein Fisch. Alle drei gelangten ohne besondere Schwierigkeiten an das jenseitige Ufer. Dort trockneten sie sich bald an der Sonne, legten die Kleidungsstücke, die sie ja vor Durchnässung bewahrt hatten, wieder an und beratschlagten, was nun vorzunehmen sei.

Viertes Kapitel

Die Steinmuscheln. – Der Fluß an seiner Mündung. – Die Kamine. – Fortsetzung der Nachforschungen. – Ein Wald grüner Bäume. – Vorrat an Brennmaterial. – Man erwartet die Ebbe. – Von der Höhe der Küste. – Eine Ladung Holz. – Die Rückkehr zum Ufer.

Der Reporter sagte zu dem Seemann, daß er ihn an dieser Stelle erwarten solle, wo er ihn wieder aufsuchen werde, und ohne einen Augenblick zu verlieren, stieg er das Ufer in derselben Richtung hinan, die einige Stunden vorher der Neger Nab eingeschlagen hatte. Dann verschwand er schnell hinter einem Vorsprung der Küste; so sehr trieb es ihn, etwas vom Ingenieur zu erfahren.

Harbert hatte ihn begleiten wollen.

»Bleib' hier, mein Sohn«, sagte der Seemann zu ihm. »Wir müssen eine Lagerstätte für die Nacht herrichten und sehen, ob wir etwas Solideres für die Zähne auftreiben können, als jene Muscheln. Unsere Freunde werden sich bei ihrer Rückkehr stärken wollen. Jeder bleibe bei seiner Sache.«

»Ich bin bereit, Pencroff«, antwortete Harbert.

»Schön«, versetzte der Seemann, »so wird sich alles machen; nur mit Methode. Wir sind müde, frieren und haben Hunger. Es handelt sich also darum, ein Obdach, Feuer und Nahrungsmittel zu finden. Der Wald enthält Holz, Nester und Eier; so werden wir nur noch eine Hütte zu suchen haben.«

»Nun gut«, sagte Harbert, »so will ich eine Grotte in diesen Felsen suchen und werde gewiß eine entdecken, in der wir uns alle verkriechen können.«

»So sei es«, erwiderte Pencroff. »Ans Werk, mein Junge.«

Beide gingen am Fuße der hohen Mauer hin auf dem Sande, den das fallende Wasser in breiter Fläche freigelegt hatte, doch statt sich nach Norden zu wenden, schlugen sie die Richtung nach Süden ein. Wenige hundert Schritte von der Stelle, wo sie ans Land gekommen waren, hatte Pencroff beobachtet, daß die Küste einen schmalen Spalt bildete, der seiner Meinung nach die Mündung eines Flusses darstellen mußte. Einerseits erschien es von Wichtigkeit, sich vorläufig in der Nachbarschaft trinkbaren Wassers niederzulassen, andererseits lag die Möglichkeit nicht fern, daß Cyrus Smith von der Strömung nach dieser Gegend getrieben worden sei.

Die hohe Mauer stieg wie erwähnt gegen dreihundert Fuß hoch empor, aber überall, selbst an ihrer Basis, die das Meer bedeckte, teilte kein Einschnitt das Gestein, der als Wohnung benutzbar gewesen wäre. Die steile Mauer bestand aus hartem Granit, dem die Wellen nichts anzuhaben vermochten. Auf dem Gipfel wimmelte es von einer ganzen Welt von Wasservögeln, darunter vorzüglich verschiedene Arten von Handfüßlern mit langen, zusammengedrückten und spitzigen Schnäbeln –, sehr lautes Federvieh, das über die Erscheinung des Menschen kaum erschreckte und wahrscheinlich zum ersten Male in seiner Einsamkeit gestört wurde. Unter jenen Vögeln erkannte Pencroff mehrere »Labbes«, eine Seemöwenart, welche man auch Strandjäger nennt, und daneben kleine gefräßige Möwen, die in kleinen Löchern des Granits nisteten. Ein Flintenschuß mitten in diese Vogelherde hätte gewiß eine große Anzahl niedergestreckt, doch um zu schießen, mußte man zunächst ein Gewehr haben, das sowohl Pencroff als Harbert abging. Übrigens sind diese Vögel kaum eßbar und selbst ihre Eier von sehr widrigem Geschmack.

Da meldete Harbert, der einige hundert Schritte weiter nach links gegangen war, daß er einige mit Algen überkleidete Felsen gefunden habe, welche die Flut wenige Stunden später wieder bedecken mußte. An diesen Felswänden hingen zwischen Varecbüscheln eine Menge zweischaliger Muscheln, die für halbverhungerte Leute gewiß nicht zu verachten waren. Harbert rief also Pencroff, der eiligst herzulief.

»Ah, da sind Miesmuscheln«, rief der Seemann, »sie ersetzen die uns fehlenden Eier.«

»Nein, solche sind es nicht«, antwortete der junge Harbert, nach genauer Betrachtung der an dem Felsen haftenden Schaltiere, »das sind Steinmuscheln.«

»Sind sie eßbar?« fragte Pencroff.

»Vollkommen.«

»Nun, auch gut, so verzehren wir Steinmuscheln.«

Der Seemann konnte sich auf Harbert verlassen.

Der junge Mensch war in der Naturgeschichte gut bewandert und hatte schon von jeher eine wahre Leidenschaft für diesen Zweig des Wissens. Sein Vater hatte ihn auf diesen Weg geleitet, indem er ihm von den besten Lehrern in Boston Unterricht erteilen ließ, welche dem intelligenten und fleißigen Kinde sehr zugetan waren. Seine Eigenschaft als Naturkundiger sollte übrigens noch manchmal in Anspruch genommen werden und bei seinem ersten Auftreten täuschte er sich nicht.

Diese Steinmuscheln bestanden aus langen Schalen und hingen gleichsam traubenweise am Gestein. Sie zählen zu jenen Familien von Mollusken, welche sich selbst in die härtesten Felsen einbohren, und ihr Gehäuse lief in zwei Spitzen aus, eine Anordnung, die sie von der gewöhnlichen eßbaren Muschel unterscheidet.

Pencroff und Harbert verspeisten eine ziemliche Anzahl dieser Steinmuscheln, welche sich im Sonnenschein halb öffneten, wie Austern, und fanden, daß sie einen sehr pfeffrigen Geschmack hatten, was sie jeden Mangel an Gewürz vollständig vergessen ließ.

Ihr Hunger war also vorläufig gestillt, nicht aber der Durst, der nach dem Genusse dieser von Natur gewürzten Schaltiere nur zunahm. Jetzt galt es, bald Trinkwasser aufzufinden, was einer so auffällig zerklüfteten Gegend kaum fehlen konnte. Nachdem Pencroff und Harbert vorsichtiger Weise einen reichlichen Vorrat an Steinmuscheln eingesammelt, den sie in ihren Taschen und Taschentüchern unterbrachten, kehrten sie nach dem Fuße des Hochlandes zurück. Zweihundert Schritte weiterhin gelangten sie nach jenem Einschnitte, von dem Pencroff vorausgeahnt, daß ein wasserreicher Fluß durch ihn fließen müsse. Hier schien die Gesteinmauer durch irgendwelchen mächtigen plutonischen Vorgang gespalten zu sein. Am Ufer dehnte sich eine kleine Bucht aus, die nach dem Lande zu in einen sehr spitzen Winkel auslief. Der Wasserlauf maß daselbst gegen hundert Fuß Breite, und seine Ufer stiegen höchstens zwanzig Fuß hoch an. Der Fluß drang unmittelbar zwischen die Granitmauer ein, welche sich stromaufwärts zu erniedrigen schien; dann bildete jener einen scharfen Winkel und verschwand eine halbe Meile weiter in einem Gehölz.

»Hier ist ja Wasser und dort Holz!« rief Pencroff, »nun sieh', Harbert, jetzt fehlt bloß noch das Haus!«

Das Wasser des Flusses war schön klar. Der Seemann überzeugte sich, daß es bei niedrigem Wasserstande, d. h. während der Zeit der Ebbe, süß sei. Nach Feststellung dieser gewichtigen Punkte suchte Harbert, freilich erfolglos, nach einem Zufluchtsorte. Überall erschien die Mauer glatt, eben und steil.

Nur an der Mündung des Wasserlaufes hatte der Gesteinschutt nicht eine Grotte, aber eine Anhäufung von gewaltigen Felsenstücken gebildet, denen man in Ländern mit Granitgebirgen nicht selten begegnet und die den Namen »Kamine« führen.

Pencroff und Harbert drangen ziemlich tief zwischen diesen Felsen in sandigen Gängen ein, denen auch das Licht nicht abging, da es durch die Lücken eindrang, welche die Granitstücke, von denen sich manche nur wie durch ein Wunder im Gleichgewicht hielten, frei ließen. So gut wie die Lichtstrahlen, fand aber auch der Wind – ein wahrer Korridorzug – Eingang und mit dem Winde die scharfe Kälte von außen. Doch glaubte der Seemann, daß man durch Verstopfung einiger dieser Zwischengänge mittels eines Gemisches von Sand und Steinen diese »Kamine« zur Not wohnlich einrichten könne. Ihre geometrische Form ähnelte dem typographischen Zeichen &, das in Abkürzung »und« oder »et cetera« bedeutet. Schloß man den oberen Ring dieses Zeichens, durch welches der Süd- und Westwind hereinblies, ab, so mußte es gelingen, den unteren Teil nutzbar zu machen.

»Das ist jetzt unsere Aufgabe«, sagte Pencroff, »und wenn wir Mr. Smith jemals wiedersehen, so wird er aus diesem Labyrinthe schon etwas zu machen wissen.«

»Wir sehen ihn wieder, Pencroff«, rief Harbert, »und wenn er zurückkommt, muß er eine erträgliche Wohnung vorfinden. Sie wird das von der Zeit an sein, sobald wir hier links einen Herd errichten, und darüber dem Rauche einen Ausweg lassen.«

»Das muß sich ausführen lassen, mein Sohn«, erwiderte der Seemann, »und diese Kamine« – denn Pencroff behielt den

Namen mit Vorliebe bei –, »sollen unsere provisorische Wohnung abgeben. Zuerst werden wir aber für Brennmaterial zu sorgen haben. Mir schein auch, das Holz wird nicht ganz ungeeignet sein, jene Öffnung zu verschließen, durch welche der Teufel jetzt seine Trompete bläst.«

Harbert und Pencroff verließen die Kamine, wendeten sich um die Ecke und stiegen das linke Ufer des Flusses hinan. Die Strömung in diesem war ziemlich schnell und führte einige abgestorbene Bäume mit sich. Bei steigender Flut, von der schon die Anzeichen eintraten, mußte das Wasser wohl eine beträchtliche Strecke zurückgetrieben werden. Der Seemann dachte sofort daran, daß man Ebbe und Flut zum Transport schwerer Gegenstände werde gebrauchen können.

Nach einem Wege von einer Viertelstunde kamen der Seemann und der junge Mensch an dem scharfen Winkel an, mit dem sich der Fluß nach links wendete. Von dieser Stelle aus setzte sich sein Lauf durch einen Wald mit prächtigen Bäumen fort. Trotz der vorgeschrittenen Jahreszeit prangten diese Bäume noch in ihrem grünen Gewande, denn sie gehörten zu jener Familie der Koniferen, welche in allen Gegenden der Erde, sowohl unter nördlichen Klimaten, als auch in den heißen Zonen vorkommen. Der junge Naturforscher erkannte sie genauer als »Deodars«, eine im Himalayagebirge sehr häufig auftretende Art von überaus angenehmem Geruche. Zwischen diesen schönen Bäumen befanden sich einige Fichtengruppen, deren dichter Schirm sich weit ausbreitete. Mitten unter dem hohen Grase fühlte Pencroff, daß er auf dürre Zweige trat, welche laut knackend zerbrachen.

»Schön, junger Mann«, sagte er zu Harbert, »wenn mir auch die Namen der Bäume nicht bekannt sind, so weiß ich doch, daß sie zur Kategorie des ›Brennholzes‹ gehören, und für jetzt liegt uns das zunächst am Herzen.«

»Versehen wir uns mit Vorrat!« erwiderte Harbert, der sich sofort ans Werk machte.

Das Einsammeln war nicht schwierig, da man nicht einmal Zweige von den Bäumen zu brechen brauchte, denn überall lagen große Mengen dürren Holzes umher. Wenn auch Brennmaterial nicht fehlte, so ließen doch die Transportmittel viel zu wünschen übrig. Bei seiner großen Trockenheit mußte das Holz schnell verbrennen, und wurde es deshalb nötig, eine beträchtliche Menge desselben nach den Kaminen zu befördern, wozu das nicht hinreichte, was etwa zwei Menschen fortzutragen vermochten. Harbert hatte auf diesen Umstand aufmerksam gemacht.

»Ei nun, mein Junge«, meinte der Seemann, »so werden wir auf ein Mittel denken müssen, dieses Holz fortzuschaffen. Man muß für alles ein Mittel finden. Wenn wir eine Karre oder ein Boot hätten, wäre die Sache ja sehr schnell erledigt.«

»Aber wir haben ja schon den Fluß!« warf Harbert ein.

»Richtig«, versetzte Pencroff. »Der Fluß ist für uns ein Weg, welcher sogar selbst geht, und die Holzflöße sind nicht umsonst erfunden.«

»Nur läuft unser Weg aber«, bemerkte Harbert, »jetzt gerade in umgekehrter Richtung, da die Flut noch steigt.«

»So werden wir nur zu warten haben, bis sie wieder fällt«, entgegnete der Seemann, und dann soll sie unser Heizmaterial mit nach den Kaminen führen. Komm, wir wollen unseren Lastzug vorrichten.«

Von Harbert gefolgt, begab sich der Seemann nach dem scharfen Winkel, den der Waldsaum mit dem Flusse bildete. Beide schleppten, jeder nach seinen Kräften, eine Ladung Holz, zu Bündeln vereinigt, herbei. Auch am Ufer fanden sich eine Menge trockener Zweige, mitten zwischen den Gräsern, in welche sich wahrscheinlich noch nie eines Menschen Fuß verirrt hatte. Pencroff ging sogleich daran, seinen Lastzug in Ordnung zu bringen. Eine hervorspringende Spitze des Ufers, an dem sich das Wasser stieß, erzeugte eine Art stillstehenden Wirbels. In diesen brachten der Seemann und der junge Mensch einige größere und dickere Stämmchen, die sie mit Lianen verbanden. So entstand etwas wie ein Floß, auf welchem der Holzvorrat nach und nach aufgestapelt wurde, der mindestens die Kräfte von zwanzig Mann beansprucht hätte. Binnen einer Stunde war die Arbeit getan, und die Holzladung, an improvisierten Tauen festgebunden, erwartete den Eintritt der Ebbe.

Da bis zu dieser Zeit noch einige Stunden verstreichen mußten, beschlossen Pencroff und Harbert, die höheren Uferberge zu besteigen, um einen ausgedehnteren Überblick über die Umgegend zu gewinnen.

Gerade zweihundert Schritte hinter der Flußbiegung verlief sich das Granitgebirge, das mit einigen Schutthaufen von Felsstücken endigte, in einem sanften Abhange nahe dem Saume des Waldes, wobei es fast eine natürliche Treppe darstellte. Harbert und der Seemann stiegen also daselbst in die Höhe. Dank ihren kräftigen Knien erreichten sie den Gipfel in wenig Minuten und begaben sich nach der einen Ecke, welche die Mündung des Flusses bildete.

Oben angelangt, galt ihr erster Blick dem Ozean, über den sie in so furchtbaren Umständen dahergeflogen waren. Im Inneren bewegt, betrachteten sie den nördlichen Teil der Küste, an dem die Katastrophe stattgefunden haben mußte. Dort verschwand Cyrus Smith. Mit den Augen suchten sie, ob nicht irgendwo ein Teil des Ballons, an den ein Mann sich anklammern könnte, noch umherschwimme. Nichts! Das Meer dehnte sich als endlose Wasserwüste vor ihnen aus. Auch am Ufer sahen sie niemand, weder den Reporter, noch Nab. Möglicherweise befanden sich diese beiden in solcher Entfernung, daß man sie nicht bemerken konnte.

»Mir sagt eine innere Stimme«, rief Harbert, »daß ein so unerschrockener Mann, wie Mr. Cyrus, nicht wie der erste beste ertrunken sei. Nicht wahr, Pencroff!«

Der Seemann schüttelte betrübt den Kopf. Er hoffte nicht mehr, Cyrus Smith je wiederzusehen, wollte aber Harbert nicht alle Hoffnung rauben, und sagte:

»Ohne allen Zweifel, unser Ingenieur ist der Mann dazu, sich dann noch durchzuhelfen, wenn alle anderen zu Grunde gingen . . .!«

Dabei faßte er das Küstenbild mit größter Aufmerksamkeit ins Auge. Vor ihm dehnte sich das sandige Ufer, das rechts von der Flußmündung mit einer Reihe von Klippen bekränzt war. Die noch halb unter Wasser stehenden Felsen glichen einer Gesellschaft großer Amphibien, die sich in der Brandung tummelten. Über der Grenze dieser Riffe hinaus glitzerte das Meer im Strahle der Sonne. Im Süden schloß eine scharf vorspringende Spitze den Gesichtskreis, und konnte man deshalb nicht erkennen, ob das Land sich noch in derselben Richtung weiter fortsetzte, oder sich nach Südost wendete, wodurch dieser Küstenstrich zu einer sehr verlängerten Halbinsel geworden wäre. An der Nordseite der Bucht konnte man das Ufer weithin verfolgen, das sich in langer, mehr rundlicher Linie verlief. Dort erschien dasselbe flach, eben, ohne schroffen Rand und mit breiten Sandbänken eingefaßt, die zur Zeit der Ebbe zu Tage lagen.

Pencroff und Harbert wandten sich hierauf nach Westen. In dieser Richtung traf ihr Blick zunächst auf einen hohen Berg mit schneebedecktem Gipfel, der sich in der Entfernung von sechs bis sieben Meilen erhob. Von seinem ersten Abhang aus bis auf zwei Meilen vom Ufer erschien er dicht mit Holz bestanden, dessen immergrüne Blätter weit ausgedehnte, herrliche Flächen bildeten. Von dem Rande des Waldes bis an die Bergkante hin unterbrachen nur ganz ungeordnete Gruppen von Bäumen die Hochebene. Zur Linken sah man wohl da und dort die Gewässer des kleinen Flusses schimmern und hatte es den Anschein, als ob seine Schlangenwindungen bis nach den Widerlagern des Bergriesen führten, aus denen wahrscheinlich seine Quelle entsprang. An der Stelle, wo sie ihre Holzladung gelassen, zwängte sich sein Lauf erst zwischen die Granitmauer hinein. Am rechten Ufer stiegen die Wände steil und glatt in die Höhe, während sie am linken allmählicher abfielen, sich in einzelne Felsen, diese in loses Gestein, und diese endlich in Strandkiesel zerteilten, welche bis zur Ecke der Küste reichten.

»Sind wir nur auf einer Insel?« sagte der Seemann halb für sich.

»Auf jeden Fall scheint sie sehr ausgedehnt zu sein«, antwortete der junge Mann.

»Eine Insel, so groß sie auch sein mag, bleibt doch immer eine Insel!« bemerkte Pencroff.

Die wichtige Frage entzog sich freilich noch der Entscheidung. Das Land selbst, ob nun Festland oder Insel, schien recht fruchtbar, bot einen freundlichen Anblick und war reich an verschiedenen Produkten.

»Das ist ein Glück«, meinte Pencroff, »und in unserer Lage können wir der Vorsehung noch recht dankbar sein.«

»Ja, Gott sei gelobt!« fügte Harbert hinzu, dessen frommes Herz des Dankes voll war für den Schöpfer aller Dinge.

Lange Zeit überschauten Harbert und Pencroff die Gegend, in welche sie ihr Schicksal verschlagen hatte, und doch blieb es trotzdem sehr schwierig zu sagen, wie sich ihre nächste Zukunft gestalten würde.

Dann kehrten sie zurück und folgten etwa dem südlichen Kamme des Granitplateaus, der aus einer langen Reihe sonderbar geformter Felsen bestand. Dort nisteten in Erdlöchern einige hundert Vögel. Als Harbert über die Steine sprang, kam eine ziemliche Anzahl derselben zum Vorschein.

»Sieh«, rief er, »das sind weder Seemöwen, noch Wasserschwalben!«

»Und was denn?« fragte Pencroff; »meiner Treu, man könnte sie für Tauben halten.«

»Gewiß, aber das sind wilde, sogenannte Felstauben«, entgegnete Harbert, »ich erkenne sie an den zweimal schwarz gestreiften Flügeln, an den weißen Schwanzfedern und dem aschgrauen Gefieder. Da nun die Felstauben eßbar sind, so müssen wohl ihre Eier ganz vorzüglich munden, und vorausgesetzt, daß sie noch solche in den Nestern ließen . . .«

»Würden wir diesen keine Zeit lassen, auszukriechen, höchstens in Form von Omelettes«, fiel ihm Pencroff fröhlich ins Wort.

»Worin willst du aber Eierkuchen backen«, fragte Harbert, »etwa in deinem Hute?«

»Sehr gut«, erwiderte der Seemann, »doch ein solcher Hexenmeister bin ich nicht. Wir werden uns demnach mit gesottenen Eiern begnügen müssen, und ich stehe dir dafür, mein Junge, daß ich auch die härtesten nicht verachten werde!«

Pencroff und der junge Mensch suchten nun aller Orten und fanden wirklich in kleinen Aushöhlungen eine Menge Eier. Einige Dutzend von diesen fanden im Taschentuche des Seemannes Platz, und da die Zeit herankam, in der das Wasser wieder sinken mußte, begaben sich dieser und Harbert nach dem Flusse hinab.

Es war ein Uhr mittags geworden, als sie an dessen Biegung wieder anlangten. Schon wechselte die Strömung, welche man benutzen mußte, um die Holzladung zu tragen. Pencroff fiel es gar nicht ein, seinen Lastzug so ganz allein, ohne Leitung hinabtreiben zu lassen, er konnte sich auf demselben aber auch nicht mit einschiffen, um zu steuern. Um Taue und Stricke darf ein Seemann jedoch nie in Verlegenheit sein, und schleunigst drehte Pencroff aus einer Menge trockener Lianen einen mehrere Klafter langen Strick zusammen. Derselbe wurde an dem Hinterteile des Floßes befestigt, während der Seemann das andere Ende in die Hand nahm und Harbert mittels einer langen Stange das Ganze in der Strömung erhielt. Die Sache ging nach Wunsch. Die schwere Holzladung, die der Seemann an dem Ufer hinschreitend dirigierte, folgte auf dem Wasser. Die Steilheit des Uferrandes ließ nicht befürchten, daß dieselbe an der Seite auffahre, und in kaum zwei Stunden war die Mündung, nur wenige Schritte von den Kaminen, erreicht.

Fünftes Kapitel

Häusliche Einrichtung. – Eine wichtige Frage. – Das Zündhölzchen-Etui. – Nachsuchung am Strande. – Des Reporters und Nabs Rückkehr. – Ein einziges Streichhölzchen! – Das lodernde Herdfeuer. – Die erste Mahlzeit. – Die erste Nacht auf dem Lande.

Nach Entladung des Floßes wendete Pencroff seine erste Sorge der Wohnbarmachung ihres Aufenthaltsortes zu, indem er die Lücken ausfüllte, durch welche der Wind von allen Seiten Eingang fand. Sand, Steine und durcheinanderliegende Zweige verschlossen nebst angefeuchteter Erde alle unnötigen Öffnungen und trennten die oberen Teile des Felsenhaufens von den größeren unteren ab. Zur Abführung des Rauches und zur Erzeugung des nötigen Zuges sparte man nur einen engen, gewundenen Gang an der Seite aus. So entstanden etwa drei oder vier Zimmer, wenn man dunklen Höhlen, die kaum wilden Tieren genügt hätten, diesen Namen geben darf. Doch war man darin im Trockenen und konnte wenigstens in der größten, mittleren Abteilung auch aufrecht stehen. Dabei bedeckte ein feiner Sand den Fußboden; kurz, alles in allem genügte dieser vorläufige Wohnplatz bis zur Auffindung eines besseren.

Pencroff und Harbert plauderten während ihrer Arbeit.

»Vielleicht haben unsere Gefährten«, meinte Harbert, »doch einen besseren Zufluchtsort entdeckt?«

»Das ist wohl möglich«, antwortete Pencroff, »doch im Zweifelsfalle mußt du dich nie auf etwas verlassen. Besser eine Sehne zuviel am Bogen als gar keine!«

»Oh«, rief Harbert, »wenn sie nur Mr. Smith wiederfinden und zurückbringen, so können wir schon dem Himmel dankbar sein.«

»Ja«, sagte Pencroff, »es steht fest, das war ein ganzer Mann.«

»Das ›war‹ einer . . .?« fragte Harbert, »verzweifelst du, ihn je wiederzusehen?«

»Davor behüte mich Gott!« antwortete rasch der Seemann.

Die Arbeit wurde bald zu Stande gebracht, und Pencroff erklärte sich sehr zufrieden mit dem Erfolge.

»Nun können unsere Freunde zurückkommen«, sagte er, »sie werden ein hinlängliches Obdach finden.«

Jetzt war nur noch der Herd in Gang zu setzen und eine Mahlzeit zu bereiten; eine sehr leichte und einfache Arbeit. Auf den Erdboden der ersten Abteilung zur Linken und unter dem roh hergestellten Rauchfange wurden große, glatte Steine aufgerichtet. Die Wärme, welche trotz des abziehenden Rauches noch übrigblieb, mußte voraussichtlich hinreichen, eine erträgliche Temperatur zu unterhalten. Auf den Herd schichtete der Seemann einige Holzscheite, nebst dünneren Ästen auf und brachte den übrigen Vorrat an Heizmaterial in einem anderen Nebenraume unter.

Noch beschäftigte sich der Seemann damit, als Harbert ihn fragte, ob er Streichhölzer habe.

»Gewiß«, erwiderte Pencroff, »und das ist ein Glück, denn ohne Streichhölzchen oder Zündschwamm möchten wir schön in Verlegenheit sein.«

»Oh, wir könnten uns doch Feuer verschaffen, wie es die Wilden tun, durch Aneinanderreiben zweier trockener Holzstücke.«

»Das versuche einmal, mein Sohn, und du wirst sehen, daß du damit nicht weiter gelangst, als dir fast die Arme zu zerbrechen.«

»Und doch ist jene Art und Weise auf den Inseln des Stillen Ozeans ganz gebräuchlich.«

»Das bestreite ich nicht«, erwiderte Pencroff, »doch ist anzunehmen, daß die Wilden entweder ganz besondere Kunstgriffe oder ein eigentümliches Holz dabei anwenden, denn mehr als einmal habe ich den Versuch erfolglos wiederholt. Ich gestehe doch, daß ich die Zündhölzer vorziehe. Wo ist aber mein Etui?«

Pencroff suchte sein Feuerzeug, das er als leidenschaftlicher Raucher stets bei sich führte, in allen Taschen; – vergebens. Weder in der Jacke noch in den Beinkleidern fand sich das Gewünschte.

»Das ist fatal, ja, noch mehr als fatal!« sagte er mit einem Blicke auf Harbert. »Das Etui hab' ich offenbar aus der Tasche verloren. Aber hast du nicht einen Feuerstahl oder sonst etwas Passendes bei dir, Harbert?«

»Nein, Pencroff!«

Sich kräftig die Stirn reibend und gefolgt von dem jungen Manne lief der Seemann hinaus, und beide suchten mit größter Sorgfalt auf dem Sande, an den Felsen und längs des Flußufers, aber ohne Erfolg. Das aus Kupfer gefertigte Etui hätte ihren Blicken nicht entgehen können.

»Pencroff«, fragte da Harbert, »solltest du das Feuerzeug nicht mit aus der Gondel geworfen haben?«

»Das hatte ich weislich bleiben lassen«, erwiderte der Seemann. »Wenn man indes so durchgeschüttelt wird, wie wir, kann ein so kleines Ding wohl unbemerkt abhanden kommen. Auch meine Tabakspfeife hat dasselbe Schicksal gehabt! Verdammtes Schächtelchen, wo magst du stecken?«

»Nun, eben weicht das Meer zurück«, sagte Harbert, »wir wollen nach der Stelle laufen, an der wir strandeten.«

So wenig Wahrscheinlichkeit es für sich hatte, das Kupferbüchschen wiederzufinden, welches die Wellen während der Flut gewiß mit den Strandkieseln umhergerollt haben mußten, so wollte man doch auch diesen Versuch nicht unterlassen. Harbert und Pencroff begaben sich also schnell nach der von den Kaminen etwa zweihundert Schritte entfernten Stelle.

Dort suchten sie unter den Ufersteinen und zwischen den einzelnen Felsstücken, aber ohne jedes Resultat. War das Feuerzeug hier verlorengegangen, so mußten die Wellen es wohl mit entführt haben. Je weiter sich das Meer zurückzog, desto weiter dehnte der Seemann seine Nachforschungen aus, ohne etwas zu finden. Unter den jetzigen Umständen war dieser Verlust gewiß sehr empfindlich und für den Augenblick unersetzlich.

Pencroff verhehlte seinen lebhaften Unwillen nicht. Die Stirne in Falten gezogen, sprach er kein Wort. Harbert versuchte ihn mit der Bemerkung zu trösten, daß die Zündhölzer doch vom Meere durchnäßt und vorläufig unbrauchbar sein würden.

»Nein, nein, mein Junge«, antwortete der Seemann, »jene befanden sich in einem kupfernen Büchschen mit bestem Verschlusse! Was sollen wir aber nun beginnen?«

»Wir werden schon noch ein Mittel finden, uns Feuer zu verschaffen«, tröstete ihn Harbert. »Bei Mr. Smith oder Mr. Spilett wird es nicht so knapp hergehen, als jezt bei uns.«

»Kann wohl sein«, erwiderte Pencroff, »inzwischen bleiben wir aber ohne Feuer, und unsere Gefährten werden bei ihrer Rückkehr nur ein sehr mageres Abendbrot finden.«

»Es ist aber ganz unmöglich«, sagte lebhaft Harbert, »daß sie weder Zündschwamm, noch Streichhölzchen hätten!«

»Das möchte ich nicht beschwören«, entgegnete der Seemann. »Nab und Mr. Smith sind keine Raucher, und Mr. Spilett wird weit eher sein Notizbuch, als eine Zündholzschachtel bis zuletzt aufgehoben haben.«

Harbert gab keine Antwort. Der Verlust des Etuis war offenbar ein bedauerlicher Zufall. Nichtsdestoweniger beharrte der junge Mensch bei dem Glauben, daß sie auf die eine oder die andere Weise noch das nötige Feuer erhalten würden. Der erfahrenere Pencroff, der sonst doch niemals in Verlegenheit kam, teilte diesen guten Glauben nicht. Jedenfalls blieb ihnen vorläufig nichts anderes übrig, als Nabs und des Reporters Rückkunft abzuwarten. Auf das in Aussicht genommene Gericht harter Eier mußte man freilich verzichten, und die bevorstehende rohe Fleischdiät erschien ihnen gar nicht besonders verlockend.

Vor der Heimkehr sammelten beide noch, für den Fall, daß sie sich wirklich ohne Feuer behelfen mußten, einen weiteren Vorrat an Steinmuscheln und schlugen dann schweigend den Weg nach ihrem Zufluchtsorte ein.

Die Augen auf den Boden geheftet, suchte Pencroff noch immer sein verlorenes Büchschen. Er ging sogar das linke Ufer des Flusses von dessen Mündung bis nach der Stelle hinauf, an der die Holzladung angebunden gelegen hatte. Er bestieg die Hochebene, durchlief sie nach allen Richtungen, suchte in dem hohen Grase am Saume des Waldes – alles, alles vergeblich.

Es mochte gegen fünf Uhr abends sein, als Harbert und er nach den Kaminen zurückkehrten, und es ist selbstverständlich, daß alle Höhlen darin bis in die finstersten Ecken umgewühlt wurden, bevor man jedes weitere Nachsuchen aufgab.

Gegen sechs Uhr, gerade als die Sonne sich hinter den höheren Bergzügen im Westen verbarg, meldete Harbert, der an dem flachen Ufer umherschwärmte, die Rückkehr Nabs und Gedeon Spiletts.

Sie kamen allein! – Dem jungen Menschen preßte es schmerzlich die Brust zusammen. Des Seemanns Ahnung hatte also nicht getrogen, der Ingenieur Cyrus Smith war nicht aufgefunden worden!

Als der Reporter näher kam, sank er lautlos auf ein Felsstück nieder. Erschöpft von der Anstrengung und halbtot vor Hunger fehlten ihm die Kräfte, ein Wort zu sprechen.

In Nabs Augen sah man, wie er geweint hatte, und immer noch verrieten seine Tränen, die er nicht zurückzuhalten vermochte, daß ihm alle Hoffnung geschwunden war.

Später berichtete der Reporter über die angestellten Versuche, Cyrus Smith wiederzufinden. Etwa acht Meilen weit waren Nab und er längs der Küste hingelaufen, also noch weit über die Linie hinaus, in welcher der Ballon zum vorletzten Male aufstieß, mit welchem Stoße ja der Ingenieur samt seinem Hunde verschwand. Das flache Ufer war wüst und leer, keine Spur, kein Fußstapfen zu sehen. Kein neuerdings gewendeter Kiesel, kein Zeichen im Sande, kein Eindruck von Schritten zeigte sich. Offenbar besuchte kein Mensch diesen Teil der Küste. Das Meer dehnte sich ebenso einsam, wie das Ufer, und wenige hundert Schritte von letzterem entfernt mußte der Ingenieur sein Grab gefunden haben.

Da erhob sich Nab und rief mit einer Stimme, welche seine Gefühle von Hoffnung verriet:

»Nein, nein! Er ist nicht tot! Nein, das kann nicht sein! Er! Niemals! Ich oder jeder andere, ja! Aber er nicht! Er war ein Mann, sich in jeder Lage zu helfen!«

Dann verließen ihn einen Augenblick die Kräfte.

»Ach, ich kann nicht mehr!« murmelte er.

Harbert eilte zu ihm.

»Nab«, redete ihm der junge Mann zu, »wir werden Euren Herrn ja wiederfinden! Gott schenkt ihn uns noch einmal! Aber für jetzt leidet Ihr an Hunger. Eßt ein wenig, ich bitte!«

Mit diesen Worten nötigte er dem Neger einige Händevoll Muscheln auf, freilich eine dürftige, kaum hinreichende Speise.

Seit vielen Stunden hatte Nab nichts zu sich genommen, aber auch jetzt schlug er es ab. Ohne seinen Herrn konnte oder wollte er eben nicht leben.

Gedeon Spilett verschlang einige Mollusken und legte sich am Fuße eines Felsstückes in den Sand. Er war zu Tode erschöpft, aber ruhig.

Da näherte sich ihm Harbert und faßte seine Hand.

»Mr. Spilett«, sagte er, »wir haben ein Obdach gefunden, wo es Ihnen mehr gefallen wird als hier. Die Nacht bricht schon herein. Kommen Sie, um auszuruhen. Morgen werden wir sehen ...«

In diesem Augenblick kam auch Pencroff auf ihn zu und fragte im trockensten Tone, ob er nicht zufällig ein Zündhölzchen bei sich habe.

Der Reporter blieb stehen, durchsuchte seine Taschen, fand das Gewünschte aber nicht und sagte:

»Ich habe keine mehr und werde wohl alle mit ausgeworfen haben . . .«

Als Pencroff hierauf an Nab dasselbe Verlangen stellte, erhielt er die nämliche Antwort.

»Verflucht!« fuhr der Seemann auf, der diesen Kraftausdruck nicht niederzuwürgen im Stande war.

Der Reporter hörte es und fragte:

»Es ist wohl kein Streichhölzchen zur Hand?«

»Kein einziges, und folglich auch kein Feuer!«

»Oh«, rief Nab, »da müßte mein Herr zur Stelle sein, der würde bald Rat schaffen!«

Bewegungslos und doch nicht ohne Unruhe sahen sich die vier Schiffbrüchigen an. Harbert brach zuerst das Schweigen und sagte:

»Mr. Spilett, Sie sind Raucher und haben doch wohl immer ein Feuerzeug bei der Hand. Vielleicht haben Sie nur nicht gründlich nachgesehen? Bitte, tun Sie es noch einmal. Ein einziges Zündhölzchen würde uns ja genügen!«

Von neuem durchwühlte der Reporter alle Taschen seiner Kleidung, wobei er endlich zur größten Freude Pencroffs und zum höchsten eigenen Erstaunen ein zwischen das Westenfutter gelangtes Hölzchen fühlte. Gleichzeitig mit dem Stoffe hatte er dasselbe zwar erfaßt, vermochte es aber nicht hervorzuholen. Da nur dieses einzige vorhanden war, galt es sich vor der Lostoßung des Phosphorköpfchens sorgsam zu hüten.

»Wollen Sie mich gewähren lassen?« sagte der junge Mann.

Sehr geschickt und ohne es zu zerbrechen gelang es ihm, das erbärmliche und jetzt doch so kostbare Splitterchen hervorzuziehen.

»Ein Zündhölzchen!« rief Pencroff, »oh, das ist ebensoviel, als ob wir eine ganze Ladung solcher hätten!«

Er nahm das Hölzchen in Empfang, und alle begaben sich nach den Kaminen zurück.

Das kleine Stückchen Holz, das man unter anderen Verhältnissen doch ganz achtlos verschwendet, verlangte hier die Anwendung der peinlichsten Vorsicht. Der Seemann überzeugte sich zunächst, ob es auch trocken sei.

»Wir sollten Papier zur Hand haben«, sagte er.

»Hier ist welches«, antwortete Gedeon Spilett, der nicht ohne einiges Zaudern ein Blatt aus seinem Notizbuche riß.

Pencroff ergriff das Stück Papier, das ihm der Reporter hinreichte, und kauerte sich vor dem Herde nieder. Auf diesem wurden einige Hände voll trockener Kräuter, Blätter und Moose so unter den Holzstücken ausgebreitet, daß die Luft leichten Zugang hatte, um das Ganze in Flammen zu setzen.

Pencroff knitterte das Papier zusammen und schob es unter, suchte sich dann einen trockenen, etwas rauhen Kiesel und versuchte mit angehaltenem Atem und nicht ohne Herzklopfen das Zündhölzchen sanft darauf zu reiben.

Das erste Streichen blieb erfolglos. Pencroff hatte, aus Furcht, daß das Phosphor abspringen könnte, zu wenig aufgedrückt.

»Nein, ich kanns nicht«, sagte er, »mir zittern die Hände. Das Hölzchen könnte versagen . . . Ich kann nicht . . . ich mag nicht!« Er erhob sich und hieß Harbert seine Stelle einnehmen.

Gewiß war der junge Mensch noch nie in seinem Leben so erregt gewesen. Das Herz schlug ihm heftig. Als Prometheus das Feuer vom Himmel stahl, konnte er nicht ängstlicher ergriffen sein. Entschlossen strich Harbert mit dem Hölzchen schnell über den Kiesel. Mit leisem Knistern schlug eine bläuliche Flamme auf, die einen scharfen Rauch verbreitete. Langsam wendete jener das Hölzchen, um es weiter anbrennen zu lassen, und hielt es dann unter das Papierbäuschchen. Dieses fing Feuer, und in wenigen Augenblicken standen die dürren Moose und Blätter in Flammen.

Bald nachher knisterte auch das Holz und loderte, unterstützt durch das kräftige Anblasen des Seemanns, lustig durch die Finsternis empor.

»Endlich!« rief Pencroff. »Ich bin doch in meinem ganzen Leben noch nie so aufgeregt gewesen!«

Auf den glatten Steinen des Herdes brannte das Feuer ganz nach Wunsch; der Rauch fand einen bequemen Ausweg, der Schornstein »zog«, und es verbreitete sich eine behagliche

Wärme.

Dieses Feuer durfte nun freilich niemals verlöschen und mußte wenigstens etwas Glut unter der Asche erhalten werden. Da es an Holz nicht fehlte und dessen Vorrat stets ergänzt werden konnte, so machte das nur einige Sorgfalt und Arbeit nötig.

Pencroff trug zuerst Sorge, dieses Herdfeuer zu benutzen und eine konsistentere Mahlzeit, als ein Gericht Steinmuscheln gewährt, zu bereiten. Harbert holte zwei Dutzend Eier herbei. Der Reporter lehnte in einer Ecke und betrachtete diese Vorbereitungen, ohne ein Wort dazu zu sagen. Ein dreifacher Gedanke beschäftigte sein Inneres. Lebte Cyrus überhaupt noch? Wenn er lebte, wo konnte er sein? Wenn er den Sturz aus dem Ballon überstand, sollte er kein Mittel gefunden haben, ein Lebenszeichen von sich zu geben? – Nab endlich streifte am Ufer hin und her und erschien nur noch wie ein Körper ohne Seele.

Pencroff, welcher Eier auf zweiundfünfzig verschiedene Weisen zuzubereiten verstand, hatte jetzt doch keine Wahl. Er mußte sich damit begnügen, dieselben in heiße Asche zu legen und hart werden zu lassen.

Nach Verlauf weniger Minuten war das geschehen und lud der Seemann den Reporter ein, an dem Nachtmahl teilzunehmen, an der ersten Mahlzeit der Schiffbrüchigen auf der unbekannten Küste. Die harten Eier schmeckten ausgezeichnet, und da das Ei fast alle zur Ernährung des Menschen notwendigen Bestandteile enthält, so befanden sich die Verunglückten recht wohl dabei und schöpften neue Kräfte.

Oh, wenn einer von ihnen jetzt nicht gefehlt hätte! Wenn alle fünf aus Richmond entflohenen Gefangenen hier zusammen gewesen wären, unter diesem Haufen von Felsstücken, vor dem flackernden Feuer, auf dem trockenen Sande, sie hätten gewiß aus überquellendem Herzen dem Himmel ihren Dank dargebracht! Aber der erfindungsreichste, der unterrichtetste von ihnen, ihr natürlicher Anführer, Cyrus Smith, fehlte ja, ach, und seine Leiche hatte nicht einmal ein Grab gefunden!

So verlief der 25. März. Die Nacht kam heran. Draußen hörte man das Pfeifen des Windes und das eintönige Rauschen der Brandung an der Küste. Die von den Wellen hin und zurück gerollten Strandsteine erzeugten ein betäubendes Geräusch.

Nachdem der pflichtgewöhnte Reporter kurz die Ereignisse des Tages, die erste Erscheinung des neuen Landes, das Verschwinden des Ingenieurs, die Auskundschaftung der Küste, die Geschichte bezüglich der Zündhölzchen usw. kurz verzeichnet hatte, zog er sich in einen dunkleren Raum zurück und fiel daselbst, von der Müdigkeit überwältigt, in erquickenden Schlummer.

Auch Harbert schlief bald ein. Mit halboffenen Augen lag der Seemann neben dem Herde, den er mit reichlicher Nahrung versorgte. Ein einziger der Schiffbrüchigen suchte keine Ruhe. Das war der untröstliche, verzweifelte Nab, der trotz der Mahnungen seiner Gefährten, sich einigen Schlaf zu gönnen, die ganze Nacht den Namen seines Herrn rufend auf dem flachen Ufer umherlief.

Sechstes Kapitel

Das Inventar der Schiffbrüchigen. – Nichts! – Ersatz für eine Lunte. – Ausflug in den Wald. – Die Flora der grünen Bäume. – Der Jacamar auf der Flucht. – Spuren wilder Tiere. – Die Kurukus. – Die Tetras. – Eine sonderbare Angelfischerei.

Das Verzeichnis der Besitztümer dieser Schiffbrüchigen des Luftmeeres, welche nach einer scheinbar unbewohnten Küste verschlagen waren, ist leicht aufzustellen.

Außer den Kleidern, die sie zur Zeit des Unfalls trugen, besaßen sie eben gar nichts. Auszunehmen wären höchstens ein Notiz- und Skizzenbuch, nebst einer Uhr, die Gedeon Spilett mehr aus Versehen behalten hatte; doch war keine Waffe, kein Werkzeug, nicht einmal ein Taschenmesser vorhanden. Alles hatten die Insassen der Gondel ausgeworfen, um den Ballon zu erleichtern.

Daniel Defoes und Wyß' erdichtete Helden, ebenso wie Selkirk und Raynal, die bei Juan Fernandez und im Aucklands-Archipel gescheitert waren, sahen sich nie so sehr alles Notwendigen beraubt. Entweder blieben ihnen reiche Hilfsquellen durch die gestrandeten Schiffe, aus denen sie Getreide, Tiere, Werkzeuge, Munition u. dergl. nachträglich bargen, oder irgendeine Seetrift versorgte sie mit den dringlichsten Lebensbedürfnissen. Nie standen sie so ganz macht- und waffenlos ihrem Schicksale gegenüber. Hier fand sich aber kein Gerät, kein Werkzeug vor. Alles mußte aus nichts geschaffen werden. Wäre noch Cyrus Smith bei den Verunglückten gewesen, hätte er seinen praktischen Verstand, seinen erfindungsreichen Geist in den jetzigen Umständen verwerten können, so brauchte man wohl nicht jede Hoffnung aufzugeben! Ach, und gerade auf Cyrus Smiths Hilfe war nicht mehr zu rechnen. Die Schiffbrüchigen waren auf sich selbst und auf die Vorsehung angewiesen, welche diejenigen nie verläßt, die ernstlich an sie glauben.

Sollten sie sich vor allem nun an dieser Küste festsetzen ohne einen Versuch, in Erfahrung zu bringen, zu welchem Lande sie gehöre, ob sie bewohnt oder nur ein Teil einer wüsten Insel sei?

Diese dringliche Frage verlangte ihre Lösung in kürzester Frist, insofern die nächsten Maßnahmen davon abhingen. Jedenfalls sollte nach Pencroffs Ansicht aber einige Tage gewartet werden, bevor man auf größere Entfernungen auszöge. In der Tat mußten dazu ja Lebensmittel zubereitet, überhaupt eine kräftigendere Nahrung beschafft werden, als die bisherige aus Eiern und Schaltieren. Wenn die Kundschafter ernstere Strapazen aushalten sollten, und das vielleicht ohne schützendes Obdach, um ungestört auszuruhen, so mußten sie zuerst wieder vollständig zu Kräften kommen.

Als vorläufiges Unterkommen bewährten sich die Kamine recht gut. Feuer hatte man und etwas Glut war unschwer zu erhalten. Muscheln und Eier lieferten der Strand und die Felsen im Überfluß. Vielleicht fand sich auch noch eine Gelegenheit, einige der Tauben zu erlegen, welche die Uferhöhe zu Hunderten umkreisten, ob das nun durch Stockschläge oder Steinwürfe gelang. Möglicherweise reiften auch in dem benachbarten Walde eßbare Früchte. An Süßwasser fehlte es auch nicht, – kurz, man entschied sich dahin, einige Tage lang in den Kaminen zu bleiben und sich dort auf eine weitere Untersuchung des Landes, entweder längs der Küste oder durch Eindringen in das Innere desselben, vorzubereiten.

Das letztere Projekt entsprach vorzüglich Nabs Wünschen. Von seinen eigenen Gedanken und Ahnungen eingenommen, hatte er gar nicht so große Eile, diesen Küstenstrich, den Schauplatz der Katastrophe, zu verlassen. Weder glaubte er an den Verlust seines Herrn, noch wollte er daran glauben. Nein, ihm erschien es unmöglich, daß ein solcher Mann auf so alltägliche Art und Weise umkommen, ertrinken solle, wenn ihn eine Sturzsee nur wenige hundert Schritte vom Ufer entführte. Solange die Wellen nicht seinen Leichnam ans Land spülten, solang er, Nab, diesen nicht mit eigenen Augen gesehen, mit eigenen Händen betastet hätte, konnte er den Tod des Ingenieurs nicht fassen. Immer tiefer trieb diese Idee ihre Wurzeln in seinem Herzen. Vielleicht war sie nur eine Illusion, aber doch eine ganz ehrenwerte, die selbst der Seemann zu zerstören fürchtete. Für lezteren gab es freilich keine Hoffnung mehr, war der Ingenieur rettungslos in den Wellen umgekommen; doch gegen Nab konnte oder wollte er nicht streiten. Dieser glich dem Hunde, der nicht von der Stelle weicht, an der sein Herr gefallen, und sein Schmerz war so groß, daß er jenen nicht lange zu überleben versprach.

Am Morgen des 26. März hatte Nab schon mit Sonnenaufgang wieder den Weg nach Norden zu eingeschlagen und die Gegend aufgesucht, in der das Meer sich ohne Zweifel über dem unglücklichen Cyrus Smith geschlossen haben mochte.

Das Frühstück dieses Tages bestand einfach aus Taubeneiern und Steinmuscheln. In kleinen Löchern am Felsen hatte Harbert Salz gefunden, das, von der Verdunstung des Meerwassers übriggeblieben, jetzt allen sehr zustatten kam.

Nach Beendigung der Mahlzeit fragte Pencroff den Reporter, ob er Lust habe, mit in den Wald zu gehen, wo er und Harbert zu jagen versuchen wollten. In Berücksichtigung der augenblicklichen Umstaände kam man indes dahin überein, daß einer zur Unterhaltung des Feuers und auch für den allerdings unwahrscheinlichen Fall zurückbleibe, daß Nab eine Hilfe verlange. Der Reporter ging daher nicht mit.

»Nun denn, zur Jagd, Harbert«, sagte der Seemann. »Munition finden wir unterwegs, und die Flinten schneiden wir uns im Walde ab.«

Als sie eben aufbrechen wollten, bemerkte Harbert, daß es sich wohl empfehle, an Stelle des mangelnden Zündschwammes irgend etwas anderes zurechtzulegen.

»Und was denn?« fragte Pencroff.

»Angesengtes Leinen«, antwortete der junge Bursche, »das dient zur Not an Stelle des Schwammes.«

Der Seemann fand diese Vorsicht gerechtfertigt, sie hatte nur das Unbequeme, das Opfer eines Stücks von seinem Taschentuch nötig zu machen. Nichtsdestoweniger handelte es sich um eine Sache von Gewicht, und bald war das großkarierte Taschentuch Pencroffs zum Teil in Streifen angesengter Leinwand umgewandelt. Dieser leicht brennbare Stoff wurde in dem Mittelraum, in einer kleinen Aushöhlung des Gesteins und geschützt vor dem Winde und dem etwaigen Einflusse der Feuchtigkeit untergebracht.

Es war jetzt neun Uhr morgens. Die Witterung drohte umzuschlagen; der Wind blies aus Südosten. Harbert und Pencroff gingen um die Ecke bei den Kaminen, nicht ohne einen Blick auf den Rauch zurückzuwerfen, der um eine Felsenspitze wirbelte; dann folgten sie dem linken Ufer des Flusses.

Im Walde angelangt, brach Pencroff von den ersten Bäumen zwei tüchtige Äste, die er in Stöcke umwandelte und deren Spitze Harbert auf einem Steine notdürftig bearbeitete. Oh, was hätte man jetzt für ein Messer gegeben! Dann drangen die beiden Jäger in dem dichten Grase längs des steilen Ufers weiter vor. Von der Stelle aus, wo er sich nach Südwesten hin wendete, verengte sich der Fluß merklich und seine Ufer bildeten ein sehr schmales Bette, das die Kronen der Bäume von beiden Seiten her überdeckten. Um sich nicht zu verirren, beschloß Pencroff dem Wasserlaufe zu folgen, der sie ja stets sicher nach ihrem Ausgangspunkte zurückführen mußte. Der Weg am Ufer bot aber doch einige Schwierigkeiten: hier biegsame Zweige, die bis zur Wasserfläche hinabhingen, dort Lianen oder Dornengestrüpp, durch das man sich mit dem Stocke erst einen Pfad brechen mußte. Nicht selten schlüpfte Harbert mit der Geschmeidigkeit einer jungen Katze seitwärts ins Dickicht, doch Pencroff rief ihn schnell zurück mit der Bitte, sich nicht zu entfernen.

Aufmerksam betrachtete der Seemann die Natur der Umgebungen. Neben diesem linken Ufer dehnte sich ein ebenerer Boden, der nach dem Innern zu sanft aufstieg. Da und dort sehr feucht, nahm er fast einen sumpfigen Charakter an. Unter den Füßen glaubte man ein Netz von Wasseradern zu spüren, die durch irgendwelche unterirdische Spalten sich in den Fluß ergießen mochten. Manchmal plätscherte auch ein leicht zu überschreitender Bach quer durch das Gehölz. Das gegenüberliegende Ufer erschien weit unebener und zeichnete sich die Richtung des Tals, dessen Sohle eben der Fluß einnahm, in seinen Linien deutlich ab. Die mit etagenartig stehenden Bäumen besetzte Erhöhung bildete einen jede Aussicht beschränkenden grünen Vorhang. Auf jenem rechten Ufer vorzudringen wäre weit schwieriger gewesen, denn von den steilen, manchmal schroffen Abhängen neigten sich oft ganze Bäume, die nur noch durch ihre Wurzeln gehalten waren, bis zum Niveau des Wassers.

Es bedarf wohl keiner Erwähnung, daß dieser Wald, ebenso wie die schon durchlaufene Küstenstrecke noch einen ganz jungfräulichen, von keines Menschen Fuß betretenen Boden zeigte. Doch fielen Pencroff Spuren wilder Tiere, die unlängst hier durchgekommen sein mußten, ins Auge, ohne daß er die Art derselben bezeichnen konnte. Einige derselben gehörten Harberts Ansicht nach gewiß ganz furchtbaren Bestien an, mit denen man wohl noch zu tun bekommen würde; nirgends aber fand man einen Axthieb an einem Baume, Reste eines verlöschten Feuers oder den Abdruck von Schritten. Letzterer Umstand war vielleicht als ein Glück anzusehen, da es zweifelhaft blieb, ob auf diesem Stück Erde mitten im Pazifischen Ozeane die Gegenwart von Menschen mehr zu wünschen oder zu fürchten sei.

Kaum ein Wort sprechend kamen Harbert und Pencroff bei den großen Schwierigkeiten des Weges nur langsam vorwärts, und hatten nach Verlauf einer Stunde kaum eine Meile zurückgelegt. Bis hierher war die Jagd noch gänzlich erfolglos gewesen. Einige Vögel hüpften zwitschernd zwischen den Ästen, zeigten sich aber sehr scheu, so als ob ihnen der Anblick der Menschen eine instinktive Furcht einflöße. Unter anderem Geflügel machte Harbert in einem sumpfigen Teile des Waldes auf einen Vogel mit langem, spitzem Schnabel aufmerksam, der seinem äußeren Bau nach dem sogenannten Taucherkönig sehr ähnlich war. Doch unterschied er sich von letzterem durch das gröbere Gefieder, das einen metallischen Glanz zeigte.

»Das muß ein ›Jacamar‹ (Glanzvogel) sein«, sagte Harbert und suchte sich diesem vorsichtig zu nähern.

»Eine schöne Gelegenheit, einen Jacamar zu kosten«, meinte der Seemann, »wenn jener die Gefälligkeit hätte, sich braten zu lassen.«

Schon traf ein geschickt und kräftig geworfener Stein das Tier an der Flügelwurzel, reichte aber nicht hin, jenes zu lähmen, denn der Jacamar entfloh sehr hastig und war in wenigen Augenblicken verschwunden.

»Ich bin doch recht ungeschickt!« rief Harbert.

»Nicht doch, mein Junge«, erwiderte Pencroff, »dein Wurf war sicher, und mancher andere hätte den Vogel wohl ganz gefehlt. Laß den Kopf nicht sinken; der Bursche läuft uns wieder in den Weg!«

Sie gingen weiter. Je tiefer sie in das Innere gelangten, desto prächtigere Bäume traten ihnen minder dicht stehend entgegen, doch keiner derselben trug eßbare Früchte. Vergebens suchte Pencroff nach einigen der so kostbaren Palmen, die für das gewöhnliche Leben so vielerlei bieten, und welche auf der nördlichen Halbkugel der Erde bis zum vierzigsten, auf der südlichen bis zum fünfunddreißigsten Breitengrade vorkommen. Der Wald hier bestand aber nur aus Koniferen, wie die von Harbert schon erkannten Deodars, und »Douglas« (eine Fichtenart), ähnlich den an der Nordwestküste Amerikas einheimischen, nebst prächtigen Tannen von hundertfünfzig Fuß Höhe.

Da flatterte eine Herde kleiner Vögel mit herrlichem Gefieder und langem, schillerndem Schwanze zwischen dem Geäst auf und verstreute eine Menge ihrer nur lose sitzenden Federn, die den Boden unter ihnen mit seinem Flaume bedeckten. Harbert sammelte einige und sagte nach genauerer Prüfung derselben:

»Das sind ›Kurukus‹ (Nagevögel).«

»Mir wäre ein Perlhuhn oder ein Auerhahn lieber«, antwortete Pencroff; »indes, sind diese eßbar?«

»O gewiß, ihr Fleisch schmeckt sogar vortrefflich«, erwiderte Harbert. »Wenn ich nicht irre, kann man jenen auch leicht beikommen und sie mit Stockschlägen erlegen.«

Der Seemann und der junge Mensch schlichen sich durch das Gras und bis an den Fuß eines Baumes, dessen Zweige die kleinen Vögel dicht besetzt hatten. Die Kurukus lauern in solcher Aufstellung auf Insektenschwärme, die ihnen zur Nahrung dienen. Man sah, wie ihre befiederten Füßchen die jungen Triebe, auf denen sie saßen, fest umklammert hielten.

Die Jäger nahmen eine passende Stellung, bedienten sich ihrer Stöcke gleich Sensen und mähten ganze Reihen von Kurukus nieder, die gar nicht daran dachten, zu entfliehen, und sich stumpfsinnig niedermetzeln ließen. Wohl lagen schon gegen hundert auf dem Boden, bevor die übrigen davonflogen.

»Schön«, bemerkte Pencroff, »das wäre also ein Wild, wie es zu unserer Jagdausrüstung paßt. Diese Tierchen kann man ja mit den Händen einfangen!«

Der Seemann reihte die Kurukus, so wie Lerchen, an dünnen Zweigen auf, und weiter ging der Zug. Der Wasserlauf bildete eine Biegung nach Süden, welche jedoch keine zu große Ausdehnung haben konnte, da seine Quelle offenbar in den Bergen lag und sich vielleicht von dem schmelzenden Schnee der einen Seitenwand des Zentralkegels ernährte.

Der spezielle Zweck der Expedition richtete sich bekanntlich auf die Erlangung möglichst vielen eßbaren Wildes für die Gäste der Kamine. Bis jetzt konnte man denselben doch schwerlich erreicht nennen; auch verfolgte ihn der Seemann noch mit aller Hast und wetterte auf seine Weise, wenn ihm irgendein Tier, das er vielleicht nur ganz flüchtig erblickt hatte, furchtsam davonlief. Hätte er nur Top bei sich gehabt – der war aber gleichzeitig mit seinem Herrn verschwunden und auf jeden Fall umgekommen.

Gegen drei Uhr nachmittags bemerkte man andere Gesellschaften von Vögeln in den Kronen gewisser Bäume, deren aromatische Beeren sie aufpickten, wie z. B. die von Wacholderbäumen. Plötzlich schallte ein wahrhafter Trompetenton durch die Stille des Waldes. Die sonderbar gellenden Fanfaren rührten von einer Art Hühnervögel her, welche in Amerika unter dem Namen »Tetras« (eine Abart der Auerhähne) bekannt sind. Bald ward man einige Pärchen derselben mit gelblichbräunlichem Gefieder und braunen Schwanzfedern gewahr. Harbert unterschied die Männchen unter denselben an zwei spitzen Afterflügeln, die aus abstehenden Halsfedern gebildet sind. Pencroff hielt es für unerläßlich, sich einiger derselben, deren Fleisch dem des Birkhuhns gleichkommt, zu bemächtigen; da jene sich aber nur schwierig beikommen ließen, war die Sache nicht so leicht. Nach mehreren erfolglosen Versuchen, durch welche die Tetras nur scheuer gemacht wurden, sagte der Seemann zu seinem Begleiter:

»Nun, wenn man jene nicht im Fluge erlegen kann, so wird man sie mit der Angel fangen müssen.«

»Wie einen Karpfen?« fragte Harbert erstaunt.

»Ganz wie einen Karpfen«, wiederholte ernsthaft der Seemann.

Pencroff hatte in dem Grase ein halbes Dutzend Tetranester aufgefunden, deren jedes zwei bis drei Eier enthielt. Er hütete sich wohl, diese Nester, nach denen ihre Eigentümer doch zurückkehren mußten, anzurühren. In ihrer Nähe wollte er auch seine Schnüre auslegen und zwar wirkliche Angeln. Er führte Harbert in einige Entfernung weg und richtete seine Gerätschaften mit der Sorgfalt eines Schülers Isaac Waltons* zu. Harbert verfolgte die Arbeit mit leicht verständlichem Interesse, obwohl er derselben keinen Erfolg versprach. Die Schnüre wurden aus dünnen, miteinander verknüpften Lianen in einer Länge von etwa fünfzehn Fuß hergestellt.

Starke, an der Spitze umgebogene Dornen eines Zwergakazienstrauches dienten an deren Enden als Angelhaken und tru-

*Berühmter Autor eines Buches über die Angelfischerei.

gen als Lockspeise dicke rote Würmer, wie sie auf der Erde umherkrochen.

Hiernach schlich sich Pencroff vor und legte seine Haken in der Nähe jener Nester aus. Dann verbarg er sich, das andere Schnurende in der Hand, mit Harbert hinter einem dicken Baume. Geduldig warteten alle beide; freilich rechnete Harbert überhaupt auf gar keinen Erfolg der Pencroffschen Erfindung.

Es verrann wohl eine gute halbe Stunde, dann kamen aber, wie der Seemann vorausgesehen, mehrere Tetrapärchen zu ihren Nestern zurück. Sie hüpften umher, pickten nach dem Boden und schienen die beiden Jäger, welche vorsichtigerweise unter dem Winde Stellung genommen hatten, gar nicht zu bemerken.

Es versteht sich, daß der junge Mann jetzt mit lebhaftestem Interesse lauschte. Er hielt fast den Atem an, ebenso Pencroff, der mit weit aufgerissenen Augen, offenem Munde und gespitzten Lippen schon eine Tetrakeule auf der Zunge zu probieren schien.

Inzwischen stolzierten die Hühnervögel zwischen den Angeln umher, ohne diese sonderlich zu beachten. Pencroff zuckte ein wenig an den Schnüren, um die Würmer lebend erscheinen zu lassen.

Der Seemann war eigentümlich erregt und zwar ganz anders, als gewöhnlich der Fischer, der seine schwimmende Beute nicht herankommen sieht.

Das Zucken erweckte bald die Aufmerksamkeit der Vögel, die nun an der Lockspeise anbissen. Drei Tetras stürzten sich gierig auf die Angeln. Da zog Pencroff seine Leinen an, und sofort verriet das Flattern mit den Flügeln, daß die Vögel gefangen waren.

»Hurra!« rief er und stürzte auf seine Beute zu, deren er sich bald sicher bemächtigte.

Harbert klatschte in die Hände; zum ersten Male sah er hier Vögel mit der Angelleine fangen, doch der bescheidene Seemann versicherte ihm, daß das weder sein erster Versuch, noch daß er der Erfinder dieses Verfahrens sei.

»In unserer Lage«, fügte er hinzu, »werden wir noch manches andere erfinden müssen.«

Die Tetras wurden an den Füßen aufgehängt, und erfreut, nicht mit leeren Händen zurückzukommen, hielt es Pencroff an der Zeit, sich auf den Heimweg zu begeben, da der Tag schon zu sinken anfing.

Über den einzuschlagenden Weg konnte kein Zweifel aufkommen, da man nur dem Flusse nachzugehen brauchte, und so gelangten die Jäger, ermüdet von ihrem Ausfluge, gegen sechs Uhr wieder nach den Kaminen.

Siebtes Kapitel

Nab ist noch nicht zurück. – Betrachtungen des Reporters. – Das Abendbrot. – Eine drohende, schlechte Nacht. – Der Sturm ist entsetzlich. – Aufbruch in der Nacht. – Kampf gegen Regen und Wind. – Acht Meilen von der ersten Niederlassung.

Gedeon Spilett stand unbeweglich, mit gekreuzten Armen am Strande und betrachtete das Meer, dessen Horizont im Osten mit einer schwarzen Wolke zusammenfloß, die rasch nach dem Zenit hinaufzog. Schon wehte ein scharfer Wind, der mit dem sinkenden Tage noch auffrischte. Der ganze Himmel bot einen drohenden Anblick, und deutlich machten sich die Vorzeichen eines nahenden Sturmes bemerkbar.

Harbert ging in die Kamine, und Pencroff wendete sich an den Reporter. Dieser war ganz in Gedanken versunken und sah ihn nicht kommen!

»Wir werden eine böse Nacht haben, Mr. Spilett!« sagte der Seemann. »Regen und Wind zum Vergnügen der Sturmvögel!«

Der Reporter drehte sich um, ward Pencroff gewahr und fragte diesen sogleich:

»In welcher Entfernung von der Küste traf Ihrer Meinung nach die Sturzsee, welche unseren Begleiter entführte, die Gondel?«

Der Seemann war auf diese Frage nicht vorbereitet. Er überlegte einen Augenblick und sagte:

»Höchstens zwei Kabellängen.«

»Wieviel beträgt aber eine solche?« fragte Gedeon Spilett.

»Etwa hundert Faden oder sechshundert Fuß.«

»Demnach wäre Cyrus Smith zwölfhundert Fuß vom Ufer weggerissen worden.«

»Ungefähr so viel«, antwortete Pencroff.

»Und sein Hund auch?«

»Dieser auch.«

»Was mich verwundert«, fügte der Reporter hinzu, »ist, daß, selbst bei der Annahme des Todes unseres Freundes, Top auch umgekommen sein sollte, und daß weder der Körper des Herrn, noch der des Hundes ans Ufer gespült worden ist!«

»Das ist bei so schwerem Wellengange gar nicht zu verwundern«, entgegnete der Seemann. »Übrigens können ihn die Strömungen wohl weit an der Küste hingetrieben haben.«

»Ihre Ansicht ist also, daß unser Begleiter in den Wellen sein Leben verloren habe?« fragte der Reporter noch einmal.

»Meine Ansicht ist es.«

»Die meinige dagegen«, sagte Gedeon Spilett, »ohne Ihrer Meinung zu nahetreten zu wollen, geht dahin, daß mir das Verschwinden beider, Cyrus' und Tops, etwas Unerklärliches und Unwahrscheinliches hat.«

»Ich würde diese Ansicht gern teilen, Mr. Spilett«, erwiderte Pencroff. »Unglücklicherweise steht meine Überzeugung fest.«

Mit diesen Worten kehrte auch der Seemann nach den Kaminen zurück. Auf dem Herde loderte ein tüchtiges Feuer. Harbert hatte eben einen Armvoll trockenen Holzes nachgelegt, und hell leuchtete die Flamme bis in alle Ecken.

Pencroff ging sofort daran, das Mittagsbrot zuzurichten. Es schien ihm passend, den Speisezettel mit einer kräftigen Kost zu vermehren, denn alle bedurften dringend der Stärkung ihrer Kräfte. Die angereihten Kurukus wurden für den anderen Tag aufgehoben; dafür rupfte er zwei Tetras, und bald brieten die auf eine Stange gespießten Vögel über einem lustigen Feuer.

Am sieben Uhr abends war Nab noch immer nicht zurück, Pencroff beunruhigte das lange Ausbleiben nur wegen des Negers selbst, von dem er fürchtete, daß ihm auf dem unbekannten Lande irgendein Unglück zugestoßen sei, oder daß derselbe in seinem Schmerze gar sich selbst ein Leid angetan habe. Harbert zog aus dieser verlängerten Abwesenheit ganz andere Schlüsse. Wenn Nab nicht zurückkam, so mußte ihn irgendein neuer Anhaltspunkt veranlaßt haben, seine Nachforschungen weiter fortzusetzen. Jeder neue Umstand mußte aber von Vorteil für Cyrus Smith sein. Warum wäre Nab noch nicht wiedergekommen, wenn ihn nicht irgendeine Hoffnung zurückhielte? Vielleicht hatte er ein Anzeichen gefunden, einen Fußabdruck oder irgend etwas, das das Meer ihm in den Weg geworfen haben mochte. Vielleicht war er schon bei seinem Herrn!

So dachte der junge Bursche, so sprach er sich aus. Seine Gefährten ließen ihn reden, nur der Reporter bestätigte seine Worte durch eine zustimmende Bewegung; Pencroff endlich dachte von dem längeren Ausbleiben Nabs nichts anderes, als daß er seine Nachforschungen am Ufer weiter ausgedehnt habe und noch nicht zurücksein könne.

Harbert, den seine unbestimmten Ahnungen keine Ruhe ließen, äußerte mehrmals die Absicht, Nab entgegenzugehen; Pencroff überredete ihn aber, daß dieser Weg unnütz sein werde, da er bei diesem traurigen Wetter und der herrschenden Dunkelheit Nabs Spur unmöglich finden könne, und daß es besser sei, hier in Geduld zu warten. Kam Nab auch am nächsten Tage nicht wieder, so würde er nicht zögern, sich Harbert zur Aufsuchung des Negers anzuschließen. Gedeon Spilett bestätigte die Ansicht des Seemanns deshalb, weil man sich nicht teilen solle, und Harbert mußte auf sein Vorhaben verzichten; aber zwei große Tränen drängten sich doch aus seinen Augen.

Der Reporter preßte das edelmütige Kind heftig in die Arme.

Das Unwetter war jetzt vollkommen ausgebrochen. Über die Küste strich der Südostwind mit einer Gewalt ohnegleichen. Dazu hörte man das Meer, selbst jetzt bei der Ebbe, gegen die Felsenreihen nahe dem Ufer stürmen. Der durch den Orkan zerstäubte Regen erhob sich wie ein flüssiger Nebel, und in Fetzen wälzten sich die Dünste längs des Ufers hin, dessen

Strandkiesel polterten, als würde ein Wagen mit kleinen Steinen entleert. Der durch den Wind emporgewirbelte Sand vermischte sich mit dem Platzregen, so daß man dessen Andringen nicht Widerstand zu leisten vermochte. Ebensoviel mineralischer Staub als wässeriger flog in der Luft umher. Zwischen der Mündung des Flusses und der Granitmauer bildeten sich ausgedehnte Wirbel, die Luftschichten wurden zu Mahlströmen, welche keinen anderen Ausweg fanden als das enge Tal, in dem der Wasserlauf sein Bett hatte, und drängten sich mit unwiderstehlicher Gewalt in dieses hinein. Durch den engen Schornstein schlug der Rauch zurück, der die Höhle erfüllte und sie unbewohnbar machte.

Deshalb ließ auch Pencroff, nachdem die Tetras gar gebraten waren, das Feuer abgehen, und erhielt nur ein wenig Glut unter der Asche.

Um acht Uhr war Nab noch immer nicht zurück, doch konnte man nun annehmen, daß er vor dem abscheulichen Wetter eine Zuflucht habe suchen müssen, um das Nachlassen des Sturmes oder mindestens den Tagesanbruch zu erwarten. Ihm unter den jetzigen Verhältnissen entgegenzugehen, versprach von Anfang herein keinen Erfolg.

Der Wildbraten bildete das einzige Gericht des Abendbrotes, und verzehrte man das wirklich ausgezeichnete Fleisch mit großem Wohlbehagen. Pencroff und Harbert, deren Appetit der lange fortgesetzte Ausflug besonders gereizt hatte, verschlangen es mit wahrem Heißhunger.

Dann zogen sich alle in ihre schon während der vergangenen Nacht ausgewählten Ecken zurück, und Harbert schlief bald neben dem Seemanne ein, der sich nahe dem Herde hinstreckte.

Draußen wuchs der Sturm mit der vorschreitenden Nacht zur entsetzlichsten Heftigkeit und ähnelte fast dem, welcher die Gefangenen aus Richmond weg nach diesem Stück Erde im Stillen Ozean entführt hatte, wie ja die Stürme zur Zeit der Äquinoktien überhaupt häufig, an Unglücksfällen reich und wirklich furchtbar sind auf dieser weiten Wasserfläche, die ihnen nirgends ein Hindernis entgegenstellt. Es erscheint also begreiflich, daß eine nach Osten freiliegende, den Stößen des

Orkans ausgesetzte Küste seine volle Wucht empfinden und mit einer jeder Beschreibung spottenden Gewalt getroffen werden mußte.

Zum Glück lag der Felsenhaufen, der die Kamine bildete, sehr fest geschichtet. Er bestand aus ungeheuren Granitblökken, von denen freilich einige, denen die nötige Unterstützung fehlte, leise zu erzittern schienen, wovon sich Pencroff durch Anlegung der Hände an die Wand überzeugte. Trotz der ersten Bestürzung darüber sagte er sich am Ende aber doch, daß nichts zu befürchten sei und seine provisorisch erwählte Wohnung nicht wohl zusammenstürzen könne. Dabei schlug das Geräusch der herabfallenden Steine an sein Ohr, welche von den Windstößen losgebröckelt auf das Ufer herniederpolterten. Einige nahmen ihren Weg auch auf die Oberfläche der Kamine, wo sie krachend zersprangen, wenn sie lotrecht aufschlugen. Zweimal kroch der Seemann nach der Öffnung der Höhlung, um sich außerhalb derselben umzusehen; jenes Herunterstürzen kleineren Steingerölles drohte aber keinerlei Gefahr, und so nahm er seinen Platz neben dem Herde, auf dem es unter der Asche knisterte, ruhig wieder ein.

Ungeachtet des wütenden Orkanes und des heulenden Unwetters lag Harbert in ungestörtem, tiefem Schlafe, der endlich auch Pencroff, bei seiner an jedes Wetter gewöhnten Seemannsnatur, übermannte. Nur Gedeon Spilett hielt die Unruhe wach, da er sich Vorwürfe darüber machte, Nab nicht begleitet zu haben. Wir erwähnten schon, daß er noch nicht jede Hoffnung aufgegeben hatte. Harberts Ahnungen beschäftigten ihn unausgesetzt, und immer waren seine Gedanken bei dem Neger. Warum in aller Welt kam dieser nicht wieder? Ohne dem Kampf der Elemente besondere Aufmerksamkeit zu schenken, wälzte er sich auf seinem Lager hin und her. Manchmal wollten sich zwar seine vor Ermüdung schweren Augenlider schließen, doch immer öffnete sie ein ihm plötzlich aufblitzender Gedanke wieder.

Weiter verstrich die Nacht, als Pencroff, es mochte gegen zwei Uhr sein, aus tiefem Schlafe aufgerüttelt würde.

»Was gibts?« fragte er erwachend und sammelte seine Gedanken mit der den Seefahrern eigenen Schnelligkeit.

Der Reporter beugte sich über ihn und sagte:

»Horchen Sie, Pencroff!«

Gespannt lauschte der Seemann, unterschied jedoch kein fremdartiges Geräusch neben dem des Sturmes.

»Das ist nur der Wind«, sagte er.

»Nein«, entgegnete Gedeon Spilett, von neuem horchend, »mir schien, ich hörte ...«

»Was?«

»Das Bellen eines Hundes.«

»Einen Hund!« rief Pencroff, der mit einem Satze aufsprang.

»Ja ... ein Gebell ...«

»Das ist unmöglich!« erwiderte der Seemann. »Und wie sollte auch bei diesem Toben des Sturmes ...«

»Halt! Hören Sie jetzt?« unterbrach ihn der Reporter.

Bei größter Aufmerksamkeit glaubte Pencroff wirklich während eines ruhigeren Augenblicks etwas wie entferntes Bellen zu vernehmen ...

»Nun?« sagte der Reporter und ergriff des Seemanns Hand.

»Ja ... ja!« antwortete Pencroff.

»Das ist Top! Unser Top ...!« rief da Harbert schon, der eben erwacht war, und alle drei stürzten nach dem Ausgange der Kamine.

Nur mit größter Mühe vermochten sie diesen zu gewinnen, so gewaltig drängte sie der Wind zurück; endlich gelang es ihnen, sich an ein Felsstück gelehnt draußen aufrecht zu erhalten. Sie sahen sich um, konnten aber kein Wort sprechen.

Es herrschte die vollkommenste Dunkelheit, die Land, Himmel und Wasser gleichmäßig einhüllte. Nicht ein Atom zerstreuten Lichtes erhellte die Atmosphäre.

Einige Minuten warteten der Reporter und seine beiden Gefährten angefesselt vom Sturmwind, durchnäßt vom Platzregen und blind von dem wirbelnden Sande. Dann hörten sie während einer Pause des Unwetters das Gebell noch einmal, das aus weiter Ferne zu kommen schien.

Nur Top allein konnte es sein, der dort bellte! War er aber in Begleitung oder nicht? Wahrscheinlich nicht; denn bei der Annahme, daß Nab bei ihm sei, würde dieser in möglichster Eile nach den Kaminen gekommen sein.

Der Seemann drückte die Hand des Reporters, dem er sich durch kein anderes Zeichen verständlich machen konnte, so als wollte er sagen: »Warten Sie hier!« und verschwand in der Höhle.

Gleich darauf kam er mit einem brennenden Reisigbündel zurück, das er in die Finsternis hinaushielt und wobei er so laut pfiff, als es ihm möglich war.

Bald antwortete ihm, scheinbar als ob ein solches Signal nur erwartet worden wäre, das Bellen aus größerer Nähe und stürzte ein Hund in die Höhle, dem Pencroff, Harbert und Spilett sofort folgten.

Durch schnell aufgelegtes trockenes Holz loderte eine hellleuchtende Flamme auf dem Herde empor.

»Ja, es ist Top!« rief Harbert erfreut.

Wirklich war es dieser, ein prächtiger, anglo-normannischer Hund, der durch die Rassenkreuzung ebenso die Schnelligkeit der Beine, wie die feinste Witterung besaß.

Der Hund des Ingenieurs Cyrus Smith war es . . .

Aber er kam allein! Weder seinen Herrn noch Nab brachte er mit!

Wie hatte sein Instinkt ihn nach den ihm unbekannten Kaminen führen können? Hierin lag, zumal bei der stockfinsteren Nacht und dem Sturme, etwas Unerklärliches. Noch unerklärlicher erschien aber, daß Top sich weder ermüdet, noch atemlos oder mit Sand oder Kot beschmutzt zeigte . . .!

Harbert hatte ihn an sich gezogen und streichelte seinen Kopf zwischen den Händen. Der Hund ließ es sich gern gefallen und rieb seinen Hals an dessen Fingern.

»Wenn der Hund wieder da ist, wird sich der Herr auch wiederfinden!« bemerkte der Reporter.

»Gott gebe es!« erwiderte Harbert. »Brechen wir auf, Top wird uns führen!«

Pencroff wagte jetzt keinen Einwurf, da er fühlte, daß das Erscheinen Tops seinen Schlußfolgerungen ein Dementi bereiten könne.

»Nun denn, vorwärts!« sagte er.

Sorgsam bedeckte Pencroff die Kohlen auf dem Herde und

schob ein paar tüchtige Holzklötze unter, um bei der Rückkehr noch Feuer vorzufinden. Dann nahm er die Reste der Mahlzeit mit und eilte, geführt von dem Hunde, der dazu einzuladen schien, und gefolgt vom Reporter und dem jungen Manne in die Dunkelheit hinaus.

Der wütende Sturm hatte wohl eben den höchsten Grad der Heftigkeit erreicht. Da es Neumond war und das Nachtgestirn also in Konjunktion mit der Sonne stand, so drang auch von dem Trabanten der Erde kein Lichtschimmer durch die Wolken. Eine gradlinige Richtung konnte nur sehr schwierig eingehalten werden und erschien es am geratensten, sich auf Tops Instinkt zu verlassen. Der Reporter und der junge Mann folgten dem Hunde unmittelbar, während Pencroff den Zug schloß. Alles Sprechen wurde zur Unmöglichkeit. Der Regen fiel dabei nicht überreichlich, da ihn die Gewalt des Windes zerstäubte, doch dieser selbst war ganz entsetzlich.

Dennoch kam ein Umstand dem Seemanne und seinen Begleitern sehr vorteilhaft zustatten, der nämlich, daß sie den Südoststurm im Rücken hatten. Der Sand, den jener in Wolken auftrieb und der sonst ganz unerträglich gewesen wäre, traf die Wanderer nur von rückwärts und hinderte, solange sie in dieser Richtung blieben, wenigstens ihr Weiterkommen nicht. Oft kamen sie wohl noch eiliger vorwärts, als sie selbst wollten, und machten schnellere Schritte, um nicht umgeworfen zu werden; aber eine begründete Hoffnung lieh ihnen auch doppelte Kräfte, jetzt, da sie nicht ziellos am Ufer hineilten. Daß Nab seinen Herrn aufgefunden habe, erhob sich nun über jeden Zweifel, ebenso wie, daß er ihnen dessen treuen Hund zugesandt habe. Lebte der Ingenieur aber noch, oder wünschte Nab nur ihre Anwesenheit, um dem Leichnam des unglücklichen Cyrus Smith die letzten Ehren zu erweisen?

Nachdem sie an der steil abfallenden Mauer des Oberlandes, vor deren Nähe sie sich weislich gehütet hatten, vorüber waren, blieben die drei nächtlichen Wanderer stehen, um Atem zu schöpfen. Die Felsenwand schützte sie jetzt einigermaßen vor dem Winde, so daß sie sich von diesem einviertelstündigen Gange, oder besser, von diesem Dauerlaufe, erholen konnten.

Jetzt vermochten sie sich doch zu hören, einander zu antworten, und als der junge Mann Cyrus Smiths Namen aussprach, bellte Top voll Freuden, so als wolle er sagen, daß sein Herr gerettet sei.

»Er ist gerettet, Top, nicht wahr?« wiederholte Harbert. »Gerettet, Top?«

Und nochmals bellte der Hund wie als Antwort.

Der Weg wurde wieder aufgenommen. Es mochte jetzt halb drei Uhr früh sein. Das Meer begann zu steigen und die zur Zeit der Syzygien ohnehin starke Flut drohte bei dem herrschenden Sturme eine noch größere Höhe zu erreichen. Donnernd und mit einer solchen Gewalt stürzten die ungeheuren Wogen über die Klippenreihen, daß sie das seewärts gelegene Eiland gewiß überfluten mußten. Der durch jenes gebildete lange Damm schützte also jetzt die Küste nicht mehr, die dem vollen Seegange ausgesetzt war.

Sobald der Seemann und seine Begleiter sich von der Felsenwand entfernten, ergriff sie die Gewalt des Sturmes von neuem. Zusammengebeugt gingen sie weiter und folgten Top, der über die einzuschlagende Richtung nie unschlüssig erschien. Auf dem Wege nach Norden hatten sie zur Rechten die grenzenlose Wogenfläche, mit der ohrenbetäubenden Brandung, zur Linken das der Dunkelheit wegen nicht genau erkennbare Land. Doch bemerkten sie an der Art und Weise, wie der Wind sie traf, daß es verhälntnismäßig eben sein müsse.

Um vier Uhr morgens mochte man eine Entfernung von fünf Meilen zurückgelegt haben. Die Wolken waren ein wenig aufgestiegen und schleppten nicht mehr so nahe am Boden. Der minder feuchte Wind veränderte sich mehr und mehr zu trockneren und kälteren Luftströmungen. Bei ihrer ungenügenden Bekleidung mochten Pencroff, Harbert und Spilett wohl nicht wenig leiden, doch kam keine Klage über ihre Lippen. Sie waren entschlossen, Top zu folgen, wohin das intelligente Tier sie auch führen möge.

Gegen fünf Uhr begann der Tag zu grauen. Zuerst unterschied man am Zenit, bei den nur dünneren Dunstschichten daselbst, die einzelnen Wolken, doch bald beleuchtete auch unter einer dunkleren Schicht ein hellerer Streifen den Horizont des Meeres. Die Wellenkämme schimmerten in falbem Lichte und ihr Schaum nahm eine weißliche Färbung an. Gleichzeitig hoben sich zur Linken, wenn auch nur grau in schwarz, die Umrisse des Uferlandes von dem Hintergrunde des Himmels ab.

Um sechs Uhr morgens wurde es vollkommen hell. Hoch oben jagten die Wolken mit außerordentlicher Schnelligkeit dahin. Die Wanderer befanden sich jetzt gegen sechs Meilen von den Kaminen entfernt. Sie folgten einem sehr flachen Strande, den nach dem Meere zu ein Kranz von Felsen umsäumte, welche jetzt nur mit den obersten Spitzen daraus emportauchten. Zur Linken bot die Umgebung mit einigen distelbestandenen Dünen das Bild einer wüsten sandigen Gegend. Das Ufer mit seinen seltenen Einschnitten setzte dem Ozeane keine andere Schutzwehr, als eine unregelmäßige Reihe ganz kleiner Hügel entgegen. Da und dort erhoben sich einige nach Westen zu geneigte Bäume, deren Zweige vorwiegend dieselbe Richtung einhielten. Ziemlich weit rückwärts dehnte sich im Südwesten der Saum eines Waldes aus. Da gab Top plötzlich unverkennbare Zeichen von Aufregung. Er sprang voraus, kam zu dem Seemanne zurück und schien diesen zur Beschleunigung seiner Schritte treiben zu wollen.

Der Hund hatte den Strand verlassen und verschwand, von seinem unvergleichlichen Instinkt geleitet, zwischen den Dünen. Man folgte ihm. Das Land erschien vollkommen verlassen; kein atmendes Wesen belebte dasselbe.

Die Dünenreihe bestand zunächst in breiter Ausdehnung aus einer ungeordneten Menge kleiner Erhöhungen und Hügel und bildete wirklich von Sand eine Schweiz im Kleinen, in welcher man, um sich zurechtzufinden, eines vorzüglichen Spürsinnes bedurfte.

Nach etwa fünf Minuten gelangten der Reporter und seine zwei Begleiter nach einer Art Sandhöhle im Rücken einer Düne. Laut bellend stand Top vor derselben. Spilett, Harbert und Pencroff eilten in dieselbe hinein.

In ihr befand sich Nab knieend neben einem auf einem Bett von Laub ausgestreckten Körper . . .

Es war der des Ingenieurs Cyrus Smith.

Achtes Kapitel

Lebend oder tot? – Nabs Bericht. – Die Fußabdrücke. – Eine unlösliche Frage. – Cyrus Smiths erste Worte. – Die Konstatierung der Fußspur. – Rückkehr nach den Kaminen. – Pencroffs Entsetzen.

Nab rührte sich nicht. Der Seemann rief ihm nur ein Wort zu. »Lebend?« fragte er.

Nab gab keine Antwort. Gedeon Spilett und Pencroff erblaßten, Harbert faltete die Hände und blieb unbeweglich stehen. Offenbar hatte der arme Neger in seinem Schmerze weder seine Gefährten gesehen, noch den Seemann verstanden.

Der Reporter kniete neben dem bewegungslosen Körper nieder und legte sein Ohr auf die Brust des Ingenieurs, dessen Kleidung er geöffnet hatte. Eine Minute – eine Ewigkeit! – verrann, während er die Herzschläge zu hören suchte.

Nab erhob sich ein wenig und blickte mit irrendem Auge umher. Nie konnte die Verzweiflung das Gesicht eines Menschen tiefgreifender verändern. Erschöpft von der Anstrengung, geknickt von wildem Schmerze, war Nab völlig unkenntlich geworden. Er hielt seinen Herrn für tot.

Nach langer, sorgfältiger Beobachtung richtete sich Gedeon Spilett wieder auf.

»Er lebt!« sagte er.

Jetzt bog sich auch Pencroff seinerseits über Cyrus Smith nieder; sein Ohr vernahm einige schwache Pulsschläge, und seine Lippen fühlten einen leisen Hauch, der von denen des Ingenieurs kam.

Auf einen Wink des Reporters sprang Harbert hinaus, um Wasser aufzutreiben. In einer Entfernung von hundert Schritten entdeckte er einen klaren, offenbar durch den Regenguß der letzten Nacht geschwellten Bach, der durch den Sand plätscherte. Womit sollte er aber Wasser schöpfen, da sich ringsum in den Dünen nicht einmal eine einzige Muschel zeigte? Der junge Mensch mußte sich begnügen, sein Taschentuch in den Bach zu tauchen, und eilends lief er nach der Höhle zurück.

Zum Glück genügte das benetzte Tuch, da Gedeon Spilett

nur die Lippen des Ingenieurs anfeuchten wollte. Die wenigen Tropfen frischen Wassers erzielten einen fast unmittelbaren Erfolg. Ein Seufzer entrang sich der Brust Cyrus Smiths, und er schien sogar einige Worte sprechen zu wollen.

»Wir retten ihn noch!« sagte der Reporter.

Nab schöpfte bei diesen Worten wieder Hoffnung. Er entkleidete seinen Herrn, um nachzusehen, ob er vielleicht irgendeine Wunde habe. Weder Kopf, Rumpf noch Gliedmaßen zeigten eine Verletzung, nicht einmal eine Schramme, was gewiß zu verwundern war, da der Körper Cyrus Smiths doch mit aller Wahrscheinlichkeit durch die Riffe hindurchgeschwemmt worden war. Selbst die Hände erwiesen sich gänzlich unverletzt, und es blieb ganz unerklärlich, daß der Ingenieur keine Spuren von seinem Durchkämpfen der Klippen davongetragen haben sollte.

Später sollte sich ja dieses Dunkel lüften. Konnte Cyrus Smith wieder sprechen, so würde er schon erzählen, was mit ihm vorgegangen war. Für jetzt handelte es sich darum, ihn ins Leben zurückzurufen, wozu man Friktionen der Haut für angezeigt hielt. Man führte diese mittels des groben Kittels des Seemanns aus. Erwärmt durch das kräftige Reiben, bewegte der Ingenieur schwach die Arme und stellten sich regelmäßigere Atembewegungen wieder her. Ohne Zwischenkunft des Reporters und seiner Begleiter wäre Cyrus Smith wohl an Erschöpfung zu Grunde gegangen.

»Hast ihn also für tot gehalten, deinen Herrn?« fragte der Seemann den Neger.

»Jawohl, für tot!« antwortete Nab; »und hätte Top Sie nicht gefunden und hierher geführt, so hätte ich meinen Herrn begraben und wäre neben ihm gestorben.«

Man sieht, an welch' dünnem Fädchen Cyrus Smiths Leben gehangen hatte!

Nab erzählte hierauf, was vorgegangen war. Nach seinem Weggange aus den Kaminen am Morgen des verflossenen Tages gelangte er, in der Richtung nach Norden zuschreitend, zu dem Küstengebiete, das er schon durchsucht hatte.

Ohne eigentliche Hoffnung, wie er jetzt eingestand, forschte er am Ufer, im Sande, zwischen dem Gesteine nach Spuren, die ihn hätten leiten können. Vorzüglich faßte er dabei den etwas höher liegenden Strand ins Auge, da Ebbe und Flut am Rande selbst jede Spur verwaschen haben mußten. Seinen Herrn lebend wiederzufinden, hatte er völlig aufgegeben. Nur zur Entdeckung eines Leichnams zog er aus, eines Leichnams, der wenigstens das Grab noch von seinen Händen finden sollte!

Lange Zeit suchte Nab umher. Seine Mühe blieb erfolglos. Diese wüste Küste schien noch keines Menschen Fuß betreten zu haben. Die Muscheln, welche die Wellen nicht erreichen konnten und die außerhalb der Flutgrenze den Boden zu Millionen überdeckten, erschienen unberührt. Keine einzige war zertreten. Auf einer Strecke von zweihundert Yards* verriet keine Spur ein früheres oder neuerliches Anlanden.

Nab beschloß also, an der Küste noch einige Meilen weiter hinaufzugehen. Möglicherweise konnte die Strömung einen Körper ja etwas weiterhin getragen haben. Schwimmt nämlich ein Leichnam nahe einem flachen Ufer, so kommt es nur sehr selten vor, daß er nicht ans Land gespült würde. Das wußte Nab, und ein letztes Mal mußte er seinen Herrn noch wiedersehen.

»Zwei Meilen weit lief ich an der Küste hin, durchsuchte zur Zeit der Ebbe die ganze Klippenreihe, das Küstengebiet zur Zeit der Flut, schon verzweifelte ich, überhaupt etwas zu finden, da fielen mir gestern nachmittag gegen fünf Uhr die Spuren von Schritten ins Auge.«

»Fußspuren?« unterbrach in Pencroff.

»Ja«, bestätigte Nab.

»Und diese Spur begann zwischen den Riffen selbst?« fragte der Reporter.

»Nein«, entgegnete Nab, »erst bei der Flutgrenze, denn die Eindrücke zwischen dieser und den Riffen mußten wohl verwischt sein.«

»So fahre fort, Nab«, sagte Gedeon Spilett.

»Als ich diese Abdrücke bemerkte, wurde ich ganz närrisch vor Freude. Sie waren leicht erkennbar und verliefen nach den Dünen hin. Eilig, aber vorsichtig, um sie nicht zu verwischen,

*Das amerikanische Yard mißt 0,m914.

folgte ich ihnen wohl eine Viertelmeile weit. Fünf Minuten später, schon ward es allmählich dunkel, vernahm ich das Gebell eines Hundes. Das war Top, und Top führte mich endlich hierher zu meinem Herrn!«

Nab beendete seinen Bericht mit der Andeutung seiner schmerzlichen Betrübnis, als er den entseelten Körper auffand. Er hatte sich zu überzeugen versucht, ob diesem noch ein Fünkchen Leben innewohne. Jetzt, da er ihn tot wiedergefunden, wollte er ihn auch wieder lebend haben. Er verschwendete seine Mühe vergebens, und scheinbar blieb ihm nichts übrig, als dem die letzten Ehren zu erweisen, den er doch über alles liebte.

Erst jetzt erinnerte sich Nab seiner Gefährten. Auch sie würden den Verunglückten zweifelsohne noch einmal zu sehen wünschen. Top war ja zur Hand. Sollte er nicht die Klugheit dieses Tieres benutzen können? Mehrmals wiederholte Nab laut den Namen des Reporters, den Top von den Gefährten des Ingenieurs am längsten und besten kannte; dann wies er nach Süden auf die Küste, und schnell eilte der Hund in der bezeichneten Richtung dahin.

Man weiß, wie Top, geleitet durch einen fast übernatürlichen Instinkt, inzwischen bei den ihm doch ganz unbekannten Kaminen ankam.

Nabs Genossen hatten diesem Berichte mit teilnehmender Aufmerksamkeit gelauscht. Ihnen blieb es unerklärlich, daß Cyrus Smith bei dem Ringen und Kämpfen, das es ihn notwendig gekostet hatte, um sich den Wellen zu entwinden, nicht einmal die Spur eines Ritzes zeigte. Nicht leichter zu durchschauen war, wie der Ingenieur zu dieser versteckten, wohl eine Meile vom Ufer entfernten Grotte mitten zwischen den Dünen gelangen konnte.

»Du hast deinen Herrn also nicht hierher getragen, Nab?« sagte der Reporter.

»Nein, ich nicht«, erwiderte Nab.

»Offenbar ist Mr. Smith also allein hierher gekommen«, meinte Pencroff.

»Ja, das scheint zwar auf der Hand zu liegen«, bemerkte Gedeon Spilett, »und doch ist es unglaublich.«

Die Erklärung dieser Tatsache war nur aus dem Munde des Ingenieurs selbst zu erwarten, und mußte man auf diese verzichten, bis jener die Sprache wiedererlangte. Zum Glück kam seine Lebenstätigkeit schon wieder in geregelteren Gang.

Die Friktionen verursachten eine bessere Blutzirkulation. Wiederholt bewegte Cyrus Smith die Arme, später den Kopf, und einige noch unverständliche Worte entschlüpften seinen Lippen.

Nab beugte sich über ihn und rief ihn beim Namen; doch der Ingenieur, dessen Augen geschlossen blieben, schien nichts zu hören. Vorläufig verrieten das Leben desselben nur einige seltene Bewegungen. Die Sinne hatten noch keinen Teil daran.

Pencroff bedauerte sehr, weder Feuer zu haben, noch solches machen zu können, denn er hatte unglücklicherweise vergessen, die zubereitete Lunte aus angesengtem Leinen mitzunehmen, welche sich durch Funken aus Feuersteinen leicht entzündet hätte.

Auch die Taschen des Ingenieurs erwiesen sich völlig leer, bis auf die der Weste, in der sich noch die Uhr vorfand. Cyrus Smith mußte also nach übereinstimmender Ansicht so schnell als möglich nach den Kaminen geschafft werden.

Die dem Ingenieur gewidmete Sorgfalt ließ diesen schneller, als man erwartete, wieder zum Bewußtsein kommen. Das Wasser, mit dem man seine Lippen befeuchtete, belebte ihn nach und nach. Pencroff gedachte diesem Wasser ein wenig Saft von dem mitgenommenen Tetrafleische beizumischen. Harbert, der nach dem Ufer gelaufen war, brachte von dort zwei große doppelschalige Muscheln mit. Der Seemann bereitete seine Mixtur und flößte sie dem Ingenieur ein, der sie begierig zu verschlucken schien.

Bald öffneten sich seine Augen. Nab und der Reporter beugten sich über ihn.

»Mein Herr! Mein lieber Herr!« rief Nab erfreut.

Der Ingenieur verstand ihn. Er erkannte Nab und Spilett sowie seine beiden anderen Gefährten und drückte ihnen schwach die Hand.

Einige Worte entschlüpften seinen Lippen, wahrscheinlich

dieselben, welche er schon früher von sich zu geben versucht hatte, die von einem ihn auch damals nicht verlassenden Gedanken herrühren mochten und jetzt zum ersten Male verständlich waren:

»Insel oder Festland?« flüsterte er.

»Oh, zum Teufel«, rief Pencroff, der diesen Ausruf nicht unterdrücken konnte, »das kümmert uns gar nicht, wenn Sie nur wieder am Leben sind, Herr Cyrus. Was Insel oder Festland! Das werden wir ja später erfahren.«

Der Ingenieur gab ein schwaches Zeichen der Bestätigung und schien einzuschlafen.

Man wollte seinen Schlummer nicht stören, doch traf der Reporter inzwischen alle Vorbereitungen, um Cyrus Smith so bequem als möglich transportieren zu können. Nab, Harbert und Pencroff verließen die Grotte und wandten sich nach einer mit wenigen verkrüppelten Bäumen bestandenen Düne; unterwegs aber konnte der Seemann sich nicht enthalten, zu wiederholen:

»Insel oder Festland! Nein! Daran zu denken, wenn einem noch der Atem fehlt! Es ist doch ein seltsamer Mann!«

Auf der Düne angelangt, brachen Pencroff und seine zwei Begleiter die größten Zweige eines dürftigen Baumes, einer durch die Stürme arg mitgenommenen Seefichte, herunter und stellten daraus eine Tragbahre her, die mit Blättern und Gräsern bedeckt zum Transport des Ingenieurs ausgestattet wurde.

Hierbei vergingen nahe an drei Viertelstunden, und es war inzwischen zehn Uhr, bis der Seemann, Nab und Harbert zu Gedeon Spilett, der den Ingenieur nicht verlassen hatte, zurückkamen.

Cyrus Smith erwachte eben aus dem Schlummer oder vielmehr aus der Betäubung, in welcher man ihn vorgefunden hatte; seine bis jetzt totenblassen Wangen bekamen wieder Farbe. Um sich blickend erhob er sich ein wenig, als fragte er, wo er sich befinde.

»Können Sie mich ohne zu große Anstrengung verstehen, Cyrus?« sagte der Reporter.

»Ja«, erwiderte der Ingenieur.

»Ich denke«, fiel der Seemann ein, »Mr. Smith wird Sie viel

leichter verstehen, wenn er sich erst mit diesem Tetra-Gelee befreundet, – ja, ja, es ist solches, Mr. Cyrus«, fügte er hinzu und bot ihm eine Kleinigkeit davon, die er mit Fleischstückchen vermengt hatte, an.

Cyrus Smith verzehrte die Tetrastückchen, deren Reste an die anderen, welche nun auch Hunger litten und das Essen recht dürftig fanden, verteilt wurden.

»Schön«, sagte der Seemann. »Lebensmittel lagern für uns in den Kaminen, denn Sie sollen immer wissen, Mr. Cyrus, daß wir da unten im Süden ein Haus haben mit Stuben, Lagerstätten und Feuerherd, in der Speisekammer auch einige Dutzend Vögel, die unser Harbert Kurukus nennt. Eine Tragbahre für Sie ist schon bereit, und sobald es Ihre Kräfte erlauben, schaffen wir Sie nach unserer Wohnung.«

»Ich danke, mein Freund«, antwortete der Ingenieur; »noch ein bis zwei Stunden, dann werden wir aufbrechen können ... Nun erzählen Sie, Spilett.«

Der Reporter berichtete das Vorgefallene. Er erzählte die Ereignisse, von denen Cyrus Smith keine Kenntnis haben konnte, den letzten Sturz des Ballons, die Landung auf unbekannter scheinbar verlassener Erde, die Entdeckung der Kamine, die unternommenen Versuche, den Ingenieur aufzufinden, Nabs Ergebenheit gegen ihn, alles, was man dem intelligenten und treuen Top verdankte usw.

»Aber«, fragte Cyrus Smith mit noch sehr schwacher Stimme, »am Strande haben Sie mich doch nicht aufgelesen?«

»Nein«, erwiderte der Reporter.

»Und Sie haben mich auch nicht in diese Grotte geschafft?«

»Nein.«

»In welcher Entfernung von den Riffen befindet sich diese Grotte wohl?«

»Etwa in der einer halben Meile«, antwortete Pencroff, »und wenn Sie darüber erstaunt sind, Mr. Cyrus, so waren wir es nicht weniger, Sie hier zu sehen.«

»Wirklich«, meinte der Ingenieur, dessen Lebensgeister munterer wurden und dessen Interesse an diesen Einzelheiten wieder erwachte, wirklich, sonderbar ist es!«

Können Sie uns aber«, bemerkte der Seemann, »erzählen,

was mit Ihnen vorgegangen ist, seitdem jene Sturzsee Sie entführte?«

Cyrus Smith suchte sich zu erinnern. Er wußte nur wenig. Das Meer hatte ihn aus dem Netzwerk des Luftschiffes gerissen. Er tauchte zuerst einige Faden tief unter. Im Halbdunkel wieder an die Oberfläche des Meeres gehoben, bemerkte er ein lebendes Wesen sich neben ihm bewegen. Das war Top, der ihm zu Hilfe nachgesprungen war. Als er die Augen aufschlug, sah er nichts mehr von dem Ballon, der erleichtert durch sein Gewicht und das des Hundes wie ein Pfeil emporschnellte. Er befand sich mitten in den ergrimmten Wogen und mindestens eine halbe Meile vom Ufer entfernt. Schwimmend suchte er gegen die Wellen zu kämpfen. Top hielt ihn an seiner Kleidung; da erfaßte ihn eine rauschende Strömung, riß ihn nach Norden, und nach halbstündiger, verzweifelter Anstrengung sank er, Top nach sich ziehend, in die Tiefe. Von diesem Augenblick bis dahin, wo er in den Armen seiner Freunde wieder zu sich kam, fehlte ihm jede Erinnerung.

»Indessen«, fügte Pencroff hinzu, »müssen Sie doch ans Ufer geworfen worden sein und noch Kräfte genug gehabt haben, sich bis hierher zu schleppen, da Nab die Spuren Ihrer Schritte gefunden hat.«

»Ja, man sollte es meinen«, erwiderte der Ingenieur nachdenklich. »Und auf diesem Strande haben Sie Spuren von Menschen gefunden?«

»Spuren von Schritten«, sagte der Reporter. »Wenn aber zufällig einer dazugekommen wäre, um Sie zu retten, warum sollte er Sie den Fluten entrissen und dann verlassen haben?«

»Sie haben recht, lieber Spilett. – Sag' mir, Nab«, fügte der Ingenieur zu seinem Diener gewendet hinzu, »du bist es nicht gewesen, der ... du hättest nicht in einer Art Geistesabwesenheit ... Nein, das ist widersinnig. Sind einige dieser Eindrücke wohl noch zu sehen?«

»Ja, Herr«, antwortete Nab. »Gleich hier am Eingange und auch auf der anderen Seite dieser Düne, an einer vor Regen und Wind geschützten Stelle. Die anderen hat wohl der Sturm verwischt.«

»Pencroff«, bat der Ingenieur, »wollten Sie wohl nachsehen, ob meine Schuhe genau in jene Eindrücke passen?«

Der Seemann befolgte den Willen des Ingenieurs. Von Nab geführt gingen Harbert und er nach dem erwähnten Orte, während Cyrus Smith zu dem Reporter sagte:

»Da sind unerklärliche Sachen vorgefallen!«

Bald nachher kamen die drei von ihrer Prüfung zurück. Es war kein Zweifel möglich. Des Ingenieurs Schuhe paßten genau in jene Spuren, also rührten sie von Cyrus Smith her.

»Nun, demnach war ich in der Zwischenzeit einmal so geistesabwesend, wie ich es Nab zutraute. Ich bin dahingeschritten wie ein Hellseher, und Top wird mich, nachdem er mich dem Meere entriß, aus Instinkt und ohne daß ich es wußte, hierher geführt haben . . . Komm, Top! Komm, mein Hund!«

Bellend sprang das prächtige Tier auf seinen Herrn zu, der es mit Liebkosungen überhäufte.

Man wird zugeben, daß die Umstände, unter denen Cyrus Smiths Rettung stattfand, eine andere Erklärung nicht zuließen und daß die ganze Ehre an derselben Top zufiel.

Als Pencroff gegen Mittag Cyrus Smith fragte, ob er nun wohl transportfähig sei, erhob sich dieser statt aller Antwort mit höchster Energie des Willens. Doch mußte er sich eiligst auf den Seemann stützen, um nicht umzufallen.

»Gut, gut!« sagte Pencroff. – »Die Tragbahre für den Herrn Ingenieur!«

Man brachte sie herbei. Die querliegenden Äste waren mit Moos und langem Grase bedeckt. Cyrus Smith wurde darauf ausgestreckt, Pencroff faßte sie an dem einen, Nab an dem andern Ende an, und vorwärts ging es nach der Küste.

Acht Meilen galt es zurückzulegen; da man aber nicht schnell gehen konnte und voraussichtlich öfter haltmachen mußte, so durfte man wohl auf den Verlauf von sechs Stunden bis zur Ankunft bei den Kaminen rechnen.

Der Wind blies immer heftig, doch regnete es glücklicherweise nicht. Auf seinem Lager auf die Ellbogen gestützt, beobachtete der Ingenieur aufmerksam das Küstenland. Er sprach nicht, aber er sah, und gewiß prägte sich das Bild dieser Gegend mit ihren Hügeln, Wäldern und verschiedenen Erzeugnissen schon fest seinem Geiste ein. Nach zwei Stunden übermannte ihn aber doch die Müdigkeit, und er schlief auf der Bahre ein.

Um fünfeinhalb Uhr erreichte man die steile Granitwand und bald nachher die Nähe der Kamine.

Alle blieben stehen; die Tragbahre wurde auf den Sand niedergelassen. Cyrus Smith, der ganz fest schlief, erwachte dabei nicht.

Zu seinem größten Erstaunen überzeugte sich Pencroff, daß der Sturm in vergangener Nacht das Aussehen der Örtlichkeit merkwürdig verändert hatte. Von sehr umfänglichen Felsenstürzen herrührend, lagen große Blöcke an dem Strande umher, den eine dichte Lage Seepflanzen, Varec und Algen, weithin bedeckte. Offenbar mußte das wild empörte Meer bis zu dem Granitwalle vorgedrungen sein.

Vor dem Eingange der Kamine zeigte der Erdboden tief ausgewaschene Furchen.

Pencroff ergriff eine böse Ahnung. Er stürzte in die Höhle.

Gleich darauf kam er wieder heraus und starrte seine Begleiter an . . .

Das Feuer war verloschen, die durchnäßte Asche zu Schlamm geworden, die Lunte verschwunden! Das Meer mußte bis in den Grund der Höhle gedrungen sein und hatte im Innern der Kamine alles untereinandergeworfen und zerstört!

Neuntes Kapitel

Cyrus ist ja da! – Pencroffs Versuche. – Geriebenes Holz. – Insel oder Festland? – Des Ingenieurs Projekte. – Auf welchem Punkte des Pazifischen Ozeans? – Mitten im Walde. – Die Pinie. – Eine Wasserschweinjagd. – Rauch von guter Vorbedeutung.

Mit winigen Worten erfuhren Gedeon Spilett, Harbert und Nab den betrübenden Zufall. Bei den schweren Folgen, welche dieser, wenigstens nach Pencroffs Meinung, haben konnte, machte derselbe doch auf die Gefährten des wackeren Seemanns keinen sehr verschiedenen Eindruck.

Über der Freude, seinen Herrn wiedergefunden zu haben, hörte Nab entweder gar nicht, oder schien doch keine Lust zu haben, sich wegen der Worte Pencroffs Sorge zu machen.

Harbert teilte bis zu gewissem Grade die Befürchtungen des Seemanns.

Der Reporter endlich antwortete Pencroff hingeworfen:

»Meiner Treu, Pencroff, das ist mir ganz gleichgültig!«

»Ich wiederhole Ihnen aber, daß wir kein Feuer mehr haben.«

»Was will das sagen!«

»Und daß wir keines wieder anzünden können.«

»Bah!«

»Aber, Mr. Spilett . . .«

»Nun, ist denn Cyrus nicht da?« fiel ihm der Reporter ins Wort. »Lebt er etwa nicht, unser Ingenieur? Er wird schon Mittel finden, uns Feuer zu verschaffen!«

»Und womit und woraus?«

»Mit und aus nichts!«

Was antwortete Pencroff hierauf? – Er antwortete eben gar nicht, denn im Grunde teilte er das Vertrauen seiner Genossen zu Cyrus Smith. Der Ingenieur bildete für sie eine Welt im Kleinen, ein Konglomerat aller menschlichen Einsicht und Weisheit. Sich mit Cyrus auf einer wüsten Insel zu befinden, war dasselbe, als ohne ihn in der gewerbfleißigsten Stadt der Union zu sein. Mit ihm konnte es an nichts fehlen; mit ihm war nie zu verzweifeln. Hätte man den braven Leuten gesagt, daß eine Vulkaneruption dieses Land verwüsten, daß es in die Tiefen des Stillen Ozeans versinken werde, sie hätten gewiß gerufen: »Oho, Cyrus ist ja da!«

In Folge des Transportes war der Ingenieur aufs neue einer tiefen Erschöpfung verfallen und konnte man für den Augenblick wenigstens sich keinen Rat von ihm erholen. Das Abendbrot fiel notwendigerweise sehr mager aus. Nicht nur hatte man das Tetrafleisch bis zur Neige aufgezehrt, sondern man besaß auch kein Mittel, ein Stück Wild zuzurichten. Der Vorrat von Kurukus war verschwunden und nun wurde guter Rat teuer.

Vor allem schaffte man Cyrus Smith in den mittleren Raum der Höhle. Dort gelang es, ihm aus trockengebliebenen Algen und Varecbüscheln ein leidliches Lager zurechtzumachen. Der tiefe Schlaf, der ihn umfing, versprach ja seine Kräfte schneller wieder herzustellen, als das eine, wenn auch reichliche Nahrung vermocht hätte.

Die Nacht sank herab und mit ihr kühlte sich die Luft merklich ab, da der Wind inzwischen nach Nordosten umschlug. Da nun das Meer gleichzeitig Pencroffs Verschluß zwischen den einzelnen Lücken der verschiedenen Abteilungen hinweggespült hatte, so entstand ein Luftzug, der den Aufenthalt in den Kaminen sehr unbehaglich machte. Der Ingenieur wäre gewiß sehr übel daran gewesen, wenn seine Genossen sich nicht ihrer entbehrlichen Kleidungsstücke entledigt und jenen sorgsam damit zugedeckt hätten.

Das Abendbrot bestand an diesem Tage nur aus den unvermeidlichen Steinmuscheln, welche Harbert und Nab in reichlicher Menge am Strande einsammelten. Zu diesen Mollusken fügte der junge Mann noch eine gewisse Quantität eßbarer Algen, die er auf den hohen Felsen, deren Wand das Meer nur bei der Springflut benetzte, antraf. Diese zu der Familie der Meergräser gehörende Art schwimmenden Tangs bildete eine gallertartige, ziemlich nahrhafte Masse. Nachdem der Reporter und seine Gefährten nicht wenige Steinmuscheln verzehrt hatten, kosteten sie jenen Tang und fanden ihn von ganz erträglichem Geschmacke. Derselbe gehört übrigens an den asiatischen Küsten zum nicht geringsten Teile zur Nahrung der

Eingeborenen.

»Ganz gleich!« sagte der Seemann, »es ist Zeit, daß Mr. Cyrus uns zu Hilfe kommt!«

Inzwischen wurde die Kälte recht lebhaft und kein Mittel besaß man, sie zu bekämpfen.

Durch alle möglichen Mittel versuchte der wirklich genarrte Seemann, sich Feuer zu verschaffen. Nab half ihm treulich dabei. Er hatte einige trockene Moose gefunden und schlug über diesen zwei Kiesel aneinander, um das etwas schwer entzündliche Moos in Brand zu setzen. Mit einem Worte, der Versuch mißlang trotz aller darauf verwendeten Mühe.

Obwohl Pencroff kein Vertrauen zu dem Verfahren hatte, so ging er doch auch daran, nach Art der Wilden zwei Hölzer aneinander zu reiben. Hätte die von Nab und ihm ausgeführte Bewegung sich, entsprechend den neueren Theorien, in Wärme umgesetzt, so mußte diese wohl hinreichen, einen Dampfkessel zum Sieden zu bringen! Auch das hieraus entspringende Resultat war gleich Null. Die Holzstücke erwärmten sich wohl etwas, aber noch weit weniger, als die Arbeitenden selbst.

Nach einer Stunde fruchtloser Bemühung warf Pencroff die Holzstücke ärgerlich beiseite.

»Wenn mir wieder einer weismachen will, daß sich die Wilden auf diese Weise Feuer verschaffen«, sagte er, »so wird mirs gleich selbst warm, selbst im Winter. – Da bring' ich doch noch eher meine Arme in Flammen, wenn ich sie übereinander reibe!«

Dennoch hatte der Seemann unrecht, dieses Verfahren ganz zu leugnen. Es steht fest, daß die Wilden sich durch rasche Reibung zweier Holzstücke Feuer zu entzünden verstehen. Einmal eignet sich aber nicht jedes beliebige Holz hierzu, und dann verlangt es auch einen gewissen Kunstgriff, der Pencroff wahrscheinlich fehlte.

Pencroffs üble Laune war übrigens nicht von langer Dauer; Harbert hatte die von ihm weggeworfenen Holzstücke aufgenommen und tat sein möglichstes, sie nach besten Kräften zu reiben. Der robuste Seemann konnte sich des Lächelns nicht enthalten, als er bemerkte, daß der junge Mann da etwas zu erreichen versuchte, wo es ihm selbst fehlgeschlagen war.

»Immer reibe, meine Junge, reibe nur zu!« sagte er.

»Ich reibe«, entgegnete Harbert lächelnd, »nur mit der Absicht, mich selbst warm zu machen, und das wird mir bald ebenso gelungen sein, wie dir, Pencroff.«

Das geschah denn auch. Leider mußte man für diese Nacht auf Feuer vollkommen verzichten. Gedeon Spilett wiederholte zum zwanzigsten Male, daß Cyrus Smith einer solchen Kleinigkeit wegen nicht in Verlegenheit sein werde.

Geduldig streckte er sich auf sein Lager im Sande. Harbert, Nab und Pencroff folgten ihm nach, während Top zu Füßen seines Herrn schlief.

Als der Ingenieur am Morgen des 28. März erwachte, sah er seine Gefährten neben sich, die seinen Schlaf bewachten, und so wie tags vorher waren seine ersten Worte:

»Insel oder Festland!«

Man erkannte, daß das zur fixen Idee bei ihm geworden war.

»Schön, schön«, antwortete Pencroff, »wir wissen darüber nur leider noch nichts, Mr. Smith.«

»Das wißt ihr noch nicht . . .?«

»Werden es aber sofort erfahren«, fügte Pencroff hinzu, »wenn wir Sie als Lotsen durch dieses Land haben werden.«

»Ich glaube im Stande zu sein, das unternehmen zu können«, erwiderte der Ingenieur, erhob sich ohne große Anstrengung und blieb auch stehen.

»Das ist ja prächtig!« rief der Seemann.

»Doch komme ich bald vor Erschöpfung um«, sagte Cyrus Smith, »gebt mir etwas zu essen, meine Freunde, dann wirds vorüber sein. Ihr habt doch Feuer, nicht wahr?«

Auf diese Frage folgte keine sofortige Antwort, doch sagte Pencroff nach einigen Augenblicken:

»Ach nein, wir haben kein Feuer, Mr. Cyrus, oder vielmehr, wir haben keines mehr!«

Der Seemann erzählte, was sich am Tage vorher zugetragen hatte, und erheiterte den Ingenieur weidlich durch seinen drastischen Bericht über das einzige Zündhölzchen und seinen vergeblichen Versuch, nach Art der Wilden Feuer zu machen.

»Das werden wir uns gut überlegen müssen«, antwortete der Ingenieur, »und im Falle wir keine Substanz, etwas wie Schwamm, entdecken . . .«

»Nun dann?« fragte der Seemann.

»Nun, dann machen wir uns Steichhölzchen.

»Chemische?«

Chemische!«

»Da ist das eine nicht schwerer als das andere«, bemerkte der Reporter, und schlug dem Seemann auf die Schulter.

Dieser fand die Sache gar nicht so einfach, widersprach aber nicht. Alle gingen hinaus, da das Wetter recht freundlich geworden war. Hell glänzte die Sonne über dem Meere und vergoldete die Vorsprünge der Felsenmauer mit blitzenden Lichtern.

Nachdem er einmal schnell umhergeblickt hatte, setzte sich der Ingenieur auf einen Felsblock. Harbert bot ihm eine Handvoll Miesmuscheln und Seetang an.

»Das ist alles, was wir besitzen, Mr. Cyrus«, sagte er.

»Ich danke, mein Sohn«, antwortete Cyrus Smith, »für diesen Morgen genügt es ja.«

Mit Vergnügen verzehrte er diese magere Nahrung, die er mit etwas frischem, in einer großen Muschel aus dem Flusse geschöpftem Wasser benetzte.

Schweigend umstanden ihn seine Gefährten. Nachdem sich Cyrus Smith, so gut es eben anging, gestärkt hatte, kreuzte er die Arme und sagte:

»Meine lieben Freunde, ihr wißt also noch nicht, ob das Schicksal uns nach einer Insel oder einem Festlande geworfen hat?«

»Nein, Mr. Cyrus«, antwortete der junge Mann.

»Morgen werden wir uns darüber klarwerden«, fuhr der Ingenieur fort; »bis dahin ist nichts zu machen.«

»Doch«, versetzte Pencroff.

»Was denn?«

»Feuer«, sagte der Seemann, der auch seinerseits von einer fixen Idee geplagt wurde.

»Darum sorgen Sie sich nicht, Pencroff«, erwiderte Cyrus Smith. – »Als ihr mich hierher trugt, glaubte ich im Westen einen höheren, die ganze Umgebung beherrschenden Berg zu sehen?«

»Gewiß«, bestätigte Gedeon Spilett, »einen Berg von sehr beträchtlicher Höhe . . .«

»Gut«, unterbrach ihn der Ingenieur, »morgen besteigen wir dessen Gipfel und halten Umschau. Bis dahin, wiederhole ich, ist nichts zu tun.«

»Und doch, wir müssen Feuer machen«, wiederholte auch nochmals der Seemann.

»Das soll und wird ja geschehen!« erwiderte Gedeon Spilett. »Nur etwas Geduld, Pencroff!«

Der Seemann maß Gedeon Spilett mit einem eigentümlichen Blicke, so als wollte er sagen:

»Wenns nur auf den ankäme, würden wir noch lange auf ein Stück Braten zu warten haben!« Doch er schwieg.

Cyrus Smith hatte bei diesem Zwiegespräch kein Wort fallenlassen. Die Frage wegen des Feuers schien ihn nur wenig zu bekümmern. Einige Augenblicke blieb er in Gedanken versenkt, dann begann er:

»Meine Freunde, wir befinden uns zwar in einer recht bedauerlichen Lage, doch ist diese sehr einfach. Entweder beherbergt uns jetzt ein Festland, dann werden wir um den Preis größerer oder geringerer Anstrengung irgendeinen bewohnten Punkt zu erreichen suchen; oder aber, wir sind auf einer Insel. Im letzteren Falle ist zweierlei möglich: entweder hat sie Bewohner, dann werden wir uns mit denselben so gut als möglich abfinden müssen, oder sie ist wüst, dann gilt es, uns mit eigenen Kräften zu helfen.«

»Gewiß liegt das auf der Hand«, meinte Pencroff.

»Doch, ob Festland oder Insel«, fragte Gedeon Spilett, »wohin meinen Sie überhaupt, Mr. Cyrus, daß uns dieser Orkan verschlagen habe?«

»Ganz genau kann ich das natürlich nicht wissen«, entgegnete der Ingenieur, »doch sprechen alle Annahmen für ein Land des Pazifischen Ozeans. Als wir Richmond verließen, wehte der Wind aus Nordosten, und seine Stärke macht es wahrscheinlich, daß er diese Richtung auch beibehalten hat. Darnach wären wir über die Staaten Nord-Carolina, Süd-Carolina und Georgia, über den Mexikanischen Golf und Mexiko selbst, und endlich über einen Teil des Stillen Ozeans geflogen. Die vom Ballon zurückgelegte Entfernung schätze ich nicht unter 6 bis 7000 Meilen; im Fall die Richtung des Windes aber sich etwas geändert hat, so müßte er uns entweder nach dem Mendana-Archipel oder nach den Pomotu-Inseln, hätte er aber eine noch größere Geschwindigkeit besessen, als ich annehme, vielleicht nach Neu-Seeland geführt haben. Sollte sich letztere Annahme bestätigen, so würden wir leicht nach Hause zurückkehren können. Ob Engländer oder Maoris, wir träfen auf jeden Fall Menschen. Gehört diese Küste im Gegenteil aber zu einer wüsten Insel eines mikronesischen Archipels, was von dem Berggipfel im Innern aus vielleicht zu erkennen ist, so werden wir uns hier, so als sollten wir nimmer fortkommen, möglichst gut einzurichten suchen.«

»Nimmer!« rief der Reporter, »Sie sagen: nimmer! Lieber Cyrus?«

»Besser ist«, entgegnete der Ingenieur, »zuerst den schlimmsten Fall ins Auge zu fassen, dann kann jeder Zufall unsere Lage nur noch verbessern.«

»Sehr wahr«, bemerkte der Seemann. »Zudem steht zu hoffen, daß diese Insel, wenn es überhaupt eine solche ist, nicht ganz und gar außerhalb der gewöhnlichen Schiffsstraßen liegt. Das hieße sonst wahrlich unglücklich spielen.«

»Woran wir sind, können wir vor Besteigung jenes Berges zunächst nicht wissen«, antwortete der Ingenieur.

»Doch, Mr. Cyrus«, fragte Harbert, »werden Sie morgen schon im Stande sein, sich der Strapaze einer Besteigung auszusetzen?«

»Das hoffe ich, mein junger Freund«, erwiderte der Ingenieur, »in der Voraussetzung freilich, daß Meister Pencroff und du euch als geschickte Jäger erweist.«

»Mr. Cyrus«, antwortete der Seemann, »da Sie vom Jagen sprechen, »wenn ich ebenso gewiß wäre, bei der Rückkehr ein Stück Wild hier braten zu können, wie ich es bin, ein solches heimzubringen . . .«

»Bringen Sie nur solches, Pencroff«, fiel ihm Cyrus ins Wort.

Man kam demnach überein, daß der Reporter und der Ingenieur zum Zwecke der Untersuchung der nördlicheren Küste und ihres Oberlandes zurückbleiben, Nab, Harbert und der Seemann aber nach dem Walde gehen sollten, um sowohl den Holzvorrat wieder zu erneuern, als auch alles niederzumachen, was ihnen von Vögeln oder Vierfüßlern an eßbarem Wilde in die Hände fiele.

Gegen zehn Uhr morgens brachen sie auf, Harbert voll Vertrauen, Nab sehr lustig, Pencroff die Worte murmelnd:

»Wenn ich bei meiner Rückkehr im Hause Feuer antreffe, dann hat es der Blitz in höchsteigener Person angezündet!«

Alle drei gingen längs des Ufers bis nach der Stelle, wo der Fluß den scharfen Winkel bildete.

Dort blieb der Seemann stehen und sagte zu seinen Begleitern:

»Was beginnen wir zunächst, die Jagd oder das Holzsammeln?«

»Die Jagd, die Jagd!« drängte Harbert. »Top spürt ja schon umher.«

»Nun gut«, versetzte der Seemann, »so fassen wir hier unseren Holzvorrat später.«

Harbert, Nab und Pencroff bewaffneten sich hierauf mit abgebrochenen Tannenästen und folgten Top, der in dem hohen Grase voraus sprang.

Statt dem Flußufer weiter zu folgen, drangen die Jäger diesmal tiefer in das Innere des Waldes ein, welches überall dieselben, meist zur Familie der Fichten gehörigen Baumarten zeigte. An manchen Stellen verrieten einzelne oder in kleineren Gruppen stehende Fichten von beträchtlichem Umfange, daß dieses Land wohl unter höheren Breitengraden liegen möchte, als der Ingenieur es annahm. Einige mit gestürzten Stämmen bedeckte Waldblößen versprachen einen unerschöpflichen Vorrat von Heizmaterial. Weiterhin standen die Bäume wieder dichter, so daß man nur mit Mühe zwischen ihnen hindurchdringen konnte.

Da es schwierig erschien, sich in diesem Baumlabyrinthe zurechtzufinden, bezeichnete der Seemann den eingeschlagenen Weg durch halb abgebrochene Äste. Vielleicht hatten die Jäger aber unrecht getan, nicht dem Wasserlaufe nauchzugehen, so wie Harbert und Pencroff bei ihrem ersten Ausfluge, denn schon war eine Stunde verlaufen, ohne daß ihnen irgendein Stück Wild zu Gesicht kam. Wenn Top unter den niedrig hängenden Zweigen hinlief, scheuchte er nur Vögel auf, die man nicht erlangen konnte. Selbst Kurukus blieben vollkommen unsichtbar, und es erschien dem Seemanne nicht unwahrscheinlich, sich zur Rückkehr nach jener sumpfigen Stelle genötigt zu sehen, an der er mit der Tetra-Angelei so entschiedenes Glück gehabt hatte.

»Nun, Pencroff«, sagte Nab mit leicht spöttelndem Tone, »wenn das das ganze Wild ist, das Sie meinem Herrn nach Hause zu bringen versprachen, dann wird es kein großes Feuer zum Braten nötig haben.«

»Nur Geduld, Nab«, erwiderte der Seemann, »an Jagdbeute soll es uns bei der Rückkehr nicht fehlen.«

»Sie haben also kein Zutrauen zu Mr. Smith?«

»O doch!«

»Sie glauben aber nicht daran, daß er uns Feuer verschaffen wird?«

»Das glaube ich erst, wenn ich es auf dem Herde flackern sehe.«

»Mein Herr hats aber gesagt, es wird also der Fall sein.«

»Wir werden ja sehen!«

Noch hatte die Sonne ihren höchsten Punkt am Himmel nicht erreicht. Man zog also weiter, wobei Harbert zunächst einen Baum mit eßbaren Früchten entdeckte. Es war das eine Pinie, welche eine ausgezeichnete, in den gemäßigten Teilen Amerikas und Europas hochgeschätzte Kernfrucht liefert. Die Früchte erwiesen sich eben als vollkommen reif, und Harbert empfahl sie seinen beiden Begleitern, welche sich daran ein Gütchen taten.

»Nun«, meinte Pencroff, »Algen an Stelle des Brotes, rohe Miesmuscheln an der des Fleisches und Mandeln* zum Nachtisch, so klingt die passende Speisekarte für Leute, die kein einziges Zündhölzchen mehr besitzen!«

»Darüber ist auch noch nicht zu klagen«, erwiderte Harbert.

*Die Frucht der Pinie hat den Geschmack der süßen Mandel. D. Übers.

»Ich beklage mich auch nicht, mein Junge«, entgegnete Pencroff, »ich wiederhole nur, daß das Fleisch bei dieser Diät etwas gar zu sehr mangelt.«

»Das scheint Tops Ansicht nicht zu sein ...« rief Nab, der auf ein Dickicht zusprang, in welchem der Hund eben bellend verschwand, und ihm ein eigentümliches Grunzen antwortete.

Der Seemann und Harbert folgten Nab. Wenn man ein Stück Wild erlegen konnte, so war jetzt nicht die Zeit, darüber zu streiten, ob man es werde braten können oder nicht.

Bald holten die Jäger Top ein und sahen, wie dieser ein Tier an dem einen Ohre gepackt hatte. Es war das eine Art Schwein von etwa zweiundeinhalb Fuß Länge, schwarzbrauner, am Bauche hellerer Farbe, mit starren, aber nicht sehr dichten Borsten, dessen Fußzehen, welche jetzt kräftig in den Boden eingeschlagen waren, durch eine Schwimmhaut verbunden erschienen.

Harbert glaubte in diesem Tiere einen Cabiai oder sogenanntes Wasserschwein, d. h. ein Exemplar der größten Nagerfamilie, zu erkennen.

Der Cabiai verteidigte sich nicht sonderlich gegen den Hund, und rollte nur seine, hinter dicken Fettringen halb versteckten Augen hin und her. Menschen sah er vielleicht überhaupt zum ersten Male.

Als Nab aber seinen Stock eben fester packte und dem Nager zu Leibe gehen wollte, entriß sich dieser Tops Zähnen, in welchen nur die Spitze eines Ohres zurückblieb, grunzte heftig, stürzte auf Harbert los, rannte diesen halb um und verschwand im Gebüsche.

»Ah, der Schurke!« rief Pencroff.

Alle folgten eiligst Tops Spuren, und als sie diesen eben einholten, sahen sie jenes Tier unter das Wasser eines ausgedehnten, von hundertjährigen Fichten umstandenen Sumpfes tauchen.

Verwundert blieben Nap, Harbert und Pencroff stehen. Top war in das Wasser nachgesprungen, aber der auf dem Grunde desselben versteckte Cabiai ließ sich nicht erblicken.

»Warten wir ein wenig«, sagte der junge Mann, »er muß bald einmal emportauchen, um Atem zu schöpfen.«

»Wird er nicht ersaufen?« fragte Nab.

»O nein«, antwortete Harbert, »er hat ja Schwimmfüße und fast die Natur einer Amphibie. Wir wollen ihm aber aufpassen.«

Top schwamm noch immer im Wasser. Pencroff und seine Gefährten besetzten an geeigneten Stellen das Ufer, um den Cabiai den Rückzug abzuschneiden.

Harbert täuschte sich nicht. Nach einigen Minuten kam das Tier wieder auf die Oberfläche. Top stürzte so schnell er konnte auf dasselbe zu und hinderte es, wieder unterzutauchen. Einen Augenblick nachher hatte er dasselbe zum Ufer geschleppt, wo es einem Stockschlage Nabs erlag.

»Hurra!« rief Pencroff, der gern ein Triumphgeschrei erhob. »Nun bloß noch eine glimmende Kohle, und der Nager soll bald selbst bis auf die Knochen abgenagt sein!«

Pencroff lud den Cabiai auf die Schulter, und da er dem Sonnenstande nach glaubte, daß es gegen zwei Uhr sei, veranlaßte er die Heimkehr.

Tops Instinkt kam den Jägern trefflich zustatten, die von jenem geführt, leicht ihren Weg wiederfanden. Eine halbe Stunde nachher erreichten sie schon die Biegung des Flusses.

Ebenso wie das erste Mal machte Pencroff eine Holzladung zurecht, eine Arbeit, die ihm trotz des noch mangelnden Feuers geboten erschien, und so gelangte man, das Floß auf dem Wasser hinleitend, nach den Kaminen zurück.

Noch fünfzig Schritte davor blieb der Seemann stehen, und mit erneutem Triumphgeschrei wies er nach der Ecke, an der sich ihre Wohnung befand.

»Harbert! Nab! Da seht einmal!« rief er.

Ein lustig wirbelnder Rauch stieg über die Felsen empor!

Zehntes Kapitel

Eine Erfindung des Ingenieurs. – Was Cyrus Smith vor allem beschäftigt. – Aufbruch nach dem Berge. – Der Wald. – Vulkanischer Boden. – Die Tragopans. – Die wilden Schafe. – Die erste Hochebene. – Das Nachtlager. – Der Gipfel des Kegels.

Einige Minuten nachher standen die drei Jäger vor einem prasselnden Feuer. Cyrus Smith und der Reporter waren anwesend. Seinen Cabiai in der Hand sah Pencroff einen nach dem anderen staunend an.

»Nun ja, mein wackerer Freund«, sagte endlich der Reporter, »das ist Feuer, wirkliches, leibhaftiges Feuer, über dem das schöne Stück Wild da zu unserer Erquickung bald genug braten soll.«

»Wer in aller Welt hat das angezündet!« fragte Pencroff.

»Ei nun, die Sonne!«

Gedeon Spiletts Antwort war vollkommen richtig. Die Sonne hatte die Hitze geliefert, über welche Pencroff sich so sehr verwunderte. Der Seemann wollte kaum seinen Augen trauen und kam vor Erstaunen gar nicht dazu, den Ingenieur darüber zu befragen.

»Sie besaßen also eine Brennlinse, Mr. Smith?« fragte Harbert.

»Nein, mein Sohn«, erwiderte dieser, »ich habe mir aber eine gemacht.«

Dabei wies er den Apparat vor, der ihm als Linse gedient hatte.

Er bestand einfach aus drei Gläsern, die er seiner Uhr und der des Reporters entnommen hatte. Nach Anfüllung derselben mit Wasser und Verdichtung ihrer Ränder mittels Tonerde erhielt er eine vollständige Linse, welche durch Konzentration der Sonnenstrahlen trockenes Moos zu entzünden im Stande war.

Der Seemann betrachtete erst den Apparat und sah dann den Ingenieur sprachlos, aber mit vielsagendem Blicke an. Wenn Cyrus Smith für ihn nicht geradezu ein Gott war, so erschien er ihm doch sicher mehr als ein gewöhnlicher Mensch.

Endlich löste sich seine Zunge und rief er:

»Schreiben Sie das auf, Mr. Spilett; bringen Sie es zu Papier!«

»Ist schon notiert«, erwiderte der Reporter.

Mit Nabs Hilfe machte der Seemann hierauf den Bratspieß zurecht, und bald röstete der ausgeweidete Cabiai wie ein gewöhnliches Milchschwein über dem hellen, prasselnden Feuer.

Inzwischen waren auch die Kamine wieder wohnlicher geworden, nicht allein weil die Innenräume sich behaglicher durchwärmten, sondern weil man auch die Lücken durch Sand und Steine aufs neue verschlossen hatte.

Der Ingenieur und sein Genosse mußten ihre Zeit gut ausgenutzt haben. Cyrus Smith hatte seine Kräfte fast vollkommen wiedererlangt, und versuchte sie durch eine Besteigung der Hochebene. Lange verweilte sein an die Abschätzung von Höhen und Entfernungen gewöhntes Auge auf dem Kegelberge, der am folgenden Tage erstiegen werden sollte. Der etwa sechs Meilen im Nordwesten liegende Berg schien ihm gegen 3500 Fuß über das Meer emporzuragen, folglich hätte sich einem auf seiner Spitze befindlicher Beobachter ein Gesichtskreis von mindestens fünfzig Meilen geboten. Ein solches Sehfeld versprach aber die Lösung der Frage, »ob Insel oder Festland«, der Cyrus Smith nun einmal die hervorragendste Wichtigkeit beimaß.

Das Abendbrot wurde eingenommen, und das Cabiaifleisch für ganz vortrefflich erklärt. Seetang und Pinienzapfen vervollständigten die Mahlzeit, während der Ingenieur nur wenig sprach, da ihn sein morgendes Vorhaben beschäftigte.

Einige Male meldete sich Pencroff mit dem oder jenem Vorschlage; Cyrus Smith aber, eine viel zu streng methodische Natur, begnügte sich, den Kopf zu schütteln, und sagte:

»Morgen werden wir wissen, woran wir sind, und darnach die geeigneten Maßregeln ergreifen.«

Nach beendetem Mahle warf man noch reichliches Holz auf den Herd, und bald fielen die Bewohner der Kamine, Top mit ihnen, in tiefen Schlummer.

Nichts störte die friedliche Nacht, und am anderen Tage,

dem 29. März, erwachten sie munter und frisch, bereit zu dem Ausfluge, der zunächst wenigstens ihr Schicksal entscheiden sollte.

Alles war zum Aufbruche bereit. Die Reste des Cabiai versprachen allen noch für vierundzwanzig Stunden hinreichende Nahrung, doch rechnete man darauf, sich unterwegs noch mit neuem Vorrat zu versorgen. Da die Uhrgläser des Reporters und des Ingenieurs ihren ursprünglichen Platz wiedergefunden hatten, so sengte Pencroff aufs neue etwas Leinen an, um als Zunder zu dienen. Feuerstein konnte ja in diesen Gegenden plutonischen Ursprungs nicht fehlen.

Es war sieben und ein halb Uhr morgens, als die mit Stöcken bewaffneten Wanderer aus den Kaminen aufbrachen. Pencroff riet, den schon einmal im Walde betretenen Weg einzuschlagen, wenn man etwa auch auf einem anderen zurückkehrte; jener bildete scheinbar auch den direktesten Weg nach dem Berge. Man ging demnach um die südliche Felsenecke herum, folgte dem linken Ufer des Flusses und verließ diesen an der Stelle, wo er sich nach Südwest wendete. Der durch die angebrochenen Zweige erkenntliche Fußpfad wurde leicht wiedergefunden, und um neun Uhr schon erreichten Cyrus Smith und seine Begleiter die nördliche Grenze des Waldes.

Der bis hierher wenig unebene, erst sumpfige, dann trokkene und sandige Boden zeigte nun eine sanfte Steigung nach dem Inneren des Landes. Unter dem Hochwalde gewahrte man einige sehr flüchtige Tiere. Top jagte diese zwar auf, doch rief man ihn sofort zurück, da jetzt keine Zeit war, jene zu verfolgen. Vielleicht später. Der Ingenieur war einmal nicht der Mann, sich von seiner einmal gefaßten Idee abwendig machen zu lassen. Ebenso würde man sich nicht getäuscht haben, wenn man sagte, daß er das Land nicht betrachte, weder bezüglich seiner Gestaltung, noch seiner Erzeugnisse. Sein einziges Ziel bildete eben jener Berg, den er zu ersteigen vorhatte, und auf den er geraden Weges zuging.

Um zehn Uhr machte man auf wenige Minuten halt.

Beim Austritt aus dem Walde konnte man die orographische Anordnung des Landes erkennen. Der Berg setzte sich aus zwei Gipfeln zusammen. Der erste erschien etwa in der Höhe von 2500 Fuß abgeplattet und wurde von sonderbar gestalteten Vorbergen gehalten, die in ihren Verzweigungen einer fest in den Erdboden eingeschlagenen riesigen Kralle nicht unähnlich waren. Zwischen diesen verliefen enge Täler mit zahlreichen Bäumen, deren letzte Gruppen sich bis zu der abgestuften Oberfläche des unteren Kegels erhoben. Jedenfalls erschien die Vegetation an der den Nordostwinden ausgesetzten Bergseite minder entwickelt, dafür bemerkte man an derselben viele Streifen, welche offenbar Lavarinnen vorstellten.

Auf diesem ersten Kegel ruhte noch ein an seiner Spitze leicht abgerundeter zweiter, der etwa einem runden, mehr auf ein Ohr gedrückten Hute glich. Letzterer bestand aus nacktem, da und dort von rötlichen Felsen durchbrochenem Erdreich.

Diesen zweiten Gipfel galt es nun zu erreichen, und bot der Kamm der Vorberge scheinbar den besten Weg, dahin zu gelangen.

»Wir befinden uns auf vulkanischem Boden«, hatte Cyrus Smith gesagt, und nach und nach erhoben sich alle weiter auf dem Rücken eines solchen Berg-Ausläufers, der in gewundener und deshalb leichter zu ersteigender Linie an der ersten Hochebene ausmündete.

Zahlreich waren die Unebenheiten dieses Bodens, den plutonische Kräfte wirr durcheinandergeworfen hatten. Häufig traf man auf erratische Blöcke, Basalttrümmer, Bimsstein und Obsidiane. In einzelnen Gruppen ragten noch jene Koniferenarten empor, die weiter unten in den engen Tälern so dichte Gehölze bildeten, daß die Sonnenstrahlen sie kaum durchdrangen.

Bei diesem Zuge über die unteren Bergkämme beobachtete Harbert mehrfache Spuren großer Tiere, welche unlängst hier vorübergekommen schienen.

»Diese Tiere werden uns ihr Gebiet wohl nicht gutwillig überlassen«, sagte Pencroff.

»Das tut nichts«, meinte der Reporter, der schon den Tiger in Indien und den Löwen in Afrika gejagt hatte, »wir werden sie uns vom Leibe zu halten wissen. Immerhin empfiehlt es sich, jetzt auf der Hut zu sein.«

Inzwischen gelangte man nach und nach aufwärts, doch

dehnte sich der Weg durch die vielen Krümmungen auffallend in die Länge. Manchmal fehlte auch plötzlich der Boden, und stand man vor tiefen Schluchten, die umgangen werden mußten, was natürlich ohne Zeitverlust und tüchtige Anstrengung nicht abging. Gegen Mittag, als die kleine Gesellschaft rastete, um am Fuße eines kleinen Tannengehölzes und nahe einem in plätschernden Wasserfällen hinunterstürzenden Bache zu frühstücken, befand sie sich erst in der Mitte des Weges bis zum ersten Absatze, den man vor Einbruch der Nacht kaum zu erreichen hoffen durfte.

Von hier aus gesehen erweiterte sich der Meereshorizont schon ganz beträchtlich, doch begrenzte zur Rechten das spitzige, südöstliche Vorgebirge den Ausblick, so daß nicht zu bestimmen war, ob die stark zurückweichende Küste sich einem weiteren Hinterlande anschloß oder nicht. Nach links hin schweifte der Blick zwar einige Meilen nach Norden, wurde aber im Nordwesten wiederum durch einen merkwürdig zerrissenen Berggrat, der ohne Zweifel die mächtigste Rinne des zentralen Kegels darstellte, aufgehalten. Bezüglich der Frage, welche Cyrus Smith so sehr am Herzen lag, ließ sich also von hier aus noch nichts entscheiden.

Um ein Uhr setzte man die Besteigung wieder fort. Nochmals mußten sich die Wanderer nach Südwesten wenden und in dem dichten Gehölze vorzudringen suchen. Unter dem Baumdach flatterten dort einige Pärchen Hühnervögel aus der Familie der Fasanen umher. Es waren sogenannte »Tragopans«, die sich durch einen fleischigen Anhang am Halse und kleine dünne über und hinter den Augen stehende Hörner auszeichnen. Unter diesen Pärchen von der Größe unserer Haushähne unterschied man die Weibchen leicht an ihrer gleichmäßigen braunen Farbe, während die Männchen in ihrem roten, mit weißen Punkten besätem Gefieder prunkten. Gedeon Spilett erlegte durch einen geschickten und kräftigen Steinwurf einen dieser Tragopans, den Pencroff, ausgehungert durch die frische Luft, nicht ohne Lüsternheit ansah.

Nach Durchschreitung dieses Gehölzes erreichten die Bergsteiger, einer hinter dem andern fast hundert Fuß hoch empor über einen schmalen Abhang kletternd, einen höhern ziemlich hohen Absatz, dessen Boden von ausgesprochener vulkanischer Natur war. Von diesem aus wollte man wieder mehr nach Osten vordringen, wobei man auf den schmalen Pfaden in Schlangenwindungen gehen und jeder aufmerken mußte, wohin er den Fuß setzte. Nab und Harbert nahmen die Spitze, Pencroff das Ende des Zuges ein, Cyrus und der Reporter gingen zwischen ihnen. Die Tiere, welche diese Höhen besuchten und von denen man häufiger Spuren antraf, gehörten unzweifelhaft zu den Rassen mit sicheren Füßen und geschmeidigem Rückgrate, wie z. B. die Gemsen. Einigen derselben begegnete man auch, doch legte ihnen Pencroff diese Namen nicht bei.

»Da sind Schafe!« rief er.

Alle blieben etwa fünfhundert Schritte vor einem halben Dutzend ziemlich großer Tiere stehen, welche starke rückwärts gebogene und an der Spitze abgeplattete Hörner und unter langen seidenartigen Haaren von gelblicher Farbe ein dichtes wolliges Fließ hatten.

Es waren das keine gewöhnlichen Schafe, sondern eine in den Gebirgsgegenden der gemäßigten Zonen sehr verbreitete Art, denen Harbert den Namen »Muflons« (wilde Schafe) gab.

»Ißt man die Keulen und Koteletten von ihnen?« fragte der Seemann.

»Ja«, antwortete Harbert.

»Nun, dann sind es auch Schafe!« behauptete Pencroff.

Unbeweglich zwischen den Basalttrümmern glotzten die Tiere die Wanderer an, so als ob sie zum ersten Male zweifüßige Geschöpfe sähen. Plötzlich schien aber das Gefühl der Furcht in ihnen zu erwachen, und schnell waren sie über die Felsstücke springend verschwunden.

»Auf Wiedersehen!« rief ihnen Pencroff mit so komischem Tone nach, daß alle darüber sich des Lachens nicht enthalten konnten.

Die Besteigung wurde fortgesetzt. An so manchem steilen Abhange konnte man die Spuren der Lava in den sonderbarsten Richtungen verfolgen. Öfter trafen die Wanderer auf ihrem Wege kleine Solfataren (Schwefeldunstquellen), welche man umkreisen mußte. An einzelnen Stellen hatte sich der Schwefel in Form kristallinischer Konkretionen mitten zwischen den Auswurfstoffen, welche den Lava-Eruptionen vorherzugehen pflegen, wie Puzzolanerde in unregelmäßigen, hartgebrannten Stücken und weißlicher, aus ganz kleinen Feldspatkristallen bestehender Asche abgelagert.

Mit Annäherung an das erste Bergplateau nahmen die Schwierigkeiten der Besteigung noch bedeutend zu. Gegen vier Uhr war die oberste Baumgrenze überschritten. Nur da und dort fristeten noch einige dürftige Fichten ihr zähes Leben, das auch in dieser Höhe dem wütenden Winde Trotz zu bieten vermochte. Zum Glück für den Ingenieur und seine Begleiter hielt sich das Wetter jetzt sehr schön und die Atmosphäre ruhig, denn bei der Höhe von dreitausend Fuß würde sie eine kräftige Brise nicht wenig in ihren Bewegungen gehindert haben. Bei der Durchsichtigkeit der Luft fühlte man fast die Reinheit des Himmels am Zenit. Rings um sie her herrschte vollkommene Ruhe. Die Sonne, welche hinter dem zweiten Gipfel wie hinter einem ungeheuren Lichtschirm verborgen war, sahen sie zwar nicht, auch blieb der ganze westliche Horizont verdeckt, dessen gewaltiger Schatten entsprechend dem niedersinkenden Tagesgestirn an Größe zunahm. Einige Dünste, mehr Nebel, als eigentliche Wolken, begannen im Osten aufzusteigen und färbten sich durch die Brechung der Sonnenstrahlen mit allen Schattierungen des Spektrums.

Nur fünfhundert Fuß trennten die Forscher jetzt von dem Plateau, das sie erreichen wollten, um daselbst ihr Nachtlager aufzuschlagen, doch dehnten sich diese fünfhundert Fuß durch den Zickzackweg, dem man folgen mußte, zu mehr als zwei Meilen in der Länge aus. Oft fehlte, wie man zu sagen pflegt, der Boden unter den Füßen. Die Abhänge fielen manchmal so steil ab, daß man auf der erstarrten Lava hinglitt, welche dem Fuße keinen genügenden Stützpunkt bot. Allmählich sank der Abend herab, und schon war es fast Nacht, als Cyrus Smith und seine Begleiter, sehr ermattet von einem siebenstündigen Aufwärtssteigen, auf dem Plateau des unteren Bergkegels ankamen.

Jetzt ging man daran, eine Lagerstätte herzurichten, um durch Nahrung und Schlaf die verlorenen Kräfte zu ersetzen. Die zweite Etage des Berges erhob sich von einer Felsenbasis, zwischen deren Spalte man leicht einen sicheren Schlupfwinkel fand. An Brennmaterial war hier freilich etwas Mangel, doch erhielt man mittels Moosen und trockenem Gesträuche, das sich noch hier und da auf dem Hochplateau vorfand, ein leidliches Feuer. Nab und Harbert sammelten jenes Material ein, während Pencroff verschiedene Steine zu einem improvisierten Herde zusammenstellte. Dann schlug man mittels geeigneter Steine Feuer, die Funken fielen auf den Zunder, und bald loderte, von Nabs kräftiger Lunge angeblasen und geschützt von den umgebenden Felsenwänden, eine lustige Flamme empor.

Man erhielt sich diese nur zur Erwärmung bei der empfindlichen Kälte der Nacht, briet aber den Fasan noch nicht dabei, sondern sparte diesen für den andern Tag auf, und begnügte sich zum Abendbrote mit den Resten des Cabiai und einigen Dutzenden süßer Pinienfruchtzapfen. Um sechseinhalb Uhr war alles beendet.

Da fiel es Cyrus Smith noch ein, im Halbdunkel die große ringförmige Abplattung, auf welcher der zweite Bergkegel ruhte, näher in Augenschein zu nehmen. Bevor er sich zur Ruhe begäbe, wollte er sich überzeugen, ob man rings um diesen Kegel herumgehen könne, für den Fall, daß dessen Seiten zu steil aufstiegen, um den Gipfel selbst erreichen zu können. Der Gedanke hieran beschäftigte ihn unausgesetzt, denn möglicherweise war der ringförmige Absatz an der Seite, nach welcher sich der obere Kegel neigte, nicht gangbar. Vermochte man aber weder die Spitze des Berges zu erklimmen, noch seine Basis zu umkreisen, so verfehlte man, solange der westliche Teil der Umgebung nicht zu überblicken war, ja den ganzen Zweck des unternommenen Ausflugs.

Ungeachtet der vorhergegangenen Strapazen wandte sich der Ingenieur, während Pencroff und Nab das Nachtlager zurechtmachten und Gedeon Spilett die Erlebnisse des Tages notierte, in Begleitung Harberts nach dem kreisförmigen Absatze, um diesen zu verfolgen.

Die schöne, stille Nacht war noch ziemlich hell. Ohne ein Wort zu wechseln, gingen Cyrus Smith und der junge Mann nebeneinander hin. An manchen Stellen verbreiterte sich der

Weg, so daß sie bequem marschieren konnten, an anderen verengerten ihn Felstrümmer so weit, daß sie kaum einer hinter dem andern weiterkamen. Nach zwanzig Minuten etwa mußten die beiden Wanderer sogar ganz anhalten. Von da aus liefen die Abhänge beider Kegelberge in einen zusammen und ließen keine Stufe mehr zwischen sich. Um diese schroffe Wand mit einem Neigungswinkel von fast siebzig Graden konnte man nicht gefahrlos weiter herumklettern.

Mußten der Ingenieur und der junge Mann aber auch auf eine weitere Umkreisung des Kegels verzichten, so bot sich ihnen dafür die Möglichkeit, geradenwegs ein Stück nach der Spitze hinaufklettern zu können.

Vor ihnen eröffnete sich eine weite Aushöhlung der Bergmasse, eine Seitenmündung des oberen Kraters, eine Art Flaschenhals, aus dem zur Zeit der Tätigkeit des Vulkans die flüssigen Eruptionsstoffe herabrannen. Die erhärtete Lava und die bekrusteten Schlacken bildeten gewissermaßen eine natürliche Treppe mit breiten Stufen, welche die Annäherung an den Gipfel überraschend erleichterte.

Ein flüchtiger Blick genügte Cyrus Smith, diese Vorteile zu erkennen, und ohne zu zögern drang er, von dem jungen Manne gefolgt, bei zunehmender Dunkelheit in den ungeheuren Schlund ein.

Noch war eine Höhe von etwa 1000 Fuß zu erklimmen. Würden die inneren Wände des Kraters irgend gangbar sein? Das mußte man ja bald sehen. Jedenfalls wollte der Ingenieur den Weg nach aufwärts fortsetzen, solange das eben ausführbar war. Zum Glück bildeten die inneren Wände gewissermaßen sehr verlängerte Schraubengänge, welche das Aussteigen begünstigten.

Der Vulkan selbst schien zweifellos vollkommen erloschen; nicht die kleinste Rauchsäule stieg aus ihm empor; kein Flämmchen züngelte in seiner ungeheuren Tiefe. Kein unterirdisches Rollen ließ sich hören, kein Erzittern fühlen an diesem dunklen Schachte, der sich vielleicht bis in die Eingeweide der Erde fortsetzte. Auch die Luft im Kraterinnern verriet keine Spur schwefliger Dünste. Das war mehr als die Ruhe, das war das Bild des Erstorbenseins eines Vulkans.

Cyrus Smiths Versuch sollte gelingen. Je weiter er und Harbert an den inneren Wänden emporklommen, desto mehr verbreiterte sich die Krateröffnung über ihnen. Der kreisförmige Ausschnitt des Himmels, den die Schlundwände einrahmten, nahm mehr und mehr an Ausdehnung zu. Bei jedem Schritte, den die Wanderer taten, traf sozusagen ein neues Gestirn in ihr Gesichtsfeld. Hell glänzten die prächtigen Sternbilder des südlichen Himmels. Am Zenit der blendende Antares im Skorpion und nahe dabei das ß-Centauri, das man für den unserem Sonnensystem am nächsten stehenden Fixstern ansieht. Je nachdem sich der Krater erweiterte, erschienen dann das Sternbild der Fische, das Dreieck des Südens und endlich fast genau am antarktischen Pole der Welt das schöne Südliche Kreuz, welches den Polarstern der nördlichen Halbkugel ersetzt.

Es mochte gegen acht Uhr sein, als Cyrus Smith und Harbert den oberen Kamm des Berges auf der Spitze desselben erreichten.

Freilich war es nun fast vollkommen dunkel geworden, so daß der Blick kaum auf eine Entfernung von zwei Meilen reichte. Wogte nun der Ozean rings um dieses unbekannte Land, oder stand es auf der Westseite mit irgendeiner größeren Landmasse des Stillen Weltmeeres in Verbindung? Noch vermochte man es nicht zu erkennen. Grade jetzt erhöhte eine Wolkenbank, die sich scharf vom Horizonte abhob, nach Westen zu die Dunkelheit, und das Auge war nicht im Stande, zu entscheiden, ob Himmel und Wasser in ungebrochener Kreislinie einander berührten.

Da erschien plötzlich an jener Stelle des Horizontes ein Lichtschein, der mehr und mehr herabsank, je nachdem die Wolkenbank in die Höhe stieg.

Es war die Sichel des zunehmenden Mondes, der eben untergehen wollte. Noch reichten seine Strahlen hin, den jetzt wolkenlosen Horizont zu beleuchten, und einen Augenblick sah der Ingenieur sein zitterndes Bild sich auf einer Wasserfläche widerspiegeln.

Cyrus Smith ergriff die Hand des jungen Mannes.

»Es ist eine Insel!« sagte er mit ernstem, fast feierlichem Tone, als eben der letzte Lichtschein in den Wellen erlosch.

Elftes Kapitel

Auf dem Gipfel des Kegels. – Das Innere des Kraters. – Ringsherum Wasser. – Kein Land in Sicht. – Das Ufer aus der Vogelschau. – Hydrographie und Orographie. – Ist die Insel bewohnt? – Taufe der Baien, Buchten, Kaps, Flüsse usw. – Die Insel Lincoln.

Eine halbe Stunde später waren Cyrus Smith und Harbert wieder bei der Lagerstätte zurück. Der Ingenieur begnügte sich, seinen Gefährten mitzuteilen, daß das Land, auf welches der Zufall sie geworfen, eine Insel sei und daß man am andern Tage das Weitere überlegen wolle. Hierauf richtete sich jeder bestmöglich in der Basaltkluft, 2500 Fuß über dem Meere, ein, und »die Insulaner« verbrachten eine friedliche Nacht in tiefem Schlummer.

Am Morgen des 30. März beabsichtigte der Ingenieur, nach einem kurzen Frühstücke auf Unkosten des gebratenen Tragopans, den Vulkan wieder zu ersteigen, zur genaueren Besichtigung der Insel, auf der alle vielleicht für die Zeit ihres Lebens gefangen waren, wenn diese sehr entfernt von jedem anderen Lande oder außerhalb der Straße derjenigen Schiffe lag, welche die Inselgruppen des Pazifischen Ozeanes besuchen. Diesmal folgten ihm auch alle seine Gefährten, denn auch sie reizte es, die Insel zu betrachten, welche für die Zukunft ihnen alle Lebensbedürfnisse liefern sollte.

Es war gegen sieben Uhr morgens, als Cyrus Smith, Gedeon Spilett, Harbert, Pencroff und Nab die Lagerstätte verließen.

Alle schienen sich über die gegenwärtige Lage beruhigt zu haben. Ohne Zweifel hatten sie Vertrauen zu sich, doch ist wohl zu bemerken, daß der Grund dieses Zutrauens bei Cyrus Smith nicht derselbe war, wie bei seinen Genossen. Beim Ingenieur erklärte es sich durch das Gefühl seiner Fähigkeit, dieser wilden Natur jedes Lebensbedürfnis für sich und seine Genossen abzuringen, und letztere sorgten sich um nichts, eben weil Cyrus Smith bei ihnen war. Diesen Unterschied begreift man wohl; Pencroff vor allen hätte seit der Wiederanzündung des Feuers keinen Augenblick verzweifelt, selbst wenn er sich auf einem nackten Felsen befunden hätte, wenn nur Cyrus Smith mit auf diesem Felsen war.

»Bah!« sagte er, »aus Richmond sind wir ohne Erlaubnis der Behörden herausgekommen, es müßte doch mit dem Teufel zugehen, wenn wir nicht heute oder morgen von einem Orte wegkommen sollten, an dem uns gewiß niemand zurückhält!«

Cyrus Smith verfolgte den nämlichen Weg, wie am Abend vorher. Man ging auf der Stufe zwischen beiden Kegeln um den oberen bis an die Mündung des Seitenkraters herum.

Das Wetter war prächtig. Glänzend stieg die Sonne am Himmel empor und vergoldete mit ihren Strahlen die ganze Ostseite des Berges.

Man trat in den Krater ein. Er erschien so, wie ihn der Ingenieur im Halbdunkel erkannt hatte, d. h. ein ungeheurer Trichter, der sich bis zur Höhe von 1000 Fuß über dem Plateau nach und nach erweiterte. Unterhalb der Seitenmündung schlängelten sich dicke und breite Lavaströme hinunter und zeichneten so den Weg der Auswurfmassen vor, bis in die tieferen Täler hinab, welche den nördlichen Teil der Insel furchten.

Das Innere des Kraters, dessen Neigung fünfunddreißig bis vierzig Grade nicht überschritt, setzte der Besteigung keinerlei Hindernisse entgegen. Noch fand man Spuren sehr alter Laven, die wahrscheinlich früher über den Rand des Kraters flossen, solange die Seitenmündung ihnen jenen neuen Ausweg noch nicht bot.

Der Schlund des Vulkans, welcher die Verbindung zwischen den unterirdischen Schichten und dem Krater herstellte, war seiner Tiefe nach nicht mit den Augen abzuschätzen, da er sich in der Dunkelheit verlor. Über das vollständige Verlöschen des Vulkans konnte man jedoch keinen Augenblick im Zweifel sein. Noch vor acht Uhr befanden sich Cyrus Smith und seine Gefährten auf dem Gipfel desselben, auf einem kleinen konischen Hügel, der am nördlichen Rande einer großen Blase ähnlich erschien.

»Das Meer! Überall das Meer!« riefen sie, als hätten ihre Lippen dieses Wort, das sie zu Insulanern machte, nicht zurückhalten können.

Wirklich erstreckte sich rings um sie die ungeheure kreisförmige Wasserfläche. Als Cyrus Smith den Gipfel noch einmal bestieg, leitete ihn vielleicht die Hoffnung, irgendeine Küste, eine nahe gelegene Insel zu entdecken, die er in der Dunkelheit des vergangenen Abends nicht hatte erkennen können. Aber nichts zeigte sich am ganzen Horizonte, d. h. in einem Umkreise von mehr als fünfzig Meilen. Kein Land war in Sicht, kein Segel auf dem Wasser! Der ganze unendliche Raum wüst und leer, und in seiner Mitte lag die verlassene Insel, ein Steinchen im Weltmeere!

Stumm und unbeweglich musterten der Ingenieur und seine Gefährten einige Minuten lang den Ozean. Ihre Augen durchdrangen ihn bis zu den äußersten Grenzen. Doch selbst Pencroff, der ein so ausgezeichnetes Sehvermögen besaß, bemerkte nichts, und er hätte doch ohne Zweifel selbst die geringste Spur eines entfernten Landes, und wenn es sich nur durch einen noch so feinen Dunstkreis verriet, wahrgenommen, denn unter seine Augenbrauen hatte die Natur zwei wahrhafte Teleskope eingepflanzt.

Vom Meere weg schweiften die Blicke über das umgebende Land, welches den Berg vollständig beherrschte, als Gedeon Spilett zuerst das Schweigen mit der Frage brach:

»Wieviel mag die Größe dieser Insel wohl betragen?«

Wenn man sie so mitten in dem grenzenlosen Ozeane liegen sah, schien dieselbe nicht sehr beträchtlich zu sein.

Cyrus Smith überlegte eine kurze Zeit; er faßte unter Beachtung der Höhe, in welcher er sich befand, den Umfang der Insel ins Auge.

»Ich glaube nicht zu irren, meine Freunde«, sagte er dann, »wenn ich die Küstenentwicklung unseres Reiches auf mehr als hundert Meilen* abschätze.«

»Folglich beträgt ihre Oberfläche ...?«

»Das ist schwer zu sagen«, antwortete der Ingenieur, »dafür ist das Ufer zu unregelmäßig zerrissen.«

Wenn sich Cyrus Smith in seiner Abschätzung nicht täuschte, so hatte die Insel ungefähr die Ausdehnung von Malta oder Xanthes im Mittelländischen Meere; doch erschien dieselbe weit unregelmäßiger gestaltet, und reicher an

*Etwa 180 Kilometer.

Kaps, Vorgebirgen, Spitzen, Baien, Buchten und Schlüpfhäfen. Ihre sonderbare Form fiel unwillkürlich ins Auge, und als Gedeon Spilett diese auf des Ingenieurs Wunsch in ihren Umrissen gezeichnet hatte, fand man, daß dieselbe einem phantastischen Tiere mit geflügelten Füßen ähnelte, das auf der Oberfläche des Pazifischen Ozeans eingeschlafen war.

Wir geben hier eine kurze Beschreibung der Gestalt der Insel, von der der Reporter sofort eine Karte mit hinreichender Genauigkeit entwarf.

Der Küstenstrich, an dem die Schiffbrüchigen ans Land gekommen waren, bildete einen weit offenen Bogen und umgrenzte damit eine ausgedehnte Bai, die im Südosten mit einem spitzigen Kap endigte, das Pencroff bei seiner ersten Umschau wegen zwischenliegender Hindernisse nicht hatte sehen können. Im Nordosten schlossen diese Bai zwei andere Landvorsprünge, zwischen denen eine schmale Bucht verlief, so daß das Ganze dem geöffneten Rachen eines ungeheuren Hais nicht unähnlich erschien.

Von Nordosten nach Nordwesten zu rundete sich die Küste ähnlich dem flachen Schädel eines wilden Tieres ab, und erhob sich nach innen zu einer Art Landrücken, dessen Mittelpunkt der Vulkanberg einnahm.

Von hier aus strich das Ufer ziemlich regelmäßig von Norden nach Süden, und war nur in zwei Dritteln seiner Länge von einem engen Schlüpfhafen eingeschnitten, über den hinaus dasselbe mit einer schmalen Landzunge, ähnlich dem Schwanze eines riesigen Alligators, endigte.

Dieser Schwanz bildete eine wirkliche, gegen dreißig Meilen weit ins Meer vorspringende Halbinsel, welche von dem schon erwähnten südöstlichen Kap aus eine weit offene Reede abschloß.

In ihrer geringsten Breite, d. h. zwischen den Kaminen und dem Schlüpfhafen an der nördlichen Küste, maß die Insel höchstens zehn Meilen in der Breite, wogegen ihre größte Länge, von dem Haifischrachen im Nordosten bis zur Schwanzspitze im Südwesten nicht weniger als fünfzig Meilen betrug.

Das Innere des Landes selbst zeigte etwa folgenden Anblick: Bei reichlichem Waldbestande im Süden, von dem Vulkane aus bis zum Ufer hin, erschien es im Norden dagegen sandig und dürr. Cyrus Smith und seine Gefährten erstaunten nicht wenig, zwischen sich und der Ostküste einen See liegen zu sehen, von dem sie bis jetzt keine Ahnung gehabt hatten. Von dieser Höhe aus betrachtet, schien der See zwar in gleichem Niveau mit dem Meere zu liegen; nach einiger Überlegung erklärte der Ingenieur aber seinen Begleitern, daß jene Wasserfläche mindestens dreihundert Fuß über dem Meere liegen müsse, denn das Plateau, auf dem er sich befand, war nichts anderes, als eine Fortsetzung des Oberlandes der Küste.

»Das wäre demnach ein Süßwassersee?« fragte Pencroff.

»Ganz gewiß«, erwiderte der Ingenieur, denn er nährt sich von dem Wasser, das aus den Bergen abfließt.«

»Ich sehe auch einen kleinen Fluß, der in denselben mündet«, sagte Harbert, und wies nach einem schmalen Wasserlaufe, dessen Quell offenbar in den westlichen Vorbergen zu suchen war.

»Wirklich«, bestätigte Cyrus Smith, »und da dieser Bach dem See zufließt, ist es wahrscheinlich, daß das Wasser nach der Seite des Meeres hin auch einen Abfluß hat. Doch das werden wir bei unserer Rückkehr in Erfahrung bringen.«

Dieser kleine, sehr geschlängelte Wasserlauf und der schon bekannte Fluß bildeten das ganze hydrographische System, soweit es die Beobachter augenblicklich zu übersehen vermochten. Damit war die Möglichkeit jedoch nicht ausgeschlossen, daß unter den Bäumen, welche ja aus zwei Dritteln der Insel einen ungeheuren Wald machten, noch verschiedene Bergflüßchen nach dem Meere verliefen. Bei der Fruchtbarkeit dieser Landstrecken und ihrem Reichtum an prächtigen Pflanzenexemplaren der gemäßigten Zonen wurde das sogar höchst wahrscheinlich. Die Nordseite dagegen zeigte keine Spur von Bewässerung, wenn man etwa einige Sümpfe im Nordosten abrechnete; mit ihren Dünen, Sandflächen und ihrer auffallenden Unfruchtbarkeit stand diese in grellem Widerspruche zu dem übrigen Erdbodenreichtum.

Den Mittelpunkt der Insel nahm der Vulkan übrigens nicht ein. Er erhob sich vielmehr im nordwestlichen Teile derselben, und bildete gleichsam die Grenze zweier Zonen.

Im Südwesten, Süden und Südosten von demselben versteckten sich die Kämme der Vorberge unter einer Decke von dichtem Grün. Nach Norden hin konnte man dieselben aber bis dahin verfolgen, wo sie sich in den sandigen Ebenen allmählich verliefen. Nach derselben Seite hin hatten sich in der Vorzeit auch die Eruptionsmassen gewendet, und ein breiter Lavastrom reichte bis zu jenem Haifischrachen, der den Golf im Nordosten bildete.

Eine Stunde über blieben Cyrus Smith und seine Freunde auf dem Gipfel des Berges. Unter ihren Augen breitete sich die Insel aus wie ein Reliefplan mit seinen verschiedenen Farben, dem Grün für die Waldung, dem Gelb für den Sand und dem Blau für die Gewässer. So prägte sich ihnen ein Gesamtbild ein, dem freilich die Details des unter dem Grün verborgenen Erdbodens, der Sohlen der schattigen Täler und des Inneren der engen zu Füßen des Vulkans verlaufenden Schluchten vorläufig abgingen.

Jetzt blieb noch eine wichtige Frage, welche für die Zukunft der Schiffbrüchigen von weitreichendem Einflusse erschien, zu entscheiden.

War die Insel bewohnt?

Der Reporter warf diese Frage auf, welche man nach der aufmerksamsten Betrachtung aller einzelnen Teile des Landes verneinen zu können glaubte.

Nirgends zeigte sich in der Tat eine Spur der Menschenhand, kein Dorf, keine einzelne Hütte, keine Fischerei-Anlage am Ufer. Auch wirbelte kein Rauch in die Luft empor, der die Anwesenheit von Menschen verraten hätte. Freilich trennte die Beobachter ein Zwischenraum von wohl dreißig Meilen von den äußersten Punkten, d. h. der Schwanzspitze, welche sich nach Südwesten erstreckte, und selbst für Pencroffs Augen möchte es schwer gewesen sein, dabei eine menschliche Wohnung deutlich zu erkennen. Auch den grünen Vorhang, der fast drei Viertel der Insel bedeckte, vermochte man ja nicht zu lüften, um zu entscheiden, ob er nicht irgendwo kleine Niederlassungen berge. Im allgemeinen bevölkern indessen die Bewohner der im Stillen Ozeane verstreuten Inseln und Eilande nur das Küstengebiet, welches hier vollständig verlassen erschien.

Bis auf weiteres durfte man die Insel demnach für unbewohnt halten.

Wurde sie aber vielleicht zeitweilig von Eingeborenen benachbarter Inseln besucht? Diese Frage war schwer zu beantworten. In einem Umkreise von fünfzig Meilen konnte man kein Land wahrnehmen. Fünfzig Meilen können jedoch malaiische Boote sowohl als auch polynesische Pirogen mit Leichtigkeit zurücklegen. Alles hing also von der Lage der Insel, ihrer Isolierung im Pazifischen Ozeane oder ihrer Annäherung an irgendeinen Archipel desselben ab. Würde es nun Cyrus Smith gelingen, die geographische Lage derselben nach Länge und Breite ohne die sonst nötigen Instrumente zu bestimmen? Wohl mußte das schwierig sein. Im Zweifelsfalle schien es also ratsam, von einem möglichen Überfalle durch Eingeborene nicht unvorbereitet betroffen zu werden.

Die Untersuchung der Insel war beendet, ihre Gestalt bestimmt, ihr Relief annähernd gemessen, ihre Ausdehnung berechnet und ihre Hydrographie und Orographie erkannt. Die Lage der Wälder und freien Flächen hatte der Reporter seinem Plane wenigstens im Groben eingezeichnet. Jetzt konnte man an das Herabsteigen denken, um den Boden unter dreifachem Gesichtspunkte, nämlich bezüglich seiner mineralischen, vegetabilischen und animalen Hilfsquellen zu erforschen.

Bevor er aber das Zeichen zum Aufbruch gab, wendete sich Cyrus Smith mit seiner ruhigen und ernsten Stimme noch einmal an seine Gefährten:

»Da liegt nun das Stückchen Land vor euch, meine Freunde«, begann er, »das Land, auf welches die Hand des Allmächtigen uns geworfen hat. Hier werden wir also, und vielleicht lange Zeit, unser Leben hinbringen. Vielleicht erlöst uns auch eine unerwartete Hilfe, wenn ein Schiff durch Zufall . . . ich sage, durch Zufall, denn diese Insel ist von zu geringer Ausdehung; sie bietet den Fahrzeugen kaum einen schützenden Hafen, und die Befürchtung, daß sie außerhalb der befahrenen Straßen liege, d. h. zu südlich für die Schiffe, welche die Inselgruppen des Stillen Weltmeeres besuchen, und zu nördlich für diejenigen, welche nach Umsegelung des Kap Hoorn nach Australien steuern, hat viel Wahrscheinlichkeit für sich. Es kann mir nicht beikommen, euch unsere Lage zu verhehlen . . .«

»Und Sie tun recht daran«, fiel ihm der Reporter ins Wort. »Sie sprechen zu Männern, welche Vertrauen zu Ihnen haben, und auf die Sie zählen können. – Nicht wahr, meine Freunde?«

»Ich werde Ihnen stets gehorchen, Mr. Cyrus«, erklärte Harbert und ergriff die Hand des Ingenieurs.

»Sie sind mein Herr, immer und überall!« rief Nab.

»Was mich betrifft«, sagte der Seemann, »so will ich nicht mehr Pencroff heißen, wenn ich nicht zu jeder Arbeit willig bin, und wenn es Ihnen beliebt, Mr. Smith, so machen wir aus dieser Insel ein kleines Amerika! Wir bauen Städte und Eisenbahnen, richten Telegraphen ein, und eines schönen Tags, wenn die Insel völlig umgewandelt, eingerichtet und kultiviert ist, bieten wir sie der Unionsregierung an. Nur eines verlange ich dabei . . .«

»Und das wäre?« fragte der Reporter.

»Daß wir uns nicht mehr als Schiffbrüchige betrachten, sondern als Ansiedler, welche hierher gekommen sind, eine Kolonie anzulegen!«

Cyrus Smith konnte sich zwar des Lachens kaum enthalten, doch wurde des Seemanns Vorschlag einstimmig angenommen. Dann sprach er seinen Dank für das ihm bewiesene Vertrauen aus und fügte hinzu, daß er auf die Energie seiner Gefährten ebenso, wie auch die Hilfe der Vorsehung rechne.

»Nun denn, vorwärts nach den Kaminen!« rief Pencroff.

»Noch einen Augenblick, meine Freunde«, sagte da der Ingenieur; »es erscheint mir zweckmäßig, der Insel, den Kaps und Vorgebirgen, sowie dem Flüßchen, das wir vor uns sehen, bestimmte Namen zu geben.«

»Sehr gut«, bemerkte der Reporter. Das vereinfacht in der Zukunft wesentlich alle Instruktionen, die wir zu geben oder zu befolgen haben.«

»Wirklich«, bestätigte der Seemann, »das ist schon etwas, sagen zu können, wohin man geht oder woher man kommt, es erweckt den Begriff einer Heimat, der man angehört.«

»Die Kamine zum Beispiel«, warf Harbert ein.

»Richtig!« erwiderte Pencroff. »Schon dieser Name machte den Aufenthalt wohnlicher, und auf den bin ich ganz allein gekommen. Werden wir den Namen ›Kamine‹ beibehalten, Mr. Cyrus?«

»Da Sie unsere Wohnung so getauft haben, ja!«

»Schön! Was die anderen Namen betrifft, so werden wir mit ihrer Auswahl leicht fertig werden«, fuhr der Seemann fort, der nun einmal im Zuge war. »Wir verfahren wie die Robinsons, deren Geschichte mir Harbert früher vorgelesen hat, und taufen z. B. die ›Bai der Vorsehung‹, die ›Pottfischspitze‹, das ›Kap der getäuschten Hoffnung‹ . . .!«

»Oder wir verwenden vielmehr die Namen der Mr. Smith, Spilett, Nabs . . .«

»Meinen Namen!« rief Nab und zeigte seine glänzend weiße Zahnreihe.

»Warum nicht?« erwiderte Pencroff, »der ›Nabs-Hafen‹ und das ›Gedeons-Kap‹ müßten sich recht gut ausnehmen.«

»Ich würde Bezeichnungen aus unserer Heimat vorziehen«, meinte der Reporter, »die uns immer an Amerika erinnern.«

»Jawohl«, stimmte ihm Cyrus Smith bei, »wenigstens für die Hauptsachen, wie für die Baien und Meeresteile. Laßt uns jener großen Bai im Osten den Namen der ›Unions-Bai‹, und dieser im Westen den der ›Washington-Bai‹ geben. Der Berg, auf dem wir stehen, heiße der ›Franklin-Berg‹ und der See da unten ›Grants-See‹. Wißt ihr etwas Besseres? Immer werden uns diese Namen an unser Vaterland und die großen Bürger desselben, die es zieren, erinnern. Für die Flüsse, Golfe, Kaps und Vorgebirge aber, welche wir von hier aus überblicken, wählen wir Bezeichnungen, wie sie ihre Gestaltung uns an die Hand gibt. Diese werden sich uns leichter einprägen und gleichzeitig praktischer sein. Die Form der ganzen Insel würde uns die Aussuchung eines geeigneten Namens wohl sehr erschweren; den uns noch unbekannten Wasserlauf aber, die verschiedenen Teile des Waldes, den wir später durchforschen werden, die kleinen Einschnitte am Ufer, die sich uns zeigen mögen, taufen wir nach ihrem äußeren Ansehen. Was meint ihr, meine Freunde?«

Der Vorschlag des Ingenieurs fand eine einstimmige Billigung. Vor ihnen lag die Insel wie eine aufgerollte Karte, und es sollte nun jedem ein- und ausspringenden Winkel, jeder namhafteren Bodenerhöhung auf derselben eine Bezeichnung gegeben werden. Gleichzeitig wollte Gedeon Spilett diese Namen auf seinen Plan einschreiben, um die geographische Nomenklatur der Insel endgültig festzustellen.

Zunächst taufte man also mit dem Namen der Union, Washingtons und Franklins die beiden Baien und den Hauptberg, entsprechend dem Vorschlage des Ingenieurs.

»Die Halbinsel, welche vom Südwesten der Insel ausläuft«, sagte der Reporter, »würde ich die ›Schlangen-Halbinsel‹ nennen, und den umgebogenen Schwanz an ihrem Ende das ›Reptil-End‹, welche Bezeichnung mir seine Gestalt zu treffen scheint.«

»Angenommen«, erkärte der Ingenieur.

»Das andere Ende der Insel nun«, sagte Harbert, »den Golf, der einem geöffneten Rachen so auffallend ähnelt, nennen wir ›Haifisch-Golf‹.«

»Gut erfunden!« rief Pencroff. »Dann vervollständigen wir das Bild und nennen das Kap daran das ›Kiefer-Kap‹.«

»Deren gibt es aber zwei«, warf der Reporter ein.

»Das ist sehr einfach«, erklärte Pencroff, »so nennen wir das eine ›Oberkiefer-‹, das andere ›Unterkiefer-Kap‹.«

»Sie sind eingetragen«, meldete der Reporter.

»Nun wäre noch die äußerste Spitze im Südosten der Insel zu taufen«, sagte Pencroff.

»Das heißt, den Ausläufer der Unions-Bai?« fragte Harbert.

»›Krallen-Kap‹«, rief Nab, der doch auch Patenstelle bei einem Stückchen ihres Gebietes vertreten wollte.

In der Tat hatte Nab damit eine ganz treffende Bezeichnung gefunden, denn jenes Kap ähnelte sehr auffallend der ungeheuren Tatze eines phantastischen Tieres, welches die ganze Insel vorstellte.

Pencroff war entzückt darüber, wie glatt sich das ganze Taufgeschäft abwickelte, und bald einigte man sich auch über die weiteren Benennungen.

Den Fluß, welcher den Kolonisten Trinkwasser lieferte und in dessen Nachbarschaft die Ballonruine sie geworfen hatte, nannte man die »Mercy«, aus Dank gegen die Vorsehung; das Eiland, auf welchem die Schiffbrüchigen zuerst Fuß faßten, die »Insel des Heils«.

Das Plateau, das die hohe Granitmauer über den Kaminen krönte, erhielt den Namen der »Freien Umschau«; die undurchdringlichen Wälder endlich, welche die Schlangenhalbinsel bedeckten, den der »Wälder des fernen Westens«.

Hiermit erschien die Namengebung der sichtbaren und bekannten Punkte der Insel beendigt und sollte erst bei Gelegenheit weiterer Erfahrungen und Entdeckungen vervollständigt werden.

Die Lage der Insel bezüglich der Himmelsrichtungen hatte der Ingenieur durch die Stellung der Sonne annähernd bestimmt, wonach die Unions-Bai und die Freie Umschau die Ostseite einnahmen. Am nächsten Tage erst beobachtete er die Zeit des Sonnenauf- und unterganges genauer und bestimmte danach, als er die Richtung der Mittagslinie feststellte, den Nordpunkt der Insel, denn man wolle nicht vergessen, daß die Sonne über der südlichen Halbkugel der Erde zur Zeit ihrer Kulmination genau im Norden steht, während auf der nördlichen Halbkugel bekanntlich das Gegenteil der Fall ist.

Alles war also abgemacht und die Kolonisten hatten nur nötig, den Franklin-Berg hinabzusteigen und nach den Kaminen zurückzukehren, als Pencroff ausrief:

»Oh, wir sind doch recht auf den Kopf gefallen!«

»Und warum?« fragte Gedeon Spilett, der schon das Notizbuch geschlossen und sich zum Aufbruch fertig gemacht hatte.

»Nun, unsere Insel selbst erhält wohl gar keinen Namen?«

Harbert schlug vor, ihr den des Ingenieurs zu geben, was unzweifelhaft den Beifall der Übrigen gefunden hätte, als Cyrus Smith im voraus ablehnend sagte:

»Nein, taufen wir sie nach einem unserer großen Mitbürger, meine Freunde, auf den Namen desjenigen, der jetzt für die Unteilbarkeit der Freistaaten Amerikas kämpft, – nennen wir sie die ›Insel Lincoln‹!«

Drei Hurras antworteten dem Vorschlage des Ingenieurs.

Wie plauderten die neuen Kolonisten an diesem Abend von ihrem entfernten Vaterlande; sie sprachen von dem schrecklichen Kriege, der die heimische Erde mit Blute düngte; sie bezweifelten auch keinen Augenblick, daß der Süden unterliegen, daß die Sache des Nordens, die Fahne der Gerechtigkeit, dank Grant und Lincoln, bald siegen müsse!

Es war das am 30. März 1865 – jene ahnten es nicht, daß sechzehn Tage nachher in Washington ein grauenvolles Verbrechen begangen werden, daß am Karfreitag Abraham Lincoln dem tödlichen Blei eines Fanatikers erliegen sollte!

Zwölftes Kapitel

Regulierung der Uhren. – Pencroff ist befriedigt. – Ein verdächtiger Rauch. – Der Lauf des Roten Flusses. – Die Flora der Insel Lincoln. – Die Fauna. – Die Bergfasane. – Verfolgung von Känguruhs. – Die Agutis. – Grants-See. – Rückkehr nach den Kaminen.

Noch einmal ließen die Kolonisten der Insel Lincoln die Blicke umherschweifen, schritten einmal rings um die Krateröffnung und waren eine halbe Stunde später auf dem ersten Absatze an ihrer Lagerstätte zurück.

Pencroff meinte, daß es Zeit sei, zu frühstücken, und bei dieser Gelegenheit kam auch die Regulierung der Uhren Cyrus Smiths und des Reporters zur Sprache.

Bekanntlich war diejenige Gedeon Spiletts vom Meere verschont geblieben, da der Reporter außerhalb des Bereichs der Wellen auf den Sand geworfen wurde. Niemals hatte derselbe übrigens das ausgezeichnete Werk, einen wirklichen Taschenchronometer, sorgsam aufzuziehen vergessen.

Cyrus Smiths Uhr mußte offenbar während der Zeit, die er in den Dünen liegend zubrachte, stehengeblieben sein.

Jetzt zog sie der Ingenieur erst wieder auf und stellte sie auf die neunte Stunde. Die Zeit selbst hatte er nach der Sonnenhöhe annähernd abgeschätzt.

Gedeon Spilett wollte seine Uhr eben mit der des Ingenieurs in Übereinstimmung bringen, als letzterer ihn daran mit den Worten verhinderte:

»Warten Sie, lieber Spilett! Ihr Chronometer zeigt Richmonder Zeit, nicht so?«

»Ja, Cyrus.«

»Demnach ist er nach dem Meridiane jenes Ortes reguliert, der mit dem von Washington ziemlich zusammenfällt?

»Ohne Zweifel.«

»Nun gut, so lassen Sie jenen ebenso weitergehen. Ziehen Sie ihn sorgfältig auf, aber verändern Sie die Zeigerstellung nicht. Das dürfte uns noch von Nutzen sein.«

»Inwiefern?« dachte der Seemann.

Man frühstückte nun und zwar so reichlich, daß der ganze Vorrat an Wild und Pinienfrüchten aufgezehrt wurde. Pencroff beunruhigte sich darüber nicht im mindesten, da er auf Ersatz während des Rückwegs rechnete. Top, welcher seinen hinlänglichen Anteil erhalten hatte, würde im Gehölz schon wieder irgendein Stück Wild aufjagen. Außerdem dachte der Seemann daran, den Ingenieur einfach um Herstellung von etwas Pulver und einiger Jagdgewehre anzusprechen, was ihm bei seinem grenzenlosen Vertrauen zu jenem nur eine leichte Mühe erschien.

Beim Verlassen des Plateaus schlug Cyrus Smith seinen Gefährten vor, zur Rückkehr einen anderen Weg zu wählen. Er wünschte den Grants-See, der sich in seinem grünen Rahmen so prächtig ausnahm, näher kennenzulernen. Man folgte demnach dem Kamme eines der Vorberge, zwischen welchen der Creek*, der jenen ernährte, wahrscheinlich entsprang. Im Gespräch wandten die Kolonisten schon ausnahmslos die eben gewählten Eigennamen an, wodurch der gegenseitige Gedankenaustausch wesentlich erleichtert wurde. Harbert und Pencroff, – der eine ein junger Mensch, der andere ein halbes Kind, – waren ganz entzückt und plauderten unterwegs.

»Nun, Harbert, das macht sich prächtig! Verlaufen können wir uns auf keinen Fall, ob wir nun auf den Grants-See zugehen oder die Mercy quer durch die Wälder des Fernen We-

*Ein Name, den die Amerikaner kleinen, unbedeutenden Wasserläufen geben.

stens wieder zu erreichen suchen; jedenfalls gelangen wir zum Plateau der Freien Umschau und folglich nach der Unions-Bai!«

Ohne gerade zusammengedrängt zu gehen, war man doch übereingekommen, sich nicht allzuweit voneinander zu entfernen. Sicher bewohnten auch einige wilde Tiere dieses Waldesdickicht, und empfahl es sich, einigermaßen vorsichtig zu sein. Gewöhnlich marschierten Pencroff, Harbert und Nab voran, denen Top, jedes Gebüsch durchstöbernd, voraussprang, der Ingenieur und Gedeon Spilett gingen zusammen, der letztere immer bereit, alles Bemerkenswerte zu verzeichnen; der Ingenieur, meist schweigend, wich nur dann von seiner Richtung ab, wenn er den oder jenen Gegenstand, mineralischer oder vegetabilischer Natur, aufhob und ohne sich vorläufig darüber zu äußern, in seinen Taschen unterbrachte.

»Was Teufel, hebt er nur immer auf?« murmelte der Seemann; »ich kann aufpassen, so viel ich will, und finde doch nichts, was sich der Mühe des Bückens lohnte!«

Gegen zehn Uhr zog die kleine Gesellschaft über die letzten Ausläufer des Franklin-Berges herab. Nur stellenweise bedeckten Gebüsche und vereinzelte Bäume das Erdreich. Man überschritt einen gelblichen, kalzinierten Boden, der sich etwa in der Ausdehnung einer Meile vor dem Waldessaume hin erstreckte. Ungeheure Basaltblöcke, welche nach Bischof 350 Millionen Jahre gebraucht haben, um zu erkalten, lagen da und dort umher. Nirgends bemerkte man aber Spuren von Lava, welche immer nur an der Nordseite des Vulkans abgeflossen zu sein schien.

Cyrus Smith hoffte also ohne Schwierigkeiten den Creek zu erreichen, der sich seiner Ansicht nach unter den Bäumen an der gegenüberliegenden Grenze der freieren Ebene hinschlängeln mußte, als er Harbert plötzlich auf sich zuspringen sah, während Pencroff und Nab sich hinter Felsstücken zu verbergen schienen.

»Was gibts, mein Sohn?« fragte Gedeon Spilett.

»Einen Rauch«, antwortete Harbert. »Hundert Schritte vor uns haben wir ihn zwischen den Felsen aufsteigen sehen.«

»Sind auch Menschen da?« rief der Reporter.

»Vermeiden wir, uns sehen zu lassen«, erklärte Cyrus Smith, »bevor wir nicht wissen, woran wir sind. Eingeborene auf dieser Insel fürchte ich weit mehr, als ich sie herbeiwünsche. Wo steckt der Hund?«

»Top ist voraus.«

»Und bellt nicht?«

»Nein.«

»Das ist sonderbar, doch suchen wir ihn zurückzurufen.«

In wenigen Augenblicken hatten der Ingenieur, Gedeon Spilett und Harbert die beiden andern eingeholt und verbargen sich ebenfalls hinter den Trümmern des Basaltes.

Sehr deutlich bemerkten sie von diesem Standpunkte aus eine aufwirbelnde, durch ihre gelbliche Farbe charakterisierte Rauchsäule.

Ein leiser Pfiff seines Herrn rief Top zurück, und mit einem Zeichen, ihn hier zu erwarten, schlich sich jener zwischen den Steinblöcken vorwärts.

Mit ängstlicher Spannung harrten die Kolonisten des Resultates dieser Untersuchung, als sie Cyrus Smith schon herbeirief. Sofort eilten sie jenem nach, fühlten sich aber durch einen höchst widerlichen Geruch, der die ganze Atmosphäre erfüllte, sehr unangenehm berührt.

Dieser leicht erkennbare Geruch hatte dem Ingenieur schon hingereicht, die Natur dieses Dampfes, der sie nicht ohne Grund beunruhigt hatte, zu erkennen.

»Dieses Feuer«, sagte er, »oder vielmehr diesen Rauch unterhält ganz allein die Natur. Er rührt nur von einer Schwefelquelle her, welche uns Gelegenheit geben wird, Krankheiten der Atmungsorgane sehr erfolgreich zu behandeln.«

»Schön!« sagte Pencroff. »Aber welches Unglück, daß ich nicht gerade einen Katarrh habe!«

Die Kolonisten näherten sich der Quelle, von welcher der Rauch aufstieg, und fanden einen alkalischen Schwefelquell, der ziemlich wasserreich zwischen dem Gestein dahinfloß und einen durchdringenden Geruch nach Schwefelwasserstoff ausströmte.

Cyrus Smith tauchte seine Hand ein und fand das Wasser etwas ölig, und als er es kostete, von süßlichem Geschmack.

Seine Temperatur schätzte er auf 37° C. Harbert fragte ihn, worauf er dieses Urteil gründe.

»Sehr einfach darauf, mein Sohn, daß ich beim Eintauchen der Hand weder eine Empfindung von Wärme, noch von Kälte hatte. Danach entsprach jene Temperatur der des menschlichen Körpers, welche 37° C. beträgt.*«

Da die Schwefelquelle keinen augenblicklichen Nutzen bot, so wandten sich die Kolonisten nach dem Saume des dichten Waldes, der sich einige hundert Schritte vor ihnen hinzog.

Dort plätscherte, wie man vorausgesehen hatte, der Fluß mit munteren, klaren Wellen zwischen hohen rötlichen Ufern, deren Farbe das Vorhandensein von Eisenoxyd verriet, lustig dahin. Nach eben dieser auffallenden Färbung nannte man ihn sofort den »Roten Fluß«.

Eigentlich bildete er nur einen breiten, tiefen und klaren Bach, der aus den Bergwässern genährt, halb als Sturzbach, halb als ruhiges Flüßchen hier ruhig über den Sand hinglitt, dort sich an Steingerölle brach oder in Wasserfällen herabfiel und so bei einer Länge von anderthalb Meilen und einer zwischen dreißig und vierzig Fuß wechselnden Breite nach dem See hinzog. Sein Wasser zeigte sich trinkbar, man durfte also auch annehmen, daß der See Süßwasser enthielt, ein Umstand von Gewicht für den Fall, daß man an seinen Ufern eine bequemere Wohnung, als die in den Kaminen, entdecken sollte.

Was die Bäume betrifft, welche einige hundert Schritte stromaufwärts das Ufer beschatteten, so gehörten sie zum größten Teile denjenigen Arten an, welche in den gemäßigteren Lagen Australiens oder Tasmaniens reichlich vorkommen, und nicht jenen Koniferen, welche die schon bekannten Teile der Insel bis auf einige Meilen von der Freien Umschau bedeckten.

In dieser Jahreszeit, nämlich zu Anfang April, dem Monat, der dem Oktober unserer nördlichen Erdhälfte entspricht, d. h. also gegen Anfang des Herbstes, fehlte es ihnen noch nicht an

*Diese Bemerkung ist offenbar unrichtig. Abgesehen davon, daß das Original nur 35° C. als die menschliche Körpertemperatur, dagegen 45° Fahrenheit, d. h. 37,2° C., angibt, so fühlt man mit der Hand eine solche Temperatur im Wasser, seines besseren Wärmeleitungsvermögens wegen, sehr merkbar als warm.
Anm. d. Übers.

Belaubung. Vorzüglich erkannte man Kasuarbäume und Eukalypten, deren einige im Frühlinge ein dem orientalischen ganz gleichkommendes Manna liefern mußten. In den Lichtungen erhoben sich wohl auch australische Zedern, bedeckt mit jener Moosart, die man in Neu-Holland »Tussac« nennt. Die Kokospalme dagegen, welche sich auf den Pazifischen Archipelen so reichlich vorfindet, schien der wahrscheinlich unter zu hohem Breitengrade liegenden Insel gänzlich abzugehen.

»Wie schade!« rief Harbert, »ein so nützlicher Baum mit so schönen Nüssen!«

Vögel gab es in den wenig dichten Zweigen der Kasuarbäume und Eukalypten, welche den Flügelschlag jener nicht behinderten, in großer Menge. Schwarze, weiße und graue Kakadus, Papageien und Sittige in allen denkbaren Farben, »Könige« in prächtiges Grün und leuchtendes Rot gekleidet, blaue Loris und »Blue-mountains« erschienen farbenschillernd, als sähe man sie durch ein Prisma, und flogen mit ohrenzerreißendem Geschwätz umher.

Plötzlich erscholl aus einem Dickicht heraus ein Lärmen von den verschiedensten Stimmen. Nacheinander unterschieden die Kolonisten den Gesang von Vögeln, den Schrei eines vierfüßigen Tieres und halbartikulierte Laute, welche von einem Eingeborenen herzurühren schienen. Nab und Harbert eilten, die einfachsten Regeln der Klugheit bei Seite setzend, auf das Gebüsch zu. Glücklicherweise barg dieses weder ein furchtbares Raubtier, noch einen gefährlichen Eingeborenen, sondern ganz einfach ein halbes Dutzend Spott- und Singvögel, welche man als »Bergfasane« erkannte. Einige geschickt geführte Stockschläge machten dem Konzerte bald ein Ende und lieferten einen ausgezeichneten Braten für das Abendbrot.

Harbert richtete die Aufmerksamkeit der Wanderer auch auf eine Art prächtiger Tauben mit metallglänzenden Flügeln, unter denen die einen einen stolzen Kamm auf dem Kopfe trugen, die anderen von schönem, grünem Gefieder waren, so wie ihre Verwandten von Port-Maquarie. Diesen gelang es aber ebensowenig beizukommen, wie vielen Raben und Elstern, welche in ganzen Zügen entflohen. Eine Schrotladung hätte wohl hingereicht, ganze Hekatomben zu fällen, für jetzt blieben die Jäger noch als Schußwaffen auf Steine, als Seitengewehre auf Stöcke beschränkt, eine primitive Jagdausrüstung, welche selbstverständlich viel zu wünschen übrig ließ.

Das Unzureichende ihrer Waffen trat aber noch augenscheinlicher zu Tage, als eine hüpfende, springende Gruppe Vierfüßler, die wohl bis auf dreißig Fuß Höhe emporschnellten und fliegenden Säugetieren zu vergleichen waren, über die Gebüsche weg dahinflohen und zwar so schnell und in einer solchen Höhe, daß man eher Eichhörnchen zu sehen glaubte, welche sich von einem Baume zum anderen schwangen.

»Das sind Känguruhs!« rief Harbert.

»Eßbare Geschöpfe?« fragte der Seemann.

»Oh, gedämpft ersetzen sie den saftigsten Wildbraten . . .!« belehrte ihn der Reporter.

Gedeon Spilett hatte diese verheißungsvollen Worte noch nicht beendet, als schon der Seemann, Nab und Harbert den Känguruhs nacheilten. Cyrus Smith rief sie zurück – vergeblich. Ebenso vergeblich mußte aber auch die Verfolgung dieses flüchtigen Wildes, das die Elastizität eines Gummiballs zu haben schien, ausfallen. Nach einer Hetzjagd von fünf Minuten ging den Jägern der Atem aus, während die Tiere im Gehölz verschwanden. Tops Erfolg übertraf den seiner Herren ebensowenig.

»Mr. Cyrus«, sagte Pencroff, als der Ingenieur und der Reporter sie eingeholt hatten, »Sie sehen, Mr. Cyrus, daß wir uns unbedingt Gewehre verschaffen müssen. Wird das wohl möglich sein?«

»Vielleicht«, erwiderte der Ingenieur, »zunächst werden wir uns aber Bogen und Pfeile herstellen, und ich zweifle gar nicht, daß Sie mit diesen ebenso geschickt umzugehen lernen werden, wie die Jäger Australiens.«

»Pfeil und Bogen!« sagte Pencroff mit einem verächtlichen Zuge um die Lippen, »das ist etwas für Kinder!«

»Spielen Sie nicht den Stolzen, Freund Pencroff«, entgegnete der Reporter. »Bogen und Pfeile haben Jahrhunderte lang hingereicht, die Erde mit Blut zu düngen. Das Pulver stammt erst von gestern; der Krieg aber ist, leider! ebenso alt, als das

Geschlecht der Menschen.«

»Meiner Treu, das ist wohl wahr, Mr. Spilett«, antwortete der Seemann, »meine Zunge ist häufig etwas zu schnell ... müssen mich entschuldigen!«

Inzwischen verbreitete sich Harbert, als Liebhaber der Naturwissenschaften, noch einmal über die Känguruhs und sagte:

»Wir haben es hierbei auch mit der am schwierigsten zu fangenden Gattung zu tun. Das waren Riesenexemplare mit langen, grauen Haaren; wenn ich mich aber nicht täusche, so gibt es auch schwarze und rote, Felsenkänguruhs und Känguruhratten, deren man sich mit Leichtigkeit bemächtigen kann. Man zählt wohl ein Dutzend Arten ...«

»Für mich, lieber Harbert«, unterbrach ihn ganz ernsthaft der Seemann, »gibt es nur eine einzige Art, das ›Bratspieß-Känguruh‹, und diese wird uns heute abend fehlen.«

Alle belachten die neue Klassifikation des Meister Pencroff. Der brave Seemann verhehlte schon sein Bedauern nicht, beim Nachtmahl nur auf die Bergfasane angewiesen zu sein, noch einmal aber sollte Fortuna sich ihm gefällig zeigen.

Top nämlich, der sich bei dieser Angelegenheit interessiert fühlen mochte, suchte mit einem durch den Hunger verdoppelten Spürsinn umher. Es stand sogar zu befürchten, daß er, im Fall ihm ein Stück Wild unter die Zähne kam, den anderen nichts davon übriglassen, also mehr auf eigene Rechnung jagen würde. Nab behielt ihn aber im Auge und tat wirklich sehr wohl daran.

Gegen drei Uhr verschwand der Hund einmal im Gebüsch, aus welchem eigentümliche Laute es verrieten, daß er irgendein Tier gepackt haben möchte.

Nab lief ihm schnell nach und fand Top, wie dieser begierig ein erlegtes Tier verzehrte, das man zehn Sekunden später in seinem Magen schwerlich wiedererkannt hätte. Glücklicherweise hatte der Hund aber ein ganzes Nest überfallen, und einen dreifachen Fang getan, zwei weitere Nager – zu dieser Familie gehörten die Tiere nämlich – lagen erwürgt auf dem Boden.

Triumphierend kehrte Nab zurück, in jeder Hand ein Stück

Wild emporhaltend, dessen Größe die eines Hasen ein wenig übertraf. Das gelbliche Fell erschien grünlich gefleckt und der Schwanz nur als Rudiment entwickelt.

Bürger der Vereinigten Staaten konnten über den Namen der fraglichen Nagetiere nicht in Zweifel sein. Es waren »Maras«, eine Art Agutis (patagonische Hasen), etwas größer als ihre Verwandten in der Tropenzone, mit langen Ohren und fünf Backenzähnen auf jeder Seite der Kiefern, wodurch sie sich von den eigentlichen Agutis bestimmt unterscheiden.

»Hurra!« rief Pencroff, »der Braten ist da, nun können wir nach Hause zurückkehren!«

Der einen Augenblick unterbrochene Weg wurde wieder aufgenommen. Der Rote Fluß rollte seine klaren Gewässer unter der Decke von Kasuarbäumen, Banksias und enormen Gummibäumen dahin. Prächtige Liliaceen ragten bis auf zwanzig Fuß hoch auf. Daneben neigten sich noch weitere, dem jungen Naturkundigen unbekannte Baumarten über das Wasser, das man unter jenem Laubgange murmeln hörte.

Inzwischen verbreiterte sich der Fluß bemerkbar, voraus Cyrus Smith schloß, daß seine Mündung bald erreicht sein müsse. Wirklich zeigte sie sich auch ganz plötzlich, als man aus einem grünen Baumdickicht heraustrat.

Die Wanderer hatten das westliche Ufer des Grants-Sees erreicht. Seine Umgebung verdiente wohl betrachtet zu werden. Die Wasserfläche mit einem Umfange von etwa sieben Meilen und einer Oberfläche von wenigstens 250 Ackern* ruhte gleichsam in einem Kranze verschiedener Bäume.

Nach Osten zu glänzte da und dort das Meer durch einzelne Lichtungen in dem grünen Vorhange hindurch. Im Norden beschrieb das Seeufer eine weite konkave Linie, welche mit dem scharfen Winkel am anderen Ende auffallend kontrastierte. Zahlreiche Wasservögel bevölkerten diesen kleinen Ontario-See, in dem freilich nur ein einzelner Felsen, der einige hundert Fuß vom südlichen Ufer über das Wasser emporragte, die »Tausend Inseln« seines amerikanischen Namensvetters darstellte. Dort lebten mehrere Paare Taucherkönige, welche ernst und unbeweglich auf einem Steine sitzend, den vorüberziehen-

*Gegen 200 Hektar.

den Fischen auflauerten, sich dann plötzlich erhoben, mit einem gellenden Pfiff untertauchten und ihre Beute im Schnabel wieder an der Oberfläche erschienen. An dem Ufer und auf jenem Eilande wackelten wilde Enten umher, stolzierten Pelikane, Wasserhühner, Rotschnäbel, Philedons mit einer pinselartigen Zunge, und einige jener wundervollen Lyravögel, deren Schwanz in Form der Bögen einer Leier aufsteigt.

Die Gewässer des Sees selbst erschienen süß, klar, aber von dunkler Färbung, und gewisse kreisförmige Wellenbewegungen, die sich vielfach kreuzten, verrieten, daß jene sehr fischreich sein würden.

»Wahrlich, dieser See ist schön«, sagte Gedeon Spilett. »An seinem Ufer sollten wir wohnen!«

»Das wollen wir auch!« antwortete Cyrus Smith.

Da es den Kolonisten nun darauf ankam, so schnell als möglich nach den Kaminen zurückzukehren, so gingen sie bis zu dem von den Ufern des Sees gebildeten scharfen Winkel. Nicht ohne Mühe brachen sie sich dann einen Weg durch das Dickicht und die Gebüsche, welche wohl noch keines Menschen Hand auseinandergebogen hatte, und wandten sich dabei nach der Küste zu, um im Norden der Freien Umschau auf dem Oberlande anzulangen. Zwei Meilen wurden in dieser Richtung zurückgelegt, dann zeigte sich die mit dichtem Grase bewachsene Hochebene und über ihr hinaus das unendliche Meer.

Um nach den Kaminen zurückzukommen, brauchten sie nun bloß das Plateau etwa eine Meile weit schräghin zu überschreiten und an der Biegung der Mercy herabzusteigen. Der Ingenieur äußerte aber den Wunsch, noch den Ausfluß des Grants-Sees kennenzulernen. Gewiß bildete der See nur ein großes Becken, welches sich durch die Zuströmung des Roten Flusses nur nach und nach angefüllt hatte. Offenbar mußte dasselbe dem überschüssigen Wasser auch irgendwo einen Ausweg bieten, den der Ingenieur in irgendeiner Spalte des Granites vermutete. Es kam ihm sogar schon der Gedanke, die Wasserkraft dieses Ausflusses, welche jetzt doch vollkommen verlorenging, einst nutzbar zu machen.

Eine Meile weit zog man noch in nördlicher Richtung weiter; als sich die erwartete Flußmündung aber auch bis dahin nicht auffinden ließ, kehrte die Gesellschaft um, und erreichte längs des linken Ufers der Mercy gegen halb fünf Uhr die Kamine wieder.

Das Feuer ward wieder entzündet, und die beiden Köche – Nab als Neger, und Pencroff als Seemann von Natur dazu bestimmt – bereiteten hurtig einen duftenden Aguti-Rostbraten, dem man willig alle Ehre antat.

Als sich nach eingenommener Mahlzeit alle zum Schlafe niederlegen wollten, zog Cyrus Smith noch mehrere kleine Pröbchen verschiedener Mineralien aus seiner Tasche.

»Liebe Freunde«, sagte er nur, »hier ist ein Magnet-Eisenstein, hier Pyrit, ferner Tonerde, Kalk und hier ein Stückchen Kohle – das ist, was die Natur uns liefert, und repräsentiert ihren Anteil an der gemeinsamen Arbeit! – Morgen gehen wir an die unserige!«

Dreizehntes Kapitel

Was man an Top findet. – Herstellung von Pfeilen und Bögen. – Eine Ziegelei. – Der Töpferofen. – Verschiedenes Küchengeräte – Der erste Topf Suppe. – Wermut-Kraut. – Das südliche Kreuz. – Eine wichtige astronomische Beobachtung.

»Nun, Mr. Cyrus«, fragte Pencroff am nächsten Morgen den Ingenieur, »womit beginnen wir nun?«

»Mit dem Anfange«, antwortete lakonisch Cyrus Smith.

Wirklich mußten die Kolonisten vollständig »von Adam anfangen«, wie man zu sagen pflegt. Sie besaßen nicht einmal das Notdürftigste, um sich Werkzeuge herzustellen, und befanden sich nicht in der glücklichen Lage der Natur, welche »die Kräfte spart, weil sie Zeit hat«. Ihnen gebrach es an Zeit, sie mußten so schnell als möglich für die notwendigsten Lebensbedürfnisse sorgen, und wenn sie in Folge früher gesammelter Erfahrungen auch nicht gezwungen waren, erst neue Erfindungen zu machen, so hatten sie sich dafür doch alles Notwendige erst selbst zu schaffen. Ihr Eisen und Stahl befand sich noch im Zustande des Minerals, ihr Topfgeschirr in dem des Tones, ihre Kleidung und Wäsche noch in dem der Faserpflanzen.

Man muß übrigens zugeben, daß die Kolonisten »Männer« waren im besten Sinne des Wortes. Der Ingenieur Smith konnte begabtere, ergebenere und eifrigere Helfer gar nicht finden. Er hatte sie ja geprüft und kannte ihre Fähigkeiten.

Gedeon Spilett, ein Berichterstatter von hervorragender Begabung, wußte von allem soviel, um darüber sprechen zu können, und sollte Kopf und Hand vielfach der Kolonisation der Insel widmen. Er schreckte vor keinem Unternehmen zurück, und als leidenschaftlicher Jäger betrieb er bald als Geschäft, was ihm früher nur Vergnügen gewesen war.

Harbert, ein wackerer und in den Naturwissenschaften vorzüglich erfahrener junger Mann, half zum allgemeinen Wohle nach besten Kräften.

Nab repräsentierte die verkörperte Ergebenheit. Geschickt, einsichtig, unermüdlich, kräftig und von eiserner Gesundheit, verstand er sich ein wenig auf Schmiedearbeiten, versprach also der Ansiedlung besonders nützlich zu werden.

Pencroff, ein auf allen Meeren gereister Seemann, hatte als Zimmermann auf den Werften von Brooklyn, als Hilfsschneider auf den Kriegsschiffen, als Gärtner und Landmann gearbeitet, wenn er ohne Schiffsdienst war, und wußte, so wie die Seeleute überhaupt, eigentlich alles richtig anzufassen.

Es wäre wohl schwierig gewesen, fünf Menschen zusammenzufinden, welche besser gegen ein widriges Geschick zu kämpfen und ein solches sicherer zu besiegen gewußt hätten.

»Beim Anfange«, lauteten die Worte Cyrus Smiths. Der Anfang, den er dabei im Sinne hatte, bezog sich auf eine geeignete Einrichtung zur Umwandlung der Naturprodukte.

Die wichtige Rolle, welche die Wärme bei derartigen Prozessen spielt, ist ja hinlänglich bekannt. Das Brennmaterial allein, ob Holz oder Steinkohle, erschien unmittelbar verwendbar und verlangte nur die Herstellung eines passenden Ofens.

»Und wozu soll dieser Brennofen dienen?« fragte Pencroff.

»Zur Beschaffung der Töpferware für unseren Bedarf«, antwortete Cyrus Smith.

»Und woraus bauen wir den Ofen?«

»Aus Ziegelsteinen ...«

»Und diese bereiten wir ...?«

»Aus tonigem Lehm. Ans Werk, ihr Freunde. Um Transporte zu vermeiden, etablieren wir unsere Werkstatt am Produktionsorte selbst. Nab wird uns Proviant nachführen, und das Feuer zur Zubereitung der Speisen wird ja nicht fehlen.«

»Das wohl nicht«, bemerkte der Reporter, »wenn uns nur die Nahrungsmittel selbst, in Folge Mangels an Jagdgeräten, nicht ausgehen.«

»Wenn wir nur wenigstens ein Messer besäßen«, rief der Seemann.

»Nun dann?« fragte Cyrus Smith.

»Dann hätte ich schnellstens einen Bogen und Pfeile angefertigt und unsere Speisekammer reichlich gefüllt.«

»Jawohl ... ein Messer ... eine schneidende Klinge ...!« sagte der Ingenieur mehr zu sich selbst.

Da trafen seine Blicke Top, der am Ufer hin- und herlief.

Plötzlich leuchteten Cyrus Smiths Augen auf.

»Top, hier!« rief er.

Der Hund gehorchte dem Zurufe seines Herrn. Dieser nahm Tops Kopf zwischen die Knie, löste ihm das Halsband ab und zerbrach dasselbe in zwei Stücke.

»Da sind zwei Messer, Pencroff.«

Zwei Hurras des Seemanns erschallten als Antwort. Tops Halsband bestand nämlich aus einem dünnen Streifen von gehärtetem Stahle. Man brauchte die Stücke nur auf einem groben Sandstein zu schleifen und den entstandenen Grat an der Schneide durch einen feinkörnigeren Stein wegzunehmen. Sandsteinfelsen gab es nun genügend, und zwei Stunden später bestanden die Werkzeuge der Kolonie aus zwei schneidenden Klingen, welche leicht in einem Hefte handgerecht befestigt waren.

Diese Errungenschaft, das erste Werkzeug, wurde als Triumph begrüßt; eine Errungenschaft, die auch wirklich sehr gelegen kam.

Man brach auf. Cyrus Smith beabsichtigte nach der Westseite des Sees an die Stelle zurückzukehren, wo sich tags vorher das Tonerdelager, von dem er eine Probe mitgenommen, gezeigt hatte. Längs des Ufers der Mercy, nach dem Plateau der Freien Umschau hinziehend, erreichte man nach einem Wege von höchstens fünf Meilen eine zweihundert Schritte vom Grants-See entfernte Lichtung.

Unterwegs hatte Harbert einen Baum entdeckt, aus dessen Zweigen die Indianer Nordamerikas ihre Bögen herzustellen pflegen, den »Crejimba«, der zu einer Palmenfamilie ohne eßbare Früchte gehört. Man schnitt von diesem lange, gerade Zweige ab, entblätterte dieselben und schnitzte sie in der Weise zu, daß sie in der Mitte am stärksten blieben. Jetzt bedurfte man also nur noch einer Pflanze, welche passende Sehnen an die Bögen lieferte. Diese fand man in einer Malvenart, dem »Hibiscus heterophyllus«, dessen zähe, dauerhafte Fasern eine tierische Sehne im Notfalle zu ersetzen vermögen. Nun hatte wohl Pencroff seinen kräftigen Bogen, noch fehlten ihm aber die Pfeile dazu. Ließen sich diese auch aus kleineren, dünnen und astfreien Zweigen unschwer herstellen, so veranlaßte doch die notwendige Ausrüstung der Spitze mit einer Substanz, die das Eisen zu ersetzen im Stande warm, weit mehr Kopfzerbrechen. Doch sagte sich Pencroff endlich, daß, nachdem er das Seinige getan, der Zufall ihm schon zu Hilfe kommen werde.

Die Kolonisten waren auf dem am vergangenen Tage untersuchten Terrain angekommen. Diees bestand aus einer Tonerde, wie sie zu Backsteinen und Ziegeln verwendet wird, und welche ihren Zwecken demnach vollkommen entsprach. Besondere Schwierigkeiten stellten sich nicht entgegen. Der Ton wurde nur mittels Sand etwas entfettet, dann formte man Mauersteine daraus, um diese bei Holzfeuer zu brennen.

Gewöhnlich werden die Backsteine zwar in Formen gedrückt, der Ingenieur begnügte sich jedoch mit ihrer Herstellung aus freier Hand. Zwei volle Tage verwendete man auf diese Arbeit. Der angefeuchtete Ton wurde mit Händen und Füßen durchgeknetet, und dann in Prismen von gleicher Größe geteilt. Ein geübter Arbeiter vermag ohne Maschine in Zeit von zwölf Stunden bis 10.000 Stück Backsteine herzustellen; die fünf Ziegelstreicher der Insel Lincoln hatten freilich in zwei Arbeitstagen nur etwa 3000 angefertigt, welche reihenweise aufgestellt wurden, bis sie in drei bis vier Tagen vollkommen ausgetrocknet und damit zum Brennen geeignet wurden.

Am 2. April war es, als Cyrus Smith die Orientation der Insel näher feststellte. Am Tage vorher hatte er mit Berücksichtigung der Strahlenbrechung die Zeit, um welche die Sonne unter dem Horizonte verschwand, genau aufgezeichnet. An diesem Morgen beobachtete er den Aufgang derselben mit der nämlichen Aufmerksamkeit. Zwischen diesem Unter- und Aufgange lagen elf Stunden sechzehn Minuten, so daß die Sonne sechs Stunden zweiundzwanzig Minuten nach ihrem Aufgange den Meridian des Ortes passieren und für denselben genau im Norden stehen mußte.*

Zur erwähnten Zeit beobachtete Cyrus Smith jenen Punkt am Himmel und wählte zwei in derselben Richtung liegende Bäume aus, die ihm demnach für spätere Aufnahmen eine unveränderliche Mittagslinie bildeten.

Während der beiden Tage vor dem Brennen der Mauersteine beschaffte man sich die nötigen Holzvorräte. In der Umgebung schnitt man Äste von den Bäumen und sammelte alles umherliegende Holz. Es versteht sich, daß die Jagd dabei nicht vollständig vernachlässigt wurde, zumal da Pencroff jetzt wohl ein Dutzend Pfeile mit sehr scharfen Spitzen besaß. Diese verdankte man Top, der ein Stachelschwein eingefangen hatte, das als Wild zwar nur von untergeordnetem Werte, wegen der spitzen Stacheln aber, mit denen es bedeckt ist, in diesem Falle doch eine hochwillkommene Beute bildete. Mit jenen rüstete man nun die Spitzen der Pfeile aus, während ihre Fluglinie durch Kakadufederfahnen gesichert wurde. Der Reporter und Harbert zeichneten sich bald als geschickte Bogenschützen aus. An Wild, z. B. an Wasserschweinen, Tauben, Agutis, Auerhähnen usw. war in der Nachbarschaft Überfluß. Den größten Teil dieser Tiere erlegte man in dem Walde neben dem linken Ufer der Mercy, dem man den Namen des »Jacamar-Waldes« beilegte, unter Beziehung auf die Vögel, welche Har-

*Wirklich geht zu jener Jahreszeit und unter der betreffenden Breite die Sonne um fünf Uhr dreiunddreißig Minuten auf, und um sechs Uhr siebzehn Minuten unter.

bert und Pencroff bei ihrem ersten Ausfluge dahin verfolgt hatten.

Das meiste Wild verzehrte man zwar frisch, konservierte dagegen die Cabiai-(Wasserschwein-)Keulen und räucherte diese mit grünem Holze, nachdem sie in aromatische Blätter gehüllt kurze Zeit gelegen hatten. Diese zwar sehr kräftigende Nahrung, welche nur aus Braten und wieder Braten bestand, ließ doch allmählich den Wunsch aufkommen, auf dem Herde einmal einen Suppentopf brodeln zu hören. Dazu mußte man freilich einen Topf besitzen und folglich den Bau des Brennofens abwarten.

Gelegentlich dieser Exkursionen, die nur in einem beschränkten Kreise um die Ziegelei herum stattfanden, bemerkten die Jäger dann und wann ziemlich frische Spuren größerer Tiere. Cyrus Smith empfahl ihnen deshalb äußerste Vorsicht, denn die Wahrscheinlichkeit lag sehr nahe, daß das Gehölz einige gefährliche Raubtiere bergen könne.

Wie berechtigt diese Mahnung war, sollte man bald erfahren. Gedeon Spilett und Harbert sahen eines Tages ein Tier, das dem Jaguar sehr ähnlich erschien. Zum Glück griff es sie nicht an, da sie ohne ernstliche Verletzung wohl nicht davongekommen wären. Hätte der Reporter nur eine ordentliche Waffe besessen, d. h. ein Gewehr, wie es Pencroff verlangte, so gelobte er sich, gegen die Raubtiere den erbittertsten Krieg zu führen, und die Insel bald von dem Gesindel zu säubern.

An eine wohnlichere Einrichtung der Kamine dachte man jetzt gar nicht mehr, denn der Ingenieur hoffte in allernächster Zeit eine bequemere Wohnung zu entdecken oder zu erbauen.

Man begnügte sich, die Lagerstätten auf dem Sande mit frischen Schichten weichen Mooses und trockener Blätter zu bedecken, und auf diesen etwas urwüchsigen Matratzen genossen die ermüdeten Arbeiter einen trefflichen Schlaf.

Nun bekümmerte man sich auch um die Anzahl der seit der Ankunft auf der Insel verflossenen Tage, und führte eine exakte Zeitrechnung ein. Am 5. April, mittwochs, waren zwölf Tage verflossen, seit der Sturm die Schiffbrüchigen auf die Insel geschleudert hatte.

Am 6. April versammelten sich der Ingenieur und seine Gefährten mit Tagesanbruch in der Waldblöße an der Stelle, wo das Brennen der Ziegel vor sich gehen sollte, natürlich unter freiem Himmel und nicht in geschlossenen Öfen, vielmehr bildeten die zusammengesetzten Backsteine einen Ofen, der sich eben selbst brennen sollte. Das aus Reisigbündeln bestehende Brennmaterial wurde auf geeignete Art und Weise ausgebreitet, mit mehreren Reihen lufttrockener Backsteine umgeben, welche bald einen großen Würfel bildeten, in dessen Seiten die nötigen Zuglöcher ausgespart blieben. Diese Arbeit nahm den ganzen Tag in Anspruch, und erst am Abend zündete man die Holzbündel an.

Niemand legte sich die Nacht über nieder, sondern alle suchten das Feuer gut in Brand zu erhalten.

Der Brennprozeß währte achtundvierzig Stunden lang und erwies sich als vollkommen gelungen. Da man das Auskühlen der rauchenden Masse abwarten mußte, so schafften Nab und Pencroff unter Cyrus Smiths Leitung inzwischen auf einer aus verbundenen Ästen gebildeten Schleife mehrere Ladungen kohlensauren Kalkgesteins von dem nördlichen Ufer des Sees herbei. Dieses Gestein lieferte, durch Hitze zersetzt, einen sehr fetten, beim Löschen ausgiebigen Ätzkalk, welcher ebenso rein erschien, als wäre er aus dem reinsten Marmor dargestellt. Mit Sand vermischt, den man hinzusetzte, um die allzu große Zusammenziehung des Kalkbreies zu verhindern, lieferte derselbe einen ganz ausgezeichneten Mörtel.

Bei Beendigung dieser Arbeiten, am 9. April, standen dem Ingenieur nun schon eine gehörige Menge völlig fertigen Maurerkalkes und einige tausend gebrannte Ziegel zur Verfügung.

Man schritt demnach unverzüglich zum Bau eines passenden Brennofens, um das nötige Küchengeschirr für den Hausbedarf herzustellen, was ohne zu große Schwierigkeiten gelang. Fünf Tage später wurde der Ofen mit Steinkohle beschickt, von der der Ingenieur nahe dem Roten Flusse ein zu Tage tretendes Lager entdeckt hatte, und zum ersten Male wirbelte der Rauch aus einem etwa zwanzig Fuß hohen Schornsteine empor. Die Waldblöße ward zur Werkstatt, und Pencroff nährte den heimlichen Glauben, daß der Ofen hier bald alle Erzeugnisse der modernen Industrie liefern werde.

Die ersten Artikel der Kolonisten bestanden nun freilich bloß in gewöhnlicher Töpferware, welche indes zum Kochen der Speisen vollkommen ausreichte. Das Material dazu entnahm man dem Tonboden und ließ Cyrus Smith demselben noch etwas Kalk und Quarzkörner beimengen. Der teigige Ton stellte eine wirkliche »Pfeifenerde« dar, aus der man Töpfe, über geeigneten Steinen geformte Tassen, Teller, größere Krüge, Wasserbehälter usw. erzeugte. Die Form dieser Gegenstände ließ freilich zu wünschen übrig, nachdem sie jedoch bei hohen Hitzegraden gebrannt waren, zählte die Küche der Kamine eine Reihe Gerätschaften, die unter den gegebenen Verhältnissen ebenso kostbar waren, als hätte man zu ihrer Herstellung die feinste Porzellanerde verwendet.

Es verdient erwähnt zu werden, daß Pencroff, begierig zu wissen, ob jene Pfeifenerde ihren Namen in der Tat verdiene, sich einige ziemlich plumpe Pfeifen zurechtmachte, die er zwar ganz ausgezeichnet fand, zu denen ihm aber leider der Tabak fehlte, – für Pencroff, den leidenschaftlichen Raucher, eine bittere Entbehrung.

»Tabak wird sich schon noch finden, so gut, wie alles Übrige!« tröstete er sich bei seiner grenzenlosen Vertrauensseligkeit.

Diese Arbeiten dauerten bis zum 15. April, und bedarf es wohl keiner besonderen Versicherung, daß die Zeit dabei gut ausgenutzt wurde. Die Kolonisten, einmal zu Töpfern geworden, beschäftigten sich ausschließlich mit der Anfertigung von Töpfergeschirr. Wenn es Cyrus Smith gefiel, aus ihnen Schmiede zu machen, so würden sie auch solche werden. Da der folgende Tag aber Sonntag, und noch dazu Ostersonntag war, so beschloß man, denselben der Ruhe und Erholung zu weihen. Diese Amerikaner sind sehr religiöse Menschen und beobachten mit peinlicher Genauigkeit die Vorschriften der Bibel; die Lage, in der sie sich befanden, konnte aber ihr Gefühl des Vertrauens zu dem Schöpfer aller Dinge nur verdoppeln.

Am Abend des 15. April kehrte man also nach den Kaminen zurück. Die letzten Topfwaren wurden mitgenommen und der Brennofen verlosch in Erwartung seiner neuen Bestimmung.

Auf dem Rückwege gelang dem Ingenieur noch die glückliche Entdeckung einer Substanz, welche den Feuerschwamm ersetzen konnte. Bekanntlich stammt diese samtweiche Masse von einem gewissen Champignon aus der Gattung der Polyporen her. Vorzüglich, wenn sie in einer Lösung von salpetersaurem Natron abgekocht wird, erlangt dieselbe einen hohen Grad von Entzündbarkeit. Bis dahin hatte man freilich noch keine zu den Polyporen gehörige Pflanze, noch auch eine Morchelart gefunden, welche wohl an deren Stelle treten könnte. Heute entdeckte der Ingenieur ein zum Geschlechte des Wermut gehörendes Gewächs, welches als Hauptarten den Absinth, die Melisse, den Kaisersalat u. a. enthält. Von diesem riß er einige Büschel ab und zeigte sie dem Seemanne.

»Hier, Pencroff, ist etwas, das Ihnen Freude machen wird.«

Aufmerksam betrachtete der Angeredete die Pflanze, welche lange, seidenartige Haare und mit wolligem Flaum bedeckte Blätter hatte.

»Was ist das, Mr. Cyrus?« fragte Pencroff. »Herr Gott! Doch nicht etwa Tabak?«

»Nein«, entgegnete Cyrus Smith, »das ist eine Wermutart, für die Gelehrten chinesischer Wermut, für uns Zündschwamm.«

Wirklich zeigte sich diese Substanz in sehr gut getrocknetem Zustande recht leicht entzündlich, vorzüglich als sie der Ingenieur später mit einer Lösung von salpetersaurem Natron, d. h. dem gewöhnlichen Salpeter, den die Insel in mehreren Lagern darbot, imprägniert hatte.

An diesem Abend speisten die in dem Mittelraum versammelten Kolonisten recht mit Behagen. Nab hatte Agutifleisch gekocht und eine Suppe bereitet, Cabiaischinken aufgeschnitten und einige Knollen von »Daladium makrorhizum« abgesotten. Letztere Pflanze zählt zu den Araceen und wächst in der Tropenzone baumartig. Ihre Wurzelknollen sind von ausgezeichnetem Geschmack, sehr nahrhaft und der Substanz sehr ähnlich, welche in England unter dem Namen »Portlandsago« verkauft wird. In gewisser Hinsicht kann sie wohl das Brot ersetzen, welches den Kolonisten der Insel Lincoln noch abging.

Nach Beendigung des Abendessens gingen Cyrus Smith und seine Genossen noch ein wenig am Strande spazieren. Es war um acht Uhr und die Nacht versprach schön zu werden. Noch schien der Mond nicht, der fünf Tage vorher voll gewesen, doch färbte sich der Horizont schon mit jenem sanften Silberlichte, welches man die Mondmorgenröte nennen könnte. Im südlichen Himmel erglänzten die circumpolaren Sternbilder, vor allen das Südliche Kreuz, welches der Ingenieur einige Tage vorher vom Franklin-Berge aus begrüßt hatte.

Eine Zeitlang beobachtete Cyrus Smith das glanzvolle Sternbild, das an seinem oberen und unteren Teile zwei Sterne erster, zur Linken einen zweiter und zur Rechten einen Stern dritter Größe hat.

Nach einigem Besinnen begann er:

»Haben wir heute nicht den 15. April, Harbert?«

»Ja, Mr. Cyrus«, erwiderte dieser.

»Nun, wenn ich nicht irre, ist dann morgen einer der vier Tage im Jahre, an welchen die wahre Zeit mit der mittleren bürgerlichen Zeit zusammenfällt, d. h. daß die Sonne morgen bis auf einige Sekunden genau zu der Zeit durch den Meridian geht, zu welcher richtig gehende Uhren Mittag zeigen. Sollte also schönes Wetter sein, so gedenke ich morgen den Längengrad, unter dem wir uns befinden, so gut als möglich festzustellen.«

»Ohne Instrumente, ohne Sextanten?« fragte Gedeon Spilett.

»Ja«, antwortete der Ingenieur. »Da die Nacht klar ist, so möchte ich auch gleich heute versuchen, unsere Breitenlage durch Berechnung der Horizonthöhe des Südlichen Kreuzes, d. h. des Südpoles, zu erfahren. Sie begreifen, meine Freunde, daß es, um sich auf weitergehende Einrichtungen einlassen zu sollen, nicht genügt, zu wissen, daß dieses Land eine Insel ist; wir müssen uns auch darüber klarzuwerden suchen, in welcher Entfernung entweder vom Festlande Amerikas, Australiens oder auch von einem größeren Archipel des Pazifischen Ozeans diese liegt.«

»Gewiß«, meinte der Reporter, »denn statt eines Hauses könnte es sich uns empfehlen, ein Schiff zu bauen, wenn wir zufällig nur etwa hundert Meilen bis zu einer bewohnten Küste hätten.«

»Eben deshalb«, fuhr Cyrus Smith fort, »will ich heute abend die Breite der Insel Lincoln und morgen mittag deren Länge zu erfahren versuchen.«

Hätte der Ingenieur einen Sextanten besessen, ein Instrument, das die Winkeldistanz zweier Spiegelbilder mit großer Genauigkeit zu messen gestattet, so wäre dieses Vorhaben leicht genug ausführbar gewesen. An diesem Abend hätte er durch die Polhöhe, am nächsten Tage durch die Beobachtung des Meridiandurchganges der Sonne die Koordinaten der Insel erhalten. In Ermangelung eines Instrumentes mußte er sich eben zu helfen suchen.

Cyrus Smith ging nach den Kaminen zurück. Dort schnitzte er beim Scheine des Herdfeuers zwei kleine flache Lineale, die er an ihren Enden in der Weise miteinander verband, daß sie eine Art hölzernen Zirkel darstellten, dessen Schenkel geöffnet und geschlossen werden konnten. Die Achse desselben bildete ein kräftiger Akaziendorn, den man an dem vorrätigen dürren Holze fand.

Mit dem fertigen Instrumente kam der Ingenieur nach dem Strande zurück; da es aber notwendig ist, die Polhöhe über einen ganz glatten Horizont hin zu visieren, das Krallen-Kap jedoch den südlichen Horizont verdeckte, so mußte er eine geeignetere Position aufsuchen. Die beste wäre freilich an der südlichen Uferspitze selbst gewesen, diese zu erreichen hätte man aber die eben ziemlich wasserreiche Mercy überschreiten müssen.

Cyrus Smith beschloß deshalb, seine Beobachtung von der Höhe der Freien Umschau aus anzustellen und deren Lagedifferenz zu dem Niveau des Meeres später in Rechnung zu ziehen, was durch ein einfaches geometrisches Verfahren zu erreichen sein mußte.

Die Kolonisten begaben sich demnach auf dem schon bekannten Wege nach dem Plateau hinauf und nahmen an dessen von Nordwesten nach Südosten verlaufenden Rande ihre Aufstellung.

Dieser Teil des Oberlandes überragte die Höhen des rechten

Flußufers um nahezu fünfzig Fuß, jene Höhen, welche stufenweise bis nach dem Krallen-Kap am Südende der Insel abfielen. Der Ausblick, welcher den halben Horizont umfaßte, erschien demnach von diesem Kap bis zum Schlangenvorgebirge durch kein Hindernis beschränkt. Im Süden war der Horizont in seinen unteren Teilen von dem Mondlichte soweit erhellt, um mit hinreichender Genauigkeit abvisiert werden zu können.

Das Südliche Kreuz stellte sich dem Beobachter zu dieser Zeit in verkehrter Lage, mit dem Sterne α, dem nächstem am Südpole, nach unten dar.

Dieses Sternbild liegt übrigens dem antarktischen Pole überhaupt nicht so nahe, wie der Polarstern dem arktischen; ja, der Stern α ist noch gegen siebenundzwanzig Grad von jenem entfernt. Cyrus Smith wußte das und hatte es bei seiner Messung in Rechnung zu ziehen. Er wartete zur Vereinfachung der Operation die Zeit ab, bis jener Stern unterhalb des Poles durch den Meridian ging.

Nachdem das geschehen, blieb nur noch der erhaltene Winkel zu berechnen, wobei also die Depression des Horizontes zu berücksichtigen und folglich die Höhe des Plateaus festzustellen war. Der Wert dieses Winkels mußte die Höhe des Sternes α und folglich die des Poles über dem Horizonte ergeben, damit aber auch die geographische Breite der Insel, weil diese Breite für jeden Punkt der Erdkugel der Höhe des Pols über dem Horizonte desselben entspricht.

Die nötigen Berechnungen verschob man auf den nächsten Tag, und schon um zehn Uhr lagen alle in tiefem Schlafe.

Vierzehntes Kapitel

Messung der Granitwand. – Eine Anwendung des Lehrsatzes von den ähnlichen Dreiecken. – Die geographische Breite der Insel. – Ein Ausflug nach Norden. – Eine Austernbank. – Zukunftsprojekte. – Der Meridiandurchgang der Sonne. – Die Koordinaten der Insel Lincoln.

Am Morgen des 16. April – am Ostersonntage – gingen die Kolonisten mit Tagesanbruch daran, ihre Leibwäsche und Kleidungsstücke zu reinigen. Der Ingenieur gedachte auch Seife zu kochen, sobald er die dazu nötigen Rohmaterialien, Fett und Soda, erlangen würde. Die wichtige Frage wegen Erneuerung der Kleidungsstücke sollte ihrerzeit erwogen werden. Auf jeden Fall versprachen jene noch sechs Monate auszuhalten, denn sie waren von festen Stoffen dauerhaft gearbeitet. Alles hing ja zuletzt von der geographischen Lage der Insel zu andern bewohnten Ländern ab, und diese sollte noch, unter Voraussetzung günstiger Witterung, an dem nämlichen Tage bestimmt werden.

Die Sonne erhob sich an wolkenlosem Horizonte und ließ einen prächtigen Tag erwarten, einen jener schönen Herbsttage, welche man für die letzten Abschiedsgrüße der warmen Jahreszeit halten möchte.

Jetzt galt es also die Elemente der Beobachtung vom Tage vorher zu vervollständigen und die Höhe des Plateaus der Freien Umschau über dem Niveau des Meeres zu berechnen.

»Brauchen Sie dazu nicht ein ähnliches Instrument, wie das, welches Sie gestern benutzten?« fragte Harbert den Ingenieur.

»Nein, mein Sohn«, antwortete dieser, »wir werden auf andere, doch ebenso genaue Resultate ergebende Weise verfahren.«

Harbert, immer begierig, sich von allem genau zu unterrichten, folgte dem Ingenieur, der vom Fuße der Granitwand aus bis zum Uferrande hinschritt. Inzwischen beschäftigten sich Pencroff, Nab und der Reporter mit verschiedenen Arbeiten.

Cyrus Smith hatte eine gerade, etwa zwölf Fuß lange Stange mitgenommen, deren Länge er mit möglichster Genauigkeit nach der ihm bis auf die Linie bekannten eigenen Körpergröße gemessen hatte. Harbert trug ein Senkblei, das ihm der Ingenieur übergeben, d. h. einen einfachen Stein, der an zusammengeknüpfte geschmeidige Pflanzenfasern gebunden war.

Etwa zwanzig Schritte vom Uferrande und gegen fünfhundert von der Granitmauer, welche lotrecht aufstieg, entfernt, befestigte Cyrus Smith die Stange zwei Fuß tief im Sande und gelang es ihm, dieselbe mit Hilfe des improvisierten Senkbleies senkrecht gegen die Ebene des Horizontes aufzustellen.

Hierauf ging er noch so weit zurück, daß seine Sehstrahlen, wenn er sich auf den Sand legte, genau die Spitze der Stange und den Kamm der Granitwand berührten. Diesen Punkt bezeichnete er sorgfältig durch einen eingetriebenen Pflock.

Dann wandte er sich an Harbert.

»Die Grundlehren der Geometrie sind dir bekannt?« fragte er.

»Ein wenig, Mr. Cyrus«, antwortete Harbert, der sich nicht bloßstellen wollte.

»Du erinnerst dich der Eigenschaften der sogenannten ähnlichen Dreiecke?«

»Jawohl«, sagte Harbert, die entsprechenden Seiten derselben sind einander proportional.«

»Nun sieh', mein Sohn, hier konstruiere ich eben zwei ähnliche, rechtwinklige Dreiecke. Die Seiten des kleineren bilden die Höhe der senkrechten Stange und die Entfernung von dem Punkte, an welchem diese in der Erde steckt, bis zu jenem Pflocke. Eine Hypotenuse wird von meinem Sehstrahle dargestellt. Das zweite größere Dreieck hat als Seiten die lotrechte Felsenwand, um deren Höhe es sich eben handelt, und die Entferung von ihrem Fuße bis wiederum zu jenem Pflocke hin, während meine Sehstrahlen auch dessen Hypotenuse bezeichnen, nämlich die Fortsetzung der des ersteren Dreiecks.«

»Ah, ich verstehe, Mr. Cyrus!« rief Harbert. »Da die horizontale Entfernung des Pflockes von der Stange proportional der von demselben Punkte bis zur Basis der Felsenwand ist, so steht auch die Höhe der Stange zu der der Felsenwand in demselben Verhältnisse.«

»So ist es, Harbert«, bestätigte der Ingenieur, »und sobald

wir diese horizontalen Entfernungen gemessen haben, können wir, da die Höhe der Stange bekannt ist, durch eine einfache Rechnung auch die der Felsenwand finden und uns der Mühe entheben, dieselbe unmittelbar zu messen.«

Die beiden Horizontalen wurden mittels der Stange, deren Höhe über dem Sande genau bestimmt war und gerade zehn Fuß betrug, aufgenommen.

Die erstere zwischen dem Pflocke und dem früheren Standpunkte der Meßstange betrug fünfzehn Fuß.

Die zweite zwischen jenem Pflocke und der Basis des Felsens aber fünfhundert Fuß.

Cyrus Smith und der junge Mann kehrten nach Vollendung dieser Aufnahmen nach den Kaminen zurück.

Der Ingenieur holte einen bei Gelegenheit früherer Ausflüge mitgebrachten flachen Stein, eine Art Schiefer, auf dem man mit Hilfe einer spitzigen Muschel leicht und deutlich zu schreiben vermochte. Er stellte folgende Proportion auf:

$$15 : 500 = 10 : x.$$
$$500 \times 10 = 5000.$$
$$\frac{5000}{15} = 333{,}33.$$

Diese Berechnung ergab demnach für die Granitwand eine Höhe von 333⅓ Fuß.*

Cyrus Smith nahm hierauf das Instrument wieder zur Hand, dessen geöffnete und dann befestigte Schenkel ihm am vorhergehenden Tage zur Messung der Winkelhöhe des Sternes α über dem Horizonte gedient hatten. Den Winkel, welchen diese Schenkel bildeten, maß er möglichst genau auf einem in 360 gleiche Grade geteilten Kreise. Dieser Winkel ergab unter Hinzufügung der siebenundzwanzig Grad, welche den Stern α noch vom Pole trennten, und unter Berücksichtigung der Höhe des Plateaus, von dem aus die Beobachtung stattgefunden hatte, über dem Niveau des Meeres, eine Höhe von dreiundfünfzig Grad. Diese dreiundfünfzig Grad mußten nun endlich noch von neunzig Grad, der Entfernung des Poles von dem

*Hier sind englische Fuß (= 0,30m) gemeint.

Äquator, abgezogen werden, und es verblieben demnach siebenunddreißig Grad. Cyrus Smith gelangte also zu dem Resultate, daß die Insel Lincoln unter 37° südlicher Breite liege, wobei er jedoch seiner mangelhaften Instrumente wegen einen Fehler von fünf Graden annahm, ihre Lage also zwischen dem 35. und 40.° südlicher Breite festsetzte.

Um die Koordinaten der Insel zu erhalten, blieb nun noch die Bestimmung des Längengrades derselben übrig. Diese wollte der Ingenieur noch an demselben Tage, zur Zeit des Meridiandurchganges der Sonne, also zu Mittag, vornehmen.

Der Ostersonntag wurde übrigens zu einem Spaziergange, oder vielmehr zu einer Auskundschaftung derjenigen Teile der Insel bestimmt, welche zwischen dem Norden des Sees und dem Haifisch-Golfe lagen. Wenn es die Witterung zuließ, gedachte man bis zu dem nördlichen Teile des Unterkiefer-Kaps vorzudringen, wollte zwischen den Dünen Mittag machen und erst gegen Abend zurückkehren.

Um acht und ein halb Uhr des Morgens marschierte die kleine Gesellschaft längs des Kanalrandes hin. An der anderen Seite, auf der Küste der Insel des Heils, promenierten gravitätisch zahlreiche Vögel. Es waren Tauchervögel, welche man leicht an dem häßlichen, dem des Esels ähnlichen Geschrei erkennt. Pencroff schenkte ihnen nur von dem Standpunkte der Eßbarkeit einige Rücksicht und vernahm mit gewisser Befriedigung, daß ihr wenn auch etwas schwärzliches Fleisch doch recht schmackhaft sei.

Auf dem Sande hinkriechend, bemerkte man auch große Amphibien, ohne Zweifel Robben, welche das Ufer des kleinen Eilandes mit Vorliebe besuchten. Diese erfreuten sich von Pencroffs Standpunkte freilich keiner besonderen Würdigung, da ihr öliges Fleisch so gut wie ungenießbar ist. Dafür betrachtete sie Cyrus Smith mit desto größerer Aufmerksamkeit, und verkündete seinen Gefährten im voraus, daß man in nächster Zeit einmal das Eiland besuchen werde, ohne daß er für jetzt einen näheren Grund angab.

Der von den Kolonisten begangene Strand erschien mit unzähligen Muscheln bedeckt, deren einige Arten einem Liebhaber der Malakologie gewiß große Freude bereitet hätten. Neben schönen Phasianellen, Dreiengelmuscheln u. a. entdeckte man aber, was jetzt viel wichtiger erschien, eine durch die Ebbe bloßgelegte, ausgedehnte Austernbank, welche Nab etwa vier Meilen von den Kaminen zwischen den Felsen auffand.

»Nab hat seinen Tag nicht verloren«, rief Pencroff, als er die große Ansiedelung der köstlichen Schaltiere betrachtete.

»Wahrlich, das ist eine glückliche Entdeckung«, sagte der Reporter, »und vorzüglich, wenn jede Auster, wie man allgemein annimmt, jährlich 50 bis 60000 Eier produziert, bietet sich uns hier ein unerschöpflicher Vorrat.«

»Ich denke nur, daß die Auster nicht besonders nahrhaft ist«, bemerkte Harbert.

»Nein«, antwortete Cyrus Smith. »Die Auster zeigt nur sehr wenig Stickstoffgehalt und würde ein Mensch, der sich ausschließlich von solchen nähren wollte, täglich mindestens fünfzehn bis sechzehn Dutzend derselben nötig haben.«

»Schön!« fiel Pencroff ein. »Einige Dutzend Austern könnten wir aber doch wohl losbrechen, ohne die Bank zu schädigen. Sollten wir nicht einige zum Frühstück verzehren?«

Und ohne eine Antwort auf seinen Vorschlag abzuwarten, von dessen Annahme er im voraus überzeugt war, holte er eine reichliche Menge von diesen Mollusken und brachte sie in einer Art Netz von Hibiskusfasern, das Nabs geschickte Hand gefertigt hatte und welches schon die übrigen Bestandteile der Mittagsmahlzeit enthielt, unter. Dann wanderten alle zwischen den Dünen und dem Meere weiter.

Von Zeit zu Zeit sah Cyrus Smith nach der Uhr, um sich rechtzeitig zu der beabsichtigten Sonnenbeobachtung vorzubereiten, welche genau zu Mittag stattfinden mußte.

Der ganze Teil der Insel war bis zu der Spitze der Union-Bai, welche den Namen Unterkiefer-Kap erhalten hatte, sehr sandig. Nur auf Sand und Muscheln, vermischt mit einzelnen Lavatrümmern, traf das Auge. Einige Seevögel umschwärmten das nächste Ufer, wie Seemöwen, große Albatrosse und einige wilde Enten, welche Pencroffs immer lebendige Eßlust mit vollem Rechte reizten. Wohl versuchte er einige derselben mit Pfeilen zu erlegen, doch ohne Erfolg, denn jene saßen kaum jemals still, und er hätte sie also im Fluge traffen müssen.

Dieser Mißerfolg veranlaßte ihn auch, gegen den Ingenieur wiederholt die Worte zu äußern:

»Sehen Sie, Mr. Cyrus, solange wir noch nicht zwei bis drei Jagdgewehre besitzen, läßt doch unser Material immer manches zu wünschen übrig.«

»Gewiß, Pencroff«, erwiderte der Reporter; »aber das liegt nur an Ihnen. Verschaffen Sie uns Eisen zu den Läufen, Stahl zu den Schlössern, Salpeter, Kohle und Schwefel zum Pulver, Quecksilber und Salpetersäure zu dem Knallsilber und endlich Blei zu Kugeln, so wird Cyrus uns die schönsten Flinten von der Welt herstellen.«

»Oh«, bemerkte der Ingenieur, »alle diese Substanzen möchten wohl auf der Insel zu finden sein; eine Feuerwaffe ist aber ein sehr feines Stück Arbeit und verlangt zu ihrer Herstellung vorzüglich genaue Hilfswerkzeuge. Indes, später werden wir sehen, was sich tun läßt.«

»Warum mußten wir aber auch«, rief Pencroff, »alle die Waffen, welche die Gondel enthielt, über Bord werden, alle Geräte, bis auf die Taschenmesser!«

»Ja, hätten wir das nicht getan, Pencroff«, belehrte ihn Harbert, »so hätte uns der Ballon ins Meer fallen lassen.«

»Was du da sagst, ist freilich wahr, mein Junge!« antwortete ihm der Seemann.

Dann sprang er zu einem anderen Gedanken über und sagte:

»Aber das Erstaunen kann ich mir vorstellen, als Jonathan Forster und seine Begleiter am Morgen nach unserer Abfahrt den Platz leer und den Apparat davongeflogen sahen.«

»Das wäre nun meine geringste Sorge, was jene dabei gedacht haben mögen«, sagte der Reporter.

»Die Idee ist jedoch von mir ausgegangen!« erklärte Pencroff mit selbstzufriedener Miene.

»Eine schöne Idee, Pencroff«, meinte der Reporter lachend, »die uns dahin gebracht hat, wo wir jetzt sind.«

»Lieber bin ich hier, als in den Händen der Südstaatler!« rief der Seemann, »zumal seitdem Mr. Cyrus die Gewogenheit hatte, sich uns wieder anzuschließen.«

»Ich muß gestehen, ich auch!« versetzte der Reporter. »Übrigens was fehlt uns denn . . .? Nichts!«

»Doch, wenn Sie wollen, . . . alles!« antwortete Pencroff und zog seine breiten Schultern in die Höhe. »Indessen, einmal wird der Tag ja noch kommen, der uns wieder von hier erlöst.«

»Und vielleicht eher, als Sie es glauben, meine Freunde«, sprach der Ingenieur, »mindestens, wenn die Insel Lincoln nur in mäßiger Entfernung von einem bewohnten Archipel oder einem Kontinente liegt. Zwar ist mir keine Karte des Stillen Ozeans zur Hand, doch bewahrt mein Gedächtnis sehr deutlich die Erinnerung an das Bild seines südlichen Teiles. Die gestern erhaltene Breitenlage versetzt unsere Insel im Westen Neu-Seeland, im Osten der Küste von Chile gegenüber. Diese beiden Länder trennt freilich eine Entfernung von 6000 Meilen. Es bleibt uns demnach übrig, festzustellen, auf welchem Punkte dieser breiten Meeresfläche wir uns befinden. Das soll uns die geographische Länge sagen, welche wir mit hinreichender Genauigkeit, wie ich hoffe, soeben zu bestimmen vorhaben.«

»Ist es nicht der Pomotou-Archipel«, sagte Harbert, »der uns der Breite nach am nächsten liegt?«

»Ja«, antwortete der Ingenieur, dennoch dürften wir bis zu diesem wohl 1200 Meilen weit haben.«

»Und nach dorthin?« fragte Nab, der dem Gespräche mit gespanntester Aufmerksamkeit gefolgt war und mit der Hand nach Süden wies.

»Nach dorthin liegt gar nichts«, erwiderte der Ingenieur.

»Nun, Cyrus«, sagte der Reporter, »wenn die Insel Lincoln aber nur zwei- bis dreihundert Meilen von Chile oder Neu-Seeland entfernt läge . . .«

»Dann«, fiel der Ingenieur ein, »bauen wir statt eines Hauses ein Fahrzeug, und Meister Pencroff wird zu seiner Leitung berufen . . .«

»Ha, Mr. Cyrus«, meldete sich der Seemann, »einen Kapitän wollt' ich schon abgeben, wenn es Ihnen gelingt, ein seetüchtiges Fahrzeug herzustellen.«

»Das soll schon geschehen, wenn es nötig wird!« erwiderte

der Ingenieur.

Während diese Männer, die an nichts verzweifelten, also sprachen, nahte die Stunde heran, in welcher die Sonnenbeobachtung vorgenommen werden sollte. Wie würde sich nun Cyrus Smith helfen, den Meridiandurchgang zu bestimmen, da ihm alle Instrumente dazu fehlten? Harbert vermochte sich das auf keine Weise zu enträtseln.

Die Wanderer befanden sich jetzt in einer Entfernung von sechs Meilen von den Kaminen, etwa in jener Gegend der Dünen, in welcher der Ingenieur nach seiner wunderbaren Rettung wiedergefunden worden war. Man machte an dieser Stelle halt und bereitete alles zum Frühstück, da nur noch eine halbe Stunde bis zum Mittag fehlte. Harbert machte sich auf, aus dem unfern fließenden Bache Wasser zu holen, das er in einem Kruge, den ihm Pencroff mitgegeben, herbeibrachte. Während dieser Vorbereitungen ordnete Cyrus Smith alles zu seiner astronomischen Beobachtung Nötige an. Er wählte auf dem Strande eine flache Stelle aus, welche das sich zurückziehende Meer vollkommen geebnet hatte. Die feine Sanddecke erschien glatt wie eine Eisscholle, und kein Körnchen überragte das andere. Ob sie ganz horizontal lag, oder nicht, darauf kam im vorliegenden Falle wenig an und ebensowenig darauf, ob die sechsfüßige Stange, welche aufgestellt wurde, sich genau in vertikaler Richtung befand. Im Gegenteil neigte der Ingenieur diese noch etwas nach Süden, d. h. nach der der Sonne entgegengesetzten Seite, denn man vergesse nicht, daß die Kolonisten der Insel Lincoln deshalb, weil diese Insel auf der südlichen Halbkugel lag, das Strahlengestirn seinen Tagesbogen über dem nördlichen, und nicht über dem südlichen Horizonte beschreiben sahen.

Jetzt ward es Harbert klar, wie der Ingenieur verfahren wollte, um die Kulmination der Sonne, d. h. ihre Passage durch den Meridian der Insel, oder mit anderen Worten, deren Mittagslinie zu bestimmen. Es sollte das durch den auf den Sand projektierten Schatten der Stange geschehen, der ihm aus Mangel an Instrumenten ein geeignetes Hilfsmittel zur Erzielung des gewünschten Resultates bot.

Wirklich mußte die Mittagszeit mit dem Augenblicke, in

dem dieser Schatten die geringste Länge zeigte, zusammenfallen, und es mußte hinreichen, dem Schatten desselben aufmerksam zu folgen, um den Zeitpunkt wahrzunehmen, wo er sich nach der vorhergegangenen Verkürzung wieder zu verlängern begann. Dadurch, daß Cyrus Smith seinen Stab nach der der Sonne entgegengesetzten Seite neigte, machte er diesen Schatten länger und seine Veränderungen erkennbarer. Denn in der Tat kann man ja dem Zeiger eines Zifferblattes desto leichter folgen, je länger derselbe ist. Der Schatten des Stabes stellte aber hier nichts anderes als den Zeiger eines Zifferblattes dar.

Als er den Zeitpunkt nahe glaubte, kniete Cyrus Smith auf dem Sande nieder und bezeichnete mittels kleiner Holzpflöckchen, die er in den Erdboden steckte, die allmähliche Abnahme des Schattenbildes. Seine Gefährten beugten sich über ihn und folgten der Operation mit gespanntestem Interesse.

Der Reporter hielt den Chronometer in der Hand, um die Zeit genau abzulesen, wann der Schatten am kürzesten sein würde. Übrigens operierte Cyrus Smith, wie erwähnt, am 16. April, d. h. an einem Tage, an dem die wahre Sonnenzeit mit der mittleren bürgerlichen Zeit zusammenfällt, so daß die Angabe Gedeon Spiletts die wahre Zeit in Washington bezeichnen mußte, was die Rechnung wesentlich vereinfachte.

Indessen stieg die Sonne langsam empor, der Schatten des Stabes verkürzte sich nach und nach, und als Cyrus Smith sah, daß er wieder länger werde, fragte er:

»Wieviel Uhr ist es?«

»Fünf Uhr und eine Minute«, antwortete sofort Gedeon Spilett.

Zwischen dem Meridiane von Washington und dem der Insel Lincoln lag also ein Zeitunterschied von rund fünf Stunden, d. h. es war auf der Insel Lincoln erst Mittag, wenn die Uhren in Washington schon auf fünf Uhr nachmittags zeigten. Die Sonne durchläuft nun bei ihrer scheinbaren Bewegung um die Erde einen Grad in vier Minuten, also fünfzehn Grad in einer Stunde. Fünfzehn Grade mit fünf Stunden multipliziert ergaben demnach fünfundsiebzig Grade.

Da nun Washington 77° 3′ 11″ westlich von Greenwich

liegt, von wo aus die Amerikaner ebenso wie die Engländer ihre Längengrade zählen, so folgt daraus, daß die Insel siebenundsiebzig plus fünfundsiebzig Grade, d. h. also unter 152° westlicher Länge zu suchen war.

Cyrus Smith verkündigte dieses Resultat seinen Gefährten, und unter Berücksichtigung der möglichen Irrtümer glaubte er die Lage der Insel Lincoln unter dem fünfunddreißigsten bis vierzigsten Grade südlicher Breite und dem hundertfünfzigsten bis hundertfünfundfünfzigsten Grade der Länge westlich von Greenwich annehmen zu dürfen.

Den Spielraum der etwaigen Beobachtungsfehler schätzte er, wie man sieht, in beiden Richtungen auf etwa fünf Grade, was bei sechzig Meilen auf den Grad gegenüber einer exakten Beobachtung einen möglichen Irrtum von dreihundert Meilen in der Länge und der Breite ergab.

Dieser Fehler erschien aber ohne bestimmenden Einfluß auf die aus jener Beobachtung herzuleitenden Beschlüsse. Jedenfalls befand sich die Insel Lincoln in einer so großen Entfernung von jedem Lande und jeder Inselgruppe, daß man es nicht wagen konnte, dieselbe auf einem schwanken, gebrechlichen Kanu zu durchmessen.

In der Tat trennten sie mindestens 1200 Meilen von Tahiti und dem Pomotou-Archipel, mehr als 1800 Meilen von Neu-Seeland, und mehr als 4500 Meilen von der amerikanischen Küste.

Und als Cyrus Smith sich alle seine Erinnerungen vor Augen führte, traf er auf keine, welche mit irgendeiner Insel in demjenigen Teile des Pazifischen Ozeans, welchen die Insel Lincoln einnahm, zusammengefallen wäre.

Fünfzehntes Kapitel

Die Überwinterung wird endgültig beschlossen. – Die metallurgische Frage. – Durchforschung der Insel des Heils. – Robbenjagd. – Fang eines Echidnus. – Der Kula. – Was man die katalonische Methode nennt. – Eisenfabrikation. – Wie man Stahl erhält.

Am Morgen des 17. April lauteten des Seemanns erste Worte, die er zu Gedeon Spilett sprach:

»Nun, mein Herr, was werden wir heute vorstellen?«

»Was es Cyrus beliebt«, antwortete der Reporter.

Aus Ziegelstreichern und Töpfern, die sie bisher gewesen waren, sollten die Gefährten des Ingenieurs nun Metallurgisten werden.

Am Tage vorher hatte man den Ausflug bis zu dem Kiefern-Kap, sieben Meilen von den Kaminen, ausgedehnt. Dort endete die lange Dünen-Reihe, und nahm der Boden mehr eine vulkanische Natur an, auch starrten keine hohen Mauern empor, wie bei dem Plateau der Freien Umschau, sondern ein launenhaft zerklüfteter Felsenrand, der den Golf zwischen den beiden Kaps umfaßte, und aus mineralischen Substanzen, dem Auswurf des Vulkans, bestand. Hier kehrten die Wanderer um und kamen noch vor Einbruch der Nacht nach den Kaminen zurück, konnten aber vor Lösung der Frage keinen Schlaf finden, ob man daran denken solle, die Insel Lincoln zu verlassen oder nicht.

Die Entfernung von 1200 Meilen bis zu dem Pomotou-Archipel erschien sehr beträchtlich. Ein Kanu reichte wohl nicht aus, dieselbe, zumal bei Annährung der schlechten Jahreszeit, zurückzulegen, wenigstens hatte Pencroff das entschieden erklärt. Aber auch ein einfaches Kanu, selbst mit Hilfe der nötigen Werkzeuge zu erbauen, blieb immer eine schwierige Arbeit; da die Kolonisten aber jene Werkzeuge noch nicht besaßen, und sich Hämmer, Äxte, Sägen, Bohrer, Meißel usw. erst anfertigen mußten, so erforderte das natürlich eine sehr lange Zeit. Man entschied sich also dafür, auf der Insel Lincoln zu überwintern, und für die kalten Monate eine bequemere Wohnung aufzusuchen, als die Kamine.

Vor allem galt es nun, den Eisenstein, von dem der Ingenieur einige Lager gefunden hatte, nutzbar zu machen und daraus entweder Eisen oder Stahl herzustellen.

Die Erde enthält im allgemeinen die Metalle nicht im reinen Zustande, meist findet man sie an Sauerstoff oder Schwefel gebunden. Gerade die von Cyrus Smith mitgebrachten Proben waren die einen Magneteisenstein, ohne Kohlensäure, die anderen Pyrit, oder mit anderen Worten, Eisensulfid. Das erstere mußte demnach mittels Kohle reduziert, d. h. seines Sauerstoffs beraubt werden, um es als reines Eisen zu erhalten. Diese Reduktion findet statt, wenn man das Mineral nebst Kohle einer sehr hohen Temperatur aussetzt, entweder durch die schnelle und leichte »katalonische Methode«, welche den Vorteil bietet, das Mineral sofort in Schmiedeeisen zu verwandeln, oder durch die bei Hochöfen gebräuchliche, welche das Naturprodukt erst in Guß- und später in Schmiedeeisen umwandelt, in dem man dem ersteren drei bis vier Prozent Kohlenstoff, welche es noch gebunden hält, entzieht.

Was bedurfte aber Cyrus Smith? Schmiedeeisen und kein Gußeisen, und es handelte sich also darum, die schnellste Reduktionsmethode anzuwenden. Das aufgefundene Material war übrigens an sich sehr rein und reich, es bestand aus Eisenoxydul, das in großen, dunkelgrauen Massen auftritt, einen schwärzlichen Staub gibt, in regelmäßigen Oktaedern kristallisiert, die natürlichen Magnete bildet und in Europa zur Herstellung jenes Eisens erster Qualität dient, das man in Schweden und Norwegen so häufig antrifft. Nicht weit von diesem Erzlager fanden sich die von den Kolonisten schon benutzten Steinkohlen. Die nötige Behandlung des Minerals erschien also ziemlich leicht, da sich alles dazu Notwendige nahe beieinander vorfand. Daher rührt auch die so ergiebige Produktion Großbritanniens, wo Eisen und Steinkohlen in dem nämlichen Boden beieinander lagern.

»Nun, Mr. Cyrus, wir wollen also jetzt Eisenerze bearbeiten?« fragte Pencroff.

»Ja, mein Freund«, antwortete der Ingenieur, »und zu dem Zwecke werden wir – was Ihnen nicht mißfallen dürfte – auf dem Eilande eine Robbenjagd unternehmen.«

»Eine Robbenjagd!« rief der Seemann, sich zu Gedeon Spilett umdrehend, »braucht man denn Robben, um Eisen zu fabrizieren?«

»Da Cyrus es sagt, wird es wohl so sein!« erwiderte der Reporter.

Schon hatte der Ingenieur die Kamine verlassen, und Pencroff traf seine Zurüstungen zur Robbenjagd, ohne eine weitere Erklärung erhalten zu haben. Bald befand sich Cyrus Smith, Harbert, Gedeon Spilett, Nab und der Seemann am Strande, und zwar an einer Stelle, wo der Kanal bei tiefer Ebbe eine leicht passierbare Furt bot. Die Jäger durchschritten diese, ohne sich bis über die Kniee naß zu machen.

Cyrus Smith setzte hiermit also zum ersten Male den Fuß auf das Eiland, seine Gefährten dagegen zum zweiten Male, da sie der Ballon ja früher auf dasselbe geworfen hatte.

Beim Betreten des Landes sahen sie wohl einige hundert Pinguine ruhig am Strande sitzen. Zwar hätten sie dieselben mit ihren Stöcken leicht erlegen können, sie hatten aber ein Interesse, kein unnützes Blutbad anzurichten, da sie die Robben, welche einige Kabellängen weiterhin im Sande liegen könnten, nicht scheu machen wollten.

Die Kolonisten wendeten sich nach der nördlichen Spitze, wobei sie über einen Erdboden mit unzähligen kleinen Aushöhlungen hingingen, welche ebensoviel Nester verschiedener Wasservögel bildeten. Am Ende des Eilandes erschienen große schwarze Punkte, welche platt auf dem Wasser schwammen und mehr schäumenden Wellenhäuptern glichen.

Das waren die Amphibien, auf deren Fang man auszog. Man mußte sie erst das Ufer erreichen lassen, denn bei ihrem schlanken Bau, der glatten Haut und ihrer beweglichen Gestaltung sind diese Robben ganz ausgezeichnete Schwimmer, die im Meere selbst nur sehr schwer zu fangen sind, während ihre kurzen und handförmigen Füße ihnen auf der Erde nur eine langsam kriechende Bewegung erlauben.

Pencroff kannte die Gewohnheit dieser Tiere und riet, sie sich erst ruhig auf dem Sande ausstrecken zu lassen, wo sie in Folge der Einwirkung der Sonnenwärme bald in tiefen Schlaf fallen würden. Dann sollte man ihnen den Rückzug abschneiden und sie durch Schläge auf die Nase erlegen.

Die Jäger verbargen sich also hinter einzelnen Uferfelsen und verhielten sich ganz ruhig.

Eine Stunde verging, bevor die Robben es sich auf dem Sande bequem gemacht hatten. Es mochte wohl ein halbes Dutzend solcher Tiere sein. Pencroff und Harbert schlichen sich um die Spitze des Eilandes herum, um jenen den Rückweg zu verlegen, indessen Cyrus Smith, Gedeon Spilett und Nab längs der Felsen hinkrochen und sich dem Schauplatze näherten.

Plötzlich erschien die lange Gestalt des Seemanns. Pencroff stieß ein Geschrei aus. Der Ingenieur und seine Genossen stürzten sich eiligst zwischen die Robben und das Meergestade. Zwei dieser Tiere wurden tödlich getroffen und blieben auf dem Sande liegen, während die anderen das Wasser und somit das Weite zu erreichen vermochten.

»Hier, die gewünschten Robben, Mr. Cyrus«, sagte der Seemann und näherte sich dem Ingenieur.

»Schön«, antwortete Cyrus Smith, »aus ihnen werden wir Schmiedeblasebälge machen!«

»Blasebälge!« rief Pencroff, »ei, wozu doch die Robben alles gut sind!«

Zur Bearbeitung des Eisenerzes war in der Tat eine derartige Maschine nötig, wie sie der Ingenieur aus dem Felle der Robben herzustellen gedachte.

Die Amphibien erwiesen sich übrigens nur von mittlerer Größe, denn ihre Länge überschritt keine sechs Fuß, und bezüglich des Kopfes glichen sie fast Hunden.

Da es unnütz erschien, sich mit einem so beträchtlichen Gewicht, wie das der beiden Tiere, zu belasten, so beschlossen Nab und Pencroff, sie auf der Stelle abzuhäuten, während Cyrus Smith und der Reporter die Insel weiter in Augenschein nehmen wollten.

Der Seemann und der Neger entledigten sich ihres Geschäftes recht geschickt, und drei Stunden später hatte Cyrus Smith zwei Robbenfelle, welche er in frischem Zustande, ohne sie irgendwie zu gerben, anzuwenden gedachte, zur Verfügung.

Die Kolonisten mußten noch warten, bis das Meer wieder

seinen niedrigsten Stand einnahm, und kehrten dann, den Kanal durchwatend, nach den Kaminen zurück.

Es verursachte keine zu geringe Mühe, die Häute auf geeignete Holzrahmen zu spannen und sie mittels Fasern so zusammenzunähen, daß sie nicht zuviel Luft verloren, wenn sie aufgeblasen wurden. Mehrmals mußte man die Arbeit wiederholen. Cyrus Smith standen nur die beiden schneidenden Klingen von Tops Halsband zu Gebote, doch war er so geschickt, seine Genossen unterstützten ihn so verständig, daß die Werkstatt der kleinen Kolonie drei Tage später durch einen Blasebald bereichert erschien, der die Bestimmung hatte, zwischen das heiße und später geschmolzene Eisenerz Luft einzuführen, eine für das Gelingen der Operation unerläßliche Bedingung.

Am Morgen des 20. April begann »die metallurgische Periode«, wie sie der Reporter in seinen Notizen nannte.

Der Ingenieur wollte, wie erwähnt, die Arbeit an den Lagerstätten der Kohlen und des Eisensteins selbst ausführen. Seinen Beobachtungen nach befanden sich diese am Fuße der nordöstlichen Vorberge des Franklin-Berges, d. h. in einer Entfernung von sechs Meilen. Da man also gar nicht daran denken konnte, jeden Abend nach den Kaminen zurückzukehren, so sollte die kleine Gesellschaft inzwischen unter einer Hütte von Zweigen kampieren, um die wichtige Operation Tag und Nacht fortsetzen zu können.

Nachdem man sich hierüber geeinigt, brach man am Morgen auf. Nab und Pencroff zogen auf einer Schleife den Blasebalg und einen gewissen Vorrat pflanzlicher und tierischer Nahrungsmittel, der übrigens unterwegs noch ergänzt werden sollte.

Der Weg führte von Südosten nach Nordwesten durch die dichtesten Teile des Jacamar-Waldes. Man war gezwungen, sich erst eine Bahn zu brechen, welche in Zukunft die direkteste Verbindung zwischen dem Plateau der Freien Umschau und dem Franklin-Berge bildete. Die prächtigen Bäume daneben gehörten zu den schon bekannten Arten, doch entdeckte Harbert einige neue, z. B. Drachenbäume, von Pencroff »köstliche Lauche« genannt, denn trotz ihrer Größe zählten sie ebenso zu der Familie der Liliaceen, wie die Zwiebel, der

Schnittlauch, die Schalotte und der Spargel. Diese Drachenbäume liefern eine Art Wurzeln, welche gesotten recht gut schmecken, und einer gewissen Gährung unterworfen, einen sehr angenehmen Likör geben. Man sammelte demnach einige Vorräte derselben ein.

Der Weg durch das Gehölz zog sich weit hin; er beanspruchte den ganzen Tag, gab aber Gelegenheit, die Fauna und Flora weiter kennenzulernen. Top, welcher sich allerdings mehr mit der Fauna beschäftigte, revierte durch Gras und Gebüsch und trieb das verschiedenste Wild auf. Harbert und Gedeon Spilett erlegten zwei Känguruhs mittels Pfeilen, und außerdem ein Tier, das einem Igel ebenso wie einem Ameisenbäre ähnelte, dem ersteren, weil es sich wie eine Kugel zusammenrollte und von spitzen Stacheln strotzte, dem letzteren, weil es zum Wühlen geeignete Krallen, eine lange, schlanke Schnauze mit vogelschnabelartigem Ende und eine lange, dehnbare Zunge besaß, die mit kleinen Dornen besetzt war, um die Insekten damit zu haschen.

»Und im Falle das Tier im Topfe kocht«, fragte natürlich Pencroff, »wem ähnelt es dann?«

»Einem delikaten Stück Rindfleisch«, antwortete Harbert.

»Na, mehr verlangen wir ja nicht«, sagte der Seemann schmunzelnd.

Bei Gelegenheit dieses Ausflugs traf man auch auf einige wilde Eber, denen es jedoch nicht beikam, die kleine Truppe anzugreifen, und es hatte nicht den Anschein, daß man hier gar so furchtbaren Raubtieren begegnen werde, als der Reporter plötzlich in einem dichten Gesträuch ein Tier bemerkte, das zwischen dem Gezweig eines Baumes kletterte und welches er für einen Bär hielt. Gedeon Spilett ging sofort daran, es abzuzeichnen, da es glücklicherweise nicht zu jener furchtbaren Gattung gehörte. Es war vielmehr ein »Kula«, gewöhnlich »Faultier« genannt, von der Größe eines mittleren Hundes, mit borstigem Fell und schmutziger Farbe, die Tatzen mit tüchtigen Krallen bewehrt, wodurch es ihm ermöglicht ist, auf Bäume zu klettern und sich von Blättern zu ernähren. Nach Feststellung des Gattungszweiges, zu dem das Tier gehörte, das man in seinen Sprüngen nicht weiter störte, strich Gedeon

Spilett das Wort »Bär« aus seinem Tagebuche, schrieb dafür »Kula« ein, und weiter zogen die Wanderer ihres Weges.

Um fünf Uhr abends ließ Cyrus Smith haltmachen. Man befand sich jetzt außerhalb des Waldes und an den ersten Anfängen der mächtigen Vorberge, welche den Franklin-Berg an der Ostseite stützten. Wenige hundert Schritt von ihnen floß der Rote Fluß, und folglich war auch Trinkwasser nicht weit zu holen.

Das Lager wurde sogleich zurechtgemacht, und schon nach einer Stunde erhob sich am Waldessaum zwischen den letzten Bäumen eine aus Zweigen und Lianen errichtete Hütte. Die geologische Nachforschung verschob man auf den anderen Tag. Das Abendbrot ward bereitet, ein lustiges Feuer flackerte auf, der Bratspieß drehte sich, und um acht Uhr waren schon alle entschlummert bis auf einen, der das Feuer schürte und Wache hielt, wenn doch etwa reißende Tiere in den Umgebungen umherstreifen sollten.

Am anderen Tage, den 21. April, ging Cyrus Smith in Gesellschaft Harberts aus, um die Stellen aufzusuchen, von denen er seine ersten Mineralproben mitgenommen hatte. Er fand das Lager auch zu Tage liegend, sehr nahe der Quelle des Creek und am steilen Fuß eines nordöstlichen Vorberges. Das sehr gehaltvolle Material stand daselbst sogar gleich in Verbindung mit dem nötigen Zuschlage, der zur Schlackenbildung erforderlich ist, in großer Menge an, erschien also für die Reduktions-Methode, welche der Ingenieur anzuwenden beabsichtigte, d. h. für die katalonische Methode, in der Vereinfachung, wie sie in Korsika üblich ist, vollkommen geeignet.

In der Tat verlangte die eigentliche katalonische Methode die Konstruktion von Öfen und Schächten, in welche das Mineral und die Kohle in abwechselnden Schichten aufgegeben sich umwandelt und reduziert. Cyrus Smith wollte sich diese Umständlichkeit ersparen und aus dem Gestein und der Kohle einfach eine kubische Masse bilden, in deren Mitte er den Wind seines Blasebalges zu leiten gedachte. Unzweifelhaft vollzog sich der Prozeß bei den ersten Metallurgisten der Welt auf dieselbe Weise. Was aber Adams Enkeln gelungen war, und in den an Mineralien und Brennmaterial reichen Gegenden noch immer gelang, mußte auch unter den Verhältnissen, in welchen sich die Kolonisten der Insel Lincoln befanden, von Erfolg sein.

So wie das Mineral, wurde auch die Steinkohle ohne Mühe und nicht tief unter dem Erdboden gewonnen. Zunächst zerschlug man das Gestein in kleinere Stücke und säuberte es mit der Hand von den beigemengten Unreinigkeiten. Dann wurden Kohlen und Mineral in aufeinanderfolgenden Lagen aufgehäuft, so wie es der Köhler macht, welcher Holzstücke verkohlen will. Auf diese Weise mußte sich unter Mitwirkung der von den Blasebälgen eingetriebenen Luft die Kohle zuerst in Kohlensäure und hierauf in Kohlenoxyd umwandeln, um das Eisenoxyd-Oxydul zu reduzieren, d. h. seines Sauerstoffes zu berauben.

So verfuhr der Ingenieur. Der Blasebalg aus Robbenhaut, der ein Endstück von feuerbeständiger Erde trug, das schon vorher in dem Töpferofen gebrannt worden war, wurde neben dem aufgestellten Haufen angebracht. Durch einen Mechanismus, der in der Hauptsache aus Holzrahmen, Faserseilen und Gegengewichten bestand, in Bewegung gesetzt, trieb er die nötige Luft in die Masse hinein, welche unter gleichzeitiger Steigerung der Temperatur die chemische Umwandlung in reines Eisen unterstützte.

Die Operation war schwierig, sie beanspruchte die ganze Geduld und volle Einsicht der Kolonisten, um sie zu gutem Ende zu führen, doch gelang sie, und das endliche Resultat bestand in einer Luppe schwammartigen Eisens, welches gezängt und geschweißt, d. h. geschmiedet werden mußte, um die Schlacken ganz daraus zu entfernen. Natürlich fehlte den improvisierten Schmieden der Hammer dazu, alles in allem aber befanden sie sich in den nämlichen Verhältnissen, wie der erste Eisenschmelzer, und sie halfen sich ebenso, wie sich jener geholfen haben dürfte. Die erste mit einem grünen Stocke herausgezogene Luppe diente auf einem Amboß von Granit als Hammer für die zweite, und so erlangte man ein zwar grobes, aber doch brauchbares Eisen.

Nach mancherlei Versuchen und Mühen waren am 25. April mehrere Eisenbarren geschmiedet, und verwandelten sich in

Werkzeuge, wie Kneifzangen, Schmiedezangen, Meißel, Äxte usw., welche Pencroff und Nab für wahre Prachtstücke erklärten.

Als Schmiedeeisen konnte dieses Metall indes die verlangten größten Dienste noch nicht leisten, das war nur möglich, wenn man es als Stahl erhielt. Der Stahl aber ist eine Verbindung von Eisen und Kohle, welche man entweder aus dem Gußeisen gewinnt, indem man diesem den Überschuß an Kohle entzieht, oder aus Schmiedeeisen, indem man diesem die fehlende Kohle zusetzt. Erstere, durch Entkohlung des Gußeisens gewonnene Art, gibt den natürlichen, oder sogenannten Puddelstahl, die zweite, durch Kohlung des Schmiedeeisens entstehende aber den Zementstahl.

Den letzteren also mußte Cyrus Smith vorzüglich herzustellen suchen, da er das Eisen in Form von Schmiedeeisen besaß. Er erreichte das, indem er das Metall mit Kohlenpulver in einem Schmelztiegel von feuerbeständiger Erde erhitzte.

Diesen in der Kälte und Wärme schmiedbaren Stahl bearbeitete er nun mit dem Hammer weiter. Nab und Pencroff, welche passend angestellt und unterrichtet wurden, schmiedeten Hacken und Äxte, die rotglühend gemacht und schnell in kaltes Wasser getaucht, eine ausgezeichnete Härte annahmen.

Natürlich verfertigte man auch andere Instrumente, wie Hobeleisen, Beile, Stahlbänder, aus welchen Sägen gemacht werden sollten, Meißel, Grabscheite, Schaufeln, Hämmer, Nägel usw.

Am 5. Mai endlich schloß die erste metallurgische Periode und kehrten die Schmiede nach den Kaminen zurück, wo neue Arbeiten sie bald genug zu Handwerkern anderer Art stempeln sollten.

Sechzehntes Kapitel

Die Wohnungsfrage wird nochmals behandelt. – Pencroffs Phantasien. – Eine Untersuchung der Nordseite des Sees. – Der Nordrand des Plateaus. – Die Schlangen. – Das Ende des Sees. – Tops Unruhe. – Top im Wasser. – Ein Kampf unter dem Wasser. – Der Dugong.

Man schrieb jetzt den 6. Mai, der dem 6. November der nördlichen Hemisphäre entspricht. Seit einigen Tagen bedeckte sich der Himmel mehr und mehr mit Wolken und schien es geboten, einige Maßregeln für die Überwinterung zu treffen. Immerhin hatte sich die Temperatur noch nicht wesentlich erniedrigt und hätte ein Celsius-Thermometer auf der Insel Lincoln im Mittel noch 10–12° gezeigt. Diese mittlere Wärme erscheint nicht auffallend, wenn man bedenkt, daß die Insel Lincoln bei ihrer Lage zwischen dem fünfunddreißigsten und vierzigsten Grade südlicher Breite sich etwa unter denselben Verhältnissen befand, wie Griechenland oder Sizilien in Europa. Da nun aber auch Sizilien und Griechenland nicht selten von einer mit Schnee und Eisbildung begleiteten Kälte heimgesucht werden, so war auch hier im tiefsten Winter wohl ein Temperaturabschlag zu erwarten, gegen welchen man sich schon zu schützen suchen mußte.

Drohte jetzt auch die kalte Witterung noch nicht, so war doch voraussichtlich eine Regenperiode nahe, und auf dieser mitten im Pazifischen Ozeane isolierten, jeder Unbill der Witterung ausgesetzten Insel durfte man wohl auf ebenso häufiges, als entschieden schlechtes Wetter rechnen.

Die Frage wegen einer bequemeren Wohnung, als die Kamine sie boten, drängte also zu einer ernsthaften Erwägung und endgültigen Lösung.

Pencroff bewahrte selbstverständlich für diesen von ihm aufgefundenen Zufluchtsort eine gewisse Vorliebe, dennoch sah er ein, daß man sich jetzt nach einem anderen umsehen müsse. Schon einmal waren die Kamine, wie früher näher beschrieben wurde, von den Flutwellen des Meeres heimgesucht worden, eine Eventualität, der man sich nicht noch einmal aussetzen mochte.

»Übrigens«, bemerkte Cyrus Smith, der diese Angelegenheit gerade mit seinen Schicksalsgenossen besprach, »empfiehlt es sich auch, einige Vorsichtsmaßregeln zu treffen.«

»Warum das? Die Insel ist ja unbewohnt«, sagte der Reporter.

»Wahrscheinlich wenigstens«, verbesserte der Ingenieur, »obwohl wir sie noch nicht ganz und gar durchforscht haben. Doch wenn sich auch kein menschliches Wesen auf derselben befindet, so fürchte ich noch immer, daß gefährliche Tiere sie bevölkern. Gegen einen immerhin möglichen Angriff von dieser Seite sollten wir gerüstet sein und dies Gebot der Klugheit nicht vernachlässigen, in der Nacht stets ein helles Feuer zu unterhalten und dabei abwechselnd zu wachen. Wir müssen unser Augenmerk eben auf alles richten, zumal, da wir uns in einem Teile des Pazifischen Ozeans befinden, der häufiger von malaiischen Seeräubern besucht wird ...«

»Wie?« fiel Robert ein, »in so großer Entfernung von jedem Lande.«

»Jawohl, mein Sohn«, antwortete der Ingenieur. »Diese Piraten sind ebenso kühne Seefahrer als berüchtigte Bösewichte, was wir niemals vergessen dürfen.«

»Nun, so werden wir unsere Wohnung gegen das zwei- und vierfüßige Raubgesindel befestigen«, erklärte Pencroff. »Sollte es sich indes nicht empfehlen, Mr. Cyrus, die Insel erst in allen Teilen zu durchforschen, bevor wir etwas Derartiges unternehmen?«

»Gewiß«, bemerkte der Reporter dazwischen. »Wer weiß, ob wir nicht auf der entgegengesetzten Seite eine solche Höhle finden, wie wir sie auf dieser Küste vergeblich gesucht haben.«

»Das ist wohl wahr, meine Freunde«, sagte der Ingenieur, »doch scheint ihr zu vergessen, daß wir einen Wasserlauf in der Nachbarschaft unserer Ansiedelung haben müssen; nach Westen hin konnten wir vom Franklin-Berge aus keinen solchen wahrnehmen. Hier dagegen befinden wir uns zwischen der Mercy und dem Grants-See, ein Vorteil, den wir nicht ohne Not aufgeben sollten. Überdies erscheint diese Ostküste vor den Passatwinden geschützt, welche auf der südlichen Hemisphäre in nordwestlicher Richtung wehen.«

»So bauen wir uns ein Haus an den Ufern des Sees, Mr. Cyrus«, antwortete der Seemann. »Jetzt fehlen uns weder Mauersteine, noch Werkzeuge. Vorher Ziegelstreicher, Töpfer, Eisengießer und Schmiede, was, Teufel, werden wir nun für Maurer vorstellen!«

»Unzweifelhaft, wackerer Freund; doch bevor wir diesen Entschluß fassen, wollen wir erst nachsuchen. Eine Wohnung, deren Unkosten die Natur allein trägt, würde uns doch wohl viele Arbeit ersparen und eine gegen einen feindlichen Angriff von irgendwelcher Seite noch sicherere Zuflucht bieten.«

»Gewiß, Cyrus«, meinte Gedeon Spilett, doch haben wir schon den ganzen Granitstock der Küste untersucht, ohne eine Höhlung oder nur einen Spalt zu finden.«

»Wirklich, nicht einen!« fügte Pencroff hinzu. »Ja, hätten wir eine Wohnung in dieser Steinwand, in einer gewissen Höhe, um sie sturmfrei zu machen, aushöhlen können, das wäre prächtig gewesen. Sie steht mir ganz lebendig vor Augen, so fünf bis sechs Zimmer in der Front nach dem Meere . . .«

»Mit Fenstern, um sie zu erhellen!« sagte Harbert lachend.

»Und einer Treppe, um hinaufzusteigen!« fügte Nab hinzu.

»Ja, da lacht ihr«, sagte der Seemann, »aber weshalb denn? Erscheint denn mein Vorschlag so ganz unausführbar? Haben wir denn nicht Äxte und Hacken bei der Hand? Sollte Mr. Cyrus nicht das nötige Pulver zum Sprengen herzustellen wissen? Nicht wahr, Mr. Cyrus, sobald wir Pulver brauchen, werden Sie uns damit versorgen?«

Cyrus Smith hatte dem Schwärmer Pencroff zugehört, als dieser seine etwas phantastischen Projekte entwickelte. Diesen Granitfelsen zu bearbeiten, wäre selbst unter Mithilfe der Pulversprengungen eine herkulische Arbeit gewesen, und es blieb gewiß bedauerlich, daß die Natur auch nicht den gröbsten Teil der Arbeit besorgt hatte. Dem Seemann riet der Ingenieur indes als Antwort nur, die Felsenmauer von der Flußmündung bis zu ihrem Ende im Norden genau zu untersuchen.

Auf einer Strecke von mindestens zwei Meilen wurde dem sofort mit peinlichster Sorgfalt entsprochen, doch nirgends zeigte die glatte, steile Wand irgendwelche Aushöhlung. Selbst die Nester der Felsentauben, welche diese umflatterten, bestanden nur aus kleinen, auf dem Kamme und dem zerrissenen Rande des Gesteins eingebohrten Löchern.

Diese Felsmasse also mit der Hacke oder selbst dem Pulver bis zu einer genügenden Höhle auszuarbeiten, mußte bei diesen ungünstigen Verhältnissen vollkommen aufgegeben werden. Der Zufall hatte es gewollt, daß Pencroff früher die einzige notdürftig bewohnbare Zufluchtsstätte auffand, eben jene Kamine, welche jetzt wieder verlassen werden sollten.

Nach genauester Durchsuchung der ganzen Strecke befanden sich die Kolonisten an jenem nördlichen Winkel der Wand, von welchem aus diese mit flacher werdenden Ausläufern in dem sandigen Ufer unterging. Von eben dieser Stelle bildete sie bis zu ihrer äußersten Grenze im Westen nur eine Art Böschung, eine Anhäufung von Steinen, Sand und Erde, welche durch Gräser und Gesträuche zusammengehalten, in einem Winkel von fünfundvierzig Graden abfiel, während da und dort der Granit noch in spitzen Säulen zu Tage trat. Wohl schmückten auch einzelne Bäume diesen Abhang, und stellenweise deckte ihn ein frischer Rasen. Weiterhin aber hörte die Vegetation auf, und dehnte sich eine lange, sandige Ebene vom Fuße der Böschung bis zum Ufer aus.

Nicht ohne Grund glaubte Cyrus Smith, daß das Überfallwasser des Sees auf dieser Seite herunterfließen werde. Notwendigerweise mußte doch der von dem Roten Flusse gelieferte Wasserüberschuß irgendwo einen Ausweg haben. Noch hatte der Ingenieur diesen nirgends an den schon besuchten Ufern, d. h. von der Mündung des Creeks im Westen bis zum Plateau der Freien Umschau hin, aufgefunden.

Der Ingenieur schlug also seinen Begleitern vor, den Abhang zu ersteigen und nach Untersuchung des nördlichen und östlichen Ufers des Sees über die Hochebene hin nach den Kaminen zurückzukehren.

Der Vorschlag wurde angenommen, und schon nach wenigen Minuten hatten Nab und Harbert das Oberland erklettert, während Cyrus Smith, Gedeon Spilett und Pencroff in gemäßigterem Schritte nachfolgten.

Nach Zurücklegung einer kurzen Strecke quer durch ein Gehölz erglänzte die schöne Wasserfläche funkelnd in der Sonne. Die Landschaft bot hier einen prächtigen Anblick. Die Bäume mit ihrem gelblichen Farbentone ergötzten das Auge. Einige gewaltige Stämme, die vor Alter gestürzt waren, stachen durch ihre schwärzlichere Rinde auffallend von dem Grün, das den Boden bedeckte, ab. Da schwatzte eine ganze Welt lärmender Kakadus, wahrhaft bewegliche Prismen, die von einem Zweige zum anderen flatterten. Es schien, als ob das Licht nur in seine Einzelfarben zerlegt hier das Gezweig durchdringe.

Statt sich sofort nach dem nördlichen Ufer des Sees zu wenden, umkreisten die Kolonisten den Rand des Plateaus, um an der linken Seite der Mündung des Creeks anzukommen, wodurch allerdings ein Umweg von anderthalb Meilen entstand. Doch war der Weg bequem, da die nicht so dicht stehenden Bäume einen freien Durchgang gestatteten. Man bemerkte recht deutlich, daß die fruchtbare Zone an dieser Grenze aufhörte und die Vegetation minder üppig erschien, als in dem Teile zwischen dem Laufe des Creeks und der Mercy.

Nicht ohne Beachtung einer gewissen Vorsicht betraten Cyrus Smith und seine Genossen diesen für sie neuen Boden. Bogen und Pfeile und einige mit eisernen Spitzen versehene Stöcke bildeten ja ihre ganze Bewaffnung; doch zeigte sich kein wildes Tier und schienen diese mehr die dichten Wälder im Süden zu bewohnen. Dafür sollten sie jedoch unangenehm überrascht werden, als Top plötzlich vor einer großen, wohl vierzehn bis fünfzehn Fuß messenden Schlange zurückprallte. Nab tötete sie durch einen geschickten Hieb mit dem Stocke. Cyrus Smith untersuchte dieselbe näher und erkärte, daß sie nicht giftig sei, sondern zu der Art der Brillant-Schlangen gehöre, welche die Eingeborenen von Neu-Süd-Wales sogar als Nahrungsmittel betrachten. Damit aber war noch nicht bewiesen, daß sich nicht andere, giftige Arten in der Nähe aufhielten. Nachdem sich Top von dem ersten Schrecken erholt, jagte er die Reptilien mit einer solchen Erbitterung, daß man für ihn fürchten und sein Herr denselben immer wieder zurückrufen mußte.

Bald erreichte man den Roten Fluß an der Stelle, wo dieser in den See mündete. Am gegenüberliegenden Ufer erkannten die Wanderer auch die Stelle wieder, die sie bei ihrem Rückwege vom Franklin-Berge besucht hatten. Cyrus Smith überzeugte sich nochmals, daß die Wasserzufuhr durch den Creek gar nicht so unbeträchtlich war und daß an irgendeiner Stelle notwendigerweise eine Abflußöffnung für den Wasserüberschuß vorhanden sein müsse. Diesen Abfluß, welcher voraussichtlich in Form von Wasserfällen statthaben würde, galt es aufzufinden, um bei gegebener Gelegenheit aus der Wasserkraft desselben Nutzen zu ziehen.

Die Kolonisten verfolgten jeder nach eigenem Belieben, doch ohne sich weit voneinander zu entfernen, das Ufer des Sees, welches im allgemeinen sehr steil erschien. Das Gewässer selbst hatte offenbar Überfluß an Fischen, und Pencroff nahm sich vor, baldmöglichst Angelgerätschaften zur Ausbeutung desselben zurechtzumachen.

Das spitze Ende des Sees im Nordosten mußte umgangen werden. An dieser Stelle durfte man wohl den gesuchten Ausfluß vermuten, denn hier berührte das Wasser des Sees fast die Grenze des Plateaus. Nichts fand sich aber, und weiter setzten die Kolonisten die Erforschung des Ufers fort, das jetzt der Küste parallel dahinlief.

An dieser Seite zeigte sich dasselbe minder bewaldet, doch erhöhten einige da und dort verstreute Baumgruppen den Reiz der Landschaft. Der Grants-See zeigte sich hier in seiner ganzen Ausdehnung, und kein Lüftchen kräuselte jetzt seinen Wasserspiegel. Top, der durch die Gebüsche schlüpfte, trieb ganze Schwärme verschiedener Vögel auf, welche Gedeon Spilett und Harbert mit ihren Pfeilen begrüßten. Einer dieser Vögel wurde von dem jungen Manne tödlich getroffen und fiel mitten in eine Partie Sumpfpflanzen nieder. Top stürzte ihm nach und apportierte einen schönen Schwimmvogel von Schieferfarbe mit kurzem Schnabel, sehr entwickelter Stirnplatte und mit weißem Rande verzierten Flügeln. Es war ein Wasserhuhn, von der Größe unserer Rebhühner und zu jener Gruppe von Makrodaktylen gehörig, welche den Übergang zwischen den Strandläufern und den Plattfüßlern bildet. Alles in allem erkannte man es als ein dürftiges Stück Wild, dessen Geschmack sehr viel zu wünschen übrig läßt. Top schien nicht so wählerisch wie seine Herren, und so bewahrte man den Vogel diesem für den Abend auf.

Die Kolonisten wanderten jetzt längs des östlichen Seeufers und mußten den ihnen schon bekannten Teil desselben binnen kurzem erreichen. Der Ingenieur erstaunte nicht wenig, nirgends einen Wasserabfluß zu finden. Der Reporter und der Seemann sprachen mit ihm und verhehlte er ihnen seine Verwunderung über jene Eigentümlichkeit nicht.

In diesem Augenblicke ließ Top, der jetzt so ziemlich ruhig gewesen war, offenbare Zeichen von Unruhe bemerken. Das kluge Tier lief am Ufer hin und her, blieb plötzlich mit erhobener Pfote stehen, so als ob er irgendeinc unsichtbare Beute wittere. Dann bellte er wütend, gleich als riefe er zum Kampfe auf, und schwieg ebenso plötzlich wieder.

Weder Cyrus Smith noch seine Genossen hatten bis dahin das Gebahren des Hundes beachtet, das Bellen desselben wiederholte sich aber so häufig, daß es dem Ingenieur auffiel.

»Was mag nur Top haben?« fragte er.

Der Hund kam mehrmals auf seinen Herrn zugesprungen und lief mit den deutlichsten Zeichen der Unruhe wieder nach dem steilen Ufer. Plötzlich sprang er in den See.

»Hier, Top!« rief Cyrus Smith, der seinen Hund in dem verdächtigen Wasser keiner Gefahr aussetzen wollte.

»Was geht denn da unten vor?« fragte Pencroff und faßte die Wasserfläche schärfer ins Auge.

»Top wird irgendeine Amphibie gewittert haben«, meinte Harbert.

»Gewiß einen Alligator?« bemerkte der Reporter.

»Das denke ich nicht«, entgegnete Cyrus Smith. »Die Alligatoren trifft man nur in minder hohen Breiten.«

Inzwischen war Top auf den Zuruf seines Herrn zwar auf das Ufer zurückgekommen, konnte sich aber nicht wieder beruhigen; er sprang mitten durch das hohe Gras, und von seinem Instinkt geführt schien er irgendeinem nicht sichtbaren Wesen zu folgen, das vielleicht unter dem Wasser, dicht am Rande hinglitt. Doch blieb die Wasserfläche vollkommen ruhig. Wiederholt hielten die Kolonisten lauschend und forschend inne, ohne irgend etwas gewahr zu werden. Die Sache wurde nach und nach geheimnisvoll.

Auch der Ingenieur hatte keine Erklärung dafür.

»Setzen wir unsere Untersuchung weiter fort«, sagte er.

Nach einer halben Stunde befanden sich alle an der südöstlichen Ecke des Sees. Die Untersuchung seiner Ufer durfte hier als beendigt betrachtet werden, und doch blieb es dem Ingenieur noch immer ein Rätsel, wo und wie der Wasserabfluß stattfinde.

»Doch ist ein Abfluß vorhanden«, wiederholte er, »und wenn er nicht an der Oberfläche liegt, so befindet sich eine Öffnung in der Granitmasse!«

»Warum legen Sie dem allen aber eine solche Wichtigkeit bei, lieber Cyrus?« fragte Gedeon Spilett.

»Die Sache verdient sie«, erwiderte der Ingenieur; denn wenn der Abfluß durch den Gebirgsstock stattfindet, so wird es wahrscheinlich, daß letzterer eine Aushöhlung enthält, die nach Ableitung des Wassers leicht wohnbar gemacht werden könnte.«

»Ist es aber nicht ebenso möglich, Mr. Cyrus«, bemerkte Harbert, »daß das Wasser vom Grunde des Sees aus abfließt und unterirdisch ins Meer verläuft?«

»Gewiß«, antwortete der Ingenieur, »und wenn dem so wäre, müßten wir unser Haus uns freilich selbst erbauen, da uns die Natur dazu gar keine Hilfe leistet.«

Die Kolonisten beschlossen – es war schon um fünf Uhr nachmittags –, quer über das Plateau nach den Kaminen zurückzukehren, als Top wiederholte Zeichen von Unruhe bemerken ließ. Er bellte ganz wütend, und noch bevor sein Herr ihn zurückzuhalten vermochte, sprang er zum zweiten Male in den See.

Alle liefen nach dem steilen Gestade. Schon schwamm der Hund in einer Entfernung von gegen zwanzig Fuß; Cyrus Smith rief ihn dringend zurück, da tauchte ein gewaltiger Kopf aus dem hier offenbar nicht sehr tiefen Wasser empor.

Harbert vermeinte die Art dieser Amphibie, der jener konische Kopf mit großen Augen angehörte, sogleich zu erkennen.

»Eine Seekuh!« rief er.

Es war jedoch keine Seekuh, sondern ein Exemplar aus einer Unterart der Cetaceen, welche man »Dugongs« (indianische Walrosse) nennt, und erkennbar an den oberhalb der Schnauze weit offen stehenden Nasenlöchern.

Das gewaltige Tier stürzte sich wütend auf den Hund los, der erschreckt das Ufer wieder zu erreichen suchte. Sein Herr vermochte ihm nicht zu helfen, und noch bevor Gedeon Spilett und Harbert daran dachten, ihre Bögen zu ergreifen, verschwand Top, von dem Dugong erfaßt, unter dem Wasser.

Nab wollte, seinen Spieß in der Hand, dem Hunde zu Hilfe eilen, entschlossen, das furchtbare Tier in seinem eigenen Elemente anzugreifen.

»Nicht doch, Nab«, sagte der Ingenieur und hielt seinen mutigen Diener von dem tollkühnen Unternehmen ab.

Inzwischen wütete unter dem Wasser ein ganz unerklärlicher Kampf, weil Top unter diesen Verhältnissen offenbar keinen Widerstand zu leisten vermochte, ein Kampf, welcher doch nach dem Wallen an der Oberfläche ein sehr heftiger sein und mit dem Tode des Hundes endigen mußte. Plötzlich erschien aber Top wieder mitten in einem Kreise von Schaum. Durch irgendwelche unbekannte Kraft ward er wohl zehn Fuß über die Wasserfläche geschleudert, fiel zwar mitten in das aufgewühlte Wasser nieder, erreichte aber doch, ohne ernsthafte Verletzungen zu zeigen, das Ufer wieder und war wie durch ein Wunder gerettet.

Cyrus Smith und seine Begleiter beobachteten den Vorgang mit sprachlosem Erstaunen. Ganz unerklärbar däuchte es ihnen aber, daß der unterseeische Kampf noch fortzudauern schien. Unzweifelhaft hatte den Dugong ein noch mächtigeres Tier angegriffen, und jener den Hund losgelassen, um sich der eigenen Haut zu wehren.

Dieses Nachspiel währte indes nur kurze Zeit. Bald färbte sich das Wasser blutig und strandete der Körper des Dugongs, der aus einer sich weithin ausbreitenden roten Lache emportauchte, auf einer kleinen Sandbank am Südende des Sees.

Die Kolonisten eilten nach jener Stelle. Der Dugong war tot. Man schätzte die Länge des ungeheuren Tieres auf fünfzehn bis sechszehn Fuß, sein Gewicht auf drei- bis viertausend Pfund. An seinem Halse klaffte eine Wunde, die von einem schneidenden Instrumente herzurühren schien.

Welches Tier konnte es aber gewesen sein, das den gewaltigen Dugong so entsetzlich verwundet und getötet hatte? Niemand wußte es, und sehr befangen über den ganzen Vorfall kehrten die Wanderer nach ihren Kaminen zurück.

Siebzehntes Kapitel

Besuch des Sees. – Der Wegweiser. – Cyrus Smiths Projekte. – Das Dugongfett. – Verwandlung des Toneisensteins. – Das schwefelsaure Eisen. – Wie Glyzerin erzeugt wird. – Die Seife. – Salpeter. – Salpetersäure. – Der neue Wasserfall.

Am darauffolgenden Tage, am 7. Mai, ließen Cyrus Smith und Gedeon Spilett das Frühstück von Nab zurichten und begaben sich nach dem Plateau der Freien Umschau, während Pencroff und Harbert längs des Flußufers in den Wald zogen, um neue Holzvorräte herbeizuschaffen.

Bald gelangten der Ingenieur und der Reporter nach jener kleinen, an der Südspitze des Sees belegenen Untiefe, auf welcher die Amphibie noch lag. Schon stritten sich ganze Schwärme Vögel um die enorme Fleischmasse, so daß sie mit Steinwürfen vertrieben werden mußten, da Cyrus Smith das Fett des Dugongs für verschiedene Zwecke der Kolonie zu verwenden beabsichtigte. Auch das Fleisch dieser Walroßart hat einen weit höheren Nahrungswert, als das gewöhnliche, und erscheint regelmäßig auf den Tafeln der eingeborenen Fürsten in den Malaienstaaten.

Jetzt beschäftigten Cyrus Smith aber ganz andere Gedanken. Der Vorfall des vergangenen Tages kam ihm nicht aus dem Sinn. Er hätte den Schleier jenes unterseeischen Kampfes gar zu gern gelüftet und gewußt, welcher Verwandte der Mastodons oder anderer Seeungeheuer dem Dugong eine so auffällige Wunde beigebracht hatte.

An dem Ufer des Sees angelangt, forschte er mit größter Aufmerksamkeit umher, sah aber nichts außer dem stillen Gewässer, das in den ersten Sonnenstrahlen blitzte. An der Stelle, wo der tote Körper lag, war das Wasser offenbar flach; von ihr aus aber senkte sich der Grund allmählich nach der Mitte zu und ließ vermuten, daß der See von ganz beträchtlicher Tiefe sei; er stellte eben ein Becken dar, das der Rote Fluß nach und nach angefüllt hatte.

»Nun, Cyrus«, begann der Reporter, »das Wasser hier scheint mir nichts Verdächtiges zu verraten.«

»Nein, lieber Spilett, und ich weiß den Zufall von gestern wirklich auf keine Weise zu erklären.«

»Ich muß gestehen«, fuhr Gedeon Spilett fort, »daß die Verwundung der Amphibie mindestens sehr sonderbar aussieht, und ebensowenig verstehe ich, wie Top mit solcher Gewalt hoch über das Wasser emporgeschleudert werden konnte. Man möchte glauben, daß ihn ein mächtiger Arm gepackt und derselbe Arm mittels eines Dolches den Dugong tödlich getroffen haben müsse.«

»Jawohl«, antwortete der Ingenieur, der nachdenklicher geworden war. »Hier steckt etwas, das ich nicht zu begreifen vermag. Begreifen Sie aber, lieber Spilett, etwa besser, wie ich gerettet worden bin, auf welche Weise ich den Fluten entrissen und nach den Dünen geführt wurde? Nein, gewiß ebensowenig. Mir scheint hier unzweifelhaft ein Geheimnis vorzuliegen, welches wir eines Tages schon noch ergründen werden. Wir wollen also acht haben, unseren Gefährten gegenüber aber nicht zuviel davon merken lassen. Behalten wir etwaige Andeutungen für uns und bleiben im Übrigen ruhig bei der Arbeit.«

Bekanntlich hatte der Ingenieur die Stelle, an welcher das Wasser des Sees abfloß, noch immer nicht auffinden können, obwohl bei dem Zuflusse aus dem Creek an dem Vorhandensein einer solchen gar nicht gezweifelt werden konnte. Da gewahrte Cyrus Smith zu seinem Erstaunen eine auffallende Strömung, welche nahe der Stelle, an der sie sich befanden, bemerkbar war. Beim Hineinwerfen kleiner Holzstückchen sah er, daß diese nach Süden hin fortgezogen wurden. Er verfolgte die Strömung längs des steilen Ufers und kam so nach der Südspitze des Grants-Sees.

Dort zeigte sich eine unverkennbare Depression des Wassers, so als wenn es mit Gewalt durch einen Spalt am Boden gerissen würde.

Cyrus Smith drückte das Ohr in möglichster Nähe an die Erde und bemerkte ganz deutlich das Geräusch eines unterirdischen Wasserfalls.

»Hier ist es«, sagte er sich erhebend, »hier strömen die Gewässer durch eine Höhlung des Granits nach dem Meere ab, eine Höhlung, welche für uns vielleicht von großem Nutzen sein könnte. Doch, das Weitere wollen wir bald genug erfahren!«

Der Ingenieur schnitt einen langen Zweig ab, befreite ihn von den Blättern und tauchte denselben an dem von beiden Ufern gebildeten Winkel unter. Da fand er denn, kaum einen Fuß unter der Wasserfläche, ein geräumiges Loch. Eben dieses stellte die Mündung des so lange vergeblich gesuchten Abflusses vor und erwies sich die Kraft der Strömung so stark, daß der Zweig dem Ingenieur aus den Händen gerissen und mit hineingezogen wurde.

»Nun ist jeder Zweifel gehoben«, wiederholte Cyrus Smith, »hier unten befindet sich der Abfluß, und den will ich offenlegen.«

»Auf welche Weise?« fragte Gedeon Spilett.

»Durch Erniedrigung des Seeniveaus um etwa drei Fuß.«

»Und wie wollen Sie das bewerkstelligen?«

»Dadurch, daß ich ihm einen geräumigeren und niedrigeren Ausweg verschaffe, als diesen hier.«

»An welcher Stelle, Cyrus?«

»Da, wo das Seeufer der Küste am nächsten liegt.«

»Das Ufer besteht indessen aus Granit!« bemerkte der Reporter.

»Jawohl«, entgegnete Cyrus Smith, »das werden wir sprengen, dann wird der Wasserstand allein sinken . . .«

»Und es wird ein auf den Strand herabstürzender Wasserfall entstehen?«

»Ein Wasserfall, den wir bestens ausnützen werden!« bestätigte Cyrus. »Kommen Sie, kommen Sie!«

Cyrus Smith zog seinen Begleiter mit sich fort, dessen Vertrauen zu dem Ingenieur so groß war, daß er an dem Erfolg des Unternehmens gar nicht zweifelte. Und doch, wie sollte diese Granitwand, ohne Hilfe des Pulvers, oder auch nur geeigneter Werkzeuge, um das feste Gestein kräftig anzugreifen, geöffnet werden können? Ging die Arbeit, welche der Ingenieur vorhatte, doch nicht etwa über seine Kräfte?

Als Cyrus Smith und der Reporter nach den Kaminen zurückkehrten, fanden sie Harbert und Pencroff mit der Entladung ihrer Holzflöße beschäftigt.

»Die Holzfäller sind fertig, Mr. Cyrus«, meldete sich lächelnd der Seemann, »wenn Sie etwa Maurer brauchen . . .«

»Maurer nicht«, entgegnete der Ingenieur, »aber Chemiker.«

»Jawohl«, fügte der Reporter hinzu, »wir wollen die Insel in die Luft sprengen.«

»Die Insel sprengen!« rief Pencroff.

»Wenigstens zum Teil«, verbesserte Gedeon Spilett.

»Hört mich an, meine Freunde«, sagte der Ingenieur.

Er teilte nun allen das Resultat seiner Beobachtungen mit. Seiner Ansicht nach mußte in der Granitmasse unter dem Plateau der Freien Umschau eine mehr oder weniger beträchtliche Aushöhlung vorhanden sein, bis zu welcher er durchzudringen wünschte. Hierzu erschien es zunächst notwendig, die Öffnung, durch welche jetzt das Wasser stürzte, freizulegen und das Niveau des Sees entsprechend zu erniedrigen. Es bedurfte demnach der Herstellung einer explosiven Substanz, durch welche an einer anderen Stelle des Ufers ein Durchlaß geschaffen werden konnte. Diese Aufgabe wollte Cyrus Smith mit Hilfe der verschiedenen Mineralien lösen, welche ihm die freigebige Natur zur Verfügung stellte.

Den Enthusiasmus, mit welchem diese Mitteilung vorzüglich von Pencroff aufgenommen wurde, brauchen wir hier wohl nicht zu beschreiben. Solche heroischen Mittel anzuwenden, den Granit zerreißen, einen Wasserfall herstellen, das war dem Seemanne Wasser auf seine Mühle. Er erbot sich, ebenso gern Chemiker zu werden, als Maurer oder Schumacher, da der Ingenieur jetzt Chemiker brauchte. Er wollte alles werden, was jener wünschte, nötigenfalls »Professor für Tanz- und Anstandsunterricht«, versicherte er Nab, wenn das jemals nötig sein sollte.

Nab und Pencroff erhielten nun vor allem den Auftrag, das Dugongfett zu sammeln und das Fleisch, welches gegessen werden sollte, aufzubewahren. Sie machten sich sogleich, ohne eine weitere Erklärung zu verlangen, auf den Weg. Ihr Vertrauen zu dem Ingenieur hatte eben keine Grenzen.

Bald nachher zogen Cyrus Smith, Harbert und der Reporter die Schleife am Flußufer hinauf und wendeten sich nach dem Kohlenlager, wo sich der Toneisenstein fand, der in den jüngeren Übergangsformationen nicht selten vorkommt und von dem Cyrus Smith schon früher eine Probe mitgenommen hatte.

Man verwendete den ganzen Tag darauf, eine große Menge desselben nach den Kaminen zu schaffen. Am Abend belief sich der Vorrat auf mehrere Tonnen.

Am folgenden Tage, den 8. Mai, begann der Ingenieur seine Manipulationen. Der erwähnte Toneisenstein besteht in der Hauptsache aus Kohle, Kieselerde, Tonerde und Schwefeleisen, letzteres in größter Menge. Dieses Schwefeleisen sollte isoliert und baldmöglichst in schwefelsaures Eisen übergeführt werden. Aus diesem Salze wollte man dann die Schwefelsäure gewinnen.

In der Tat war dieses der nächste Zweck. Die Schwefelsäure ist eines der am meisten verwendeten Agentien, und fast kann man die Industrie einer Nation nach ihrem Verbrauch derselben messen. Die Säure sollte später für die Kolonisten von größtem Nutzen sein, z. B. bei der Fabrikation von Lichtern, zum Gerben der Häute usw.; für jetzt behielt sich der Ingenieur jedoch eine ganz besondere Verwendung derselben vor.

Dicht hinter den Kaminen erwählte Cyrus Smith einen ebenen, sorgfältig gereinigten Platz. Auf demselben schichtete er aus Zweigen und gespaltetem Holze einen Haufen auf und bedeckte ihn lose mit großen Stücken von Toneisenstein; das Ganze erhielt noch eine Decke von etwa nußgroß zerschlagenen Stückchen desselben Minerals.

Nachher setzte man den Haufen in Brand; die Hitze teilte sich dem Toneisenstein mit, welcher sich wegen seines Gehalts an Kohle und Schwefel selbst entzündete. Nun wurden immer neue Schichten des letzteren aufgelegt, woraus eine große Halde entstand, welche äußerlich nach Aussparung einiger Zuglöcher mit Erde und Gesträuch verschlossen wurde, wie es bei den Meilern geschieht, wenn man Holzkohle erzeugen will.

Hierauf ließ man die Umwandlung ungestört vor sich gehen, und nach zehn bis zwölf Tagen waren aus dem Schwefeleisen und der Tonerde schwefelsaures Eisen und schwefelsaure Tonerde, d. h. zwei lösliche Substanzen, entstanden, gegenüber den unlöslichen Bestandteilen des Haufens, nämlich der Kieselerde, der halbverbrannten Kohle und der Asche.

Während dieses chemischen Prozesses schritt Cyrus Smith schon zu einigen anderen notwendigen Operationen, welche man nicht mit Eifer, nein, mit einer wahren Wut betrieb.

In großen, irdenen Krügen hatten Nab und Pencroff das Dugongfett herbeigebracht. Aus diesem Fett sollte durch Abscheidung eines seiner Elemente, d. h. durch Verseifung, ein Bestandteil, das Glyzerin, gewonnen werden. Hierzu genügte die Behandlung desselben mit Soda oder Kalk. Jede dieser Substanzen mußte ja das Fett zersetzen, durch Isolierung des Glyzerins Seife bilden, und jenes Glyzerin war es, welches der Ingenieur vor allem zu erhalten wünschte. An Kalk fehlte es ihm ja bekanntlich nicht; bei Anwendung dieses Zersetzungsmittels aber würde er nun eine unlösliche Kalkseife erhalten haben, während die Behandlung mit Soda eine lösliche Seife, welche für häusliche Reinigungszwecke vorteilhaft zu verwenden wäre, liefern mußte. Zuerst handelte es sich also darum, Soda herbeizuschaffen. War das schwierig? Gewiß nicht. Der an Meerpflanzen überreiche Strand bot ja von den Seegrasarten eine große Menge, zu welchen der Varec und die sogenannte See-Eiche gehören. Von diesen Gewächsen sammelte man demnach einen tüchtigen Vorrat ein, ließ sie trocknen und verbrannte sie endlich unter freiem Himmel. Das Feuer wurde einige Tage lang unterhalten, so daß die Hitze bis zu dem Grade stieg, bei welchem die Rückstände schmolzen, so daß man eine zusammenhängende, grauweiße Masse erhielt, welche unter dem Namen der »natürlichen Soda« schon längst bekannt ist.

Mit dieser Soda behandelte nun der Ingenieur das Dugongfett, wodurch er eines Teils eine lösliche Seife, und anderen Teils jene neutrale Substanz, das Glyzerin, erhielt.

Das war aber noch nicht alles. Cyrus Smith bedurfte zur Ausführung seines Vorhabens noch einer anderen Droge, des salpetersauren Kalis, das man im gewöhnlichen Leben unter dem Namen Salpeter kennt.

Cyrus Smith hätte sich dieselbe dadurch beschaffen können, daß er kohlensaures Kali, welches aus vielen Pflanzenaschen leicht zu erhalten ist, durch Salpetersäure zersetzte. Aber diese Säure fehlte ihm, und doch brauchte er sie gerade zu seinem letzten Zwecke. Aus dieser Verlegenheit war freilich schwer herauszukommen. Zum Glück trat nun die Natur hilfreich in diese Lücke ein und lieferte ihm den Salpeter fix und fertig, so daß er nur einzusammeln war. Harbert entdeckte nämlich im Norden der Insel, am Fuße des Franklin-Berges, ein Lager dieses Salzes.

Die verschiedenen Vorbereitungsarbeiten währten gegen acht Tage, kamen aber zu derselben Zeit zu Ende, als die Umsetzung des Schwefeleisens in schwefelsaures Eisenoxyd vollendet war. Inzwischen gingen die Kolonisten daran, sich aus plastischem Tone feuerbeständige Gefäße herzustellen und aus Mauersteinen einen Ofen von besonderer Konstruktion zu erbauen, der zur Destillation des zu gewinnenden Eisensalzes dienen sollte. Am 18. Mai war alles vollendet. Gedeon Spilett, Harbert, Nab und Pencroff wurden unter Leitung des Ingenieurs zu den geschicktesten Arbeitern der Welt. Bekanntlich ist ja die Not überall die beste Lehrmeisterin.

Als nun der Toneisensteinhaufen durch das Feuer vollkommen umgewandelt war, wurde sein Inhalt, aus schwefelsaurem Eisenoxyd, schwefelsaurer Tonerde, Kieselerde und Resten von Kohlen und Aschen bestehend, in ein großes Bassin mit Wasser geschüttet. Dieses Gemisch rührte man kräftig um, ließ es sich dann setzen und erhielt zuletzt eine klare Flüssigkeit, welche das Eisen und die Tonerde in Lösung hielt, während die anderen unlöslichen Mineralien sich zu Boden geschlagen hatten. Als die Lösung dann teilweise verdampft wurde, schossen zuerst die Eisenkristalle an; in der Mutterlauge dagegen blieb die schwefelsaure Tonerde zurück und wurde mit jener als nutzlos weggeworfen.

Cyrus Smith hatte nun eine genügende Menge Eisensalz, sogenanntes Eisenvitriol, zur Verfügung, aus dem die Schwefelsäure gezogen werden sollte.

Gewöhnlich erfordert die Darstellung dieser Säure eine sehr kostspielige Einrichtung. Man braucht dazu große Räume, ganz eigene Geräte, Apparate von Platin, Bleikammern, welche die Säure nicht angreift usw. Das alles fehlte Cyrus Smith. Dafür war ihm bekannt, daß man in Deutschland Schwefelsäure auch durch weit einfachere Mittel gewinnt, eine Säure, welche noch den Vorteil hat, konzentrierter zu sein, und unter dem Namen »Nordhäuser Schwefelsäure« oder »Vitriolöl« im Handel ist.

Der hierbei nötige Prozeß beschränkt sich auf eine einzige Operation. Die Kristalle von schwefelsaurem Eisen müssen in geschlossenen Gefäßen erhitzt werden, wobei die rauchende Schwefelsäure überdestilliert, die man durch Abkühlung der Dämpfe gewinnt.

Hierzu sollten eben die feuerbeständigen Gefäße angewendet werden. Alles gelang nach Wunsch, und am 20. Mai, zwölf Tage nach Beginn dieser Arbeiten, besaß der Ingenieur jene Chemikalien, welche noch zu vielerlei Zwecken dienen sollten.

Welches war aber ihre nächste Bestimmung? Mit ihrer Hilfe sollte die nötige Salpetersäure erzeugt werden, was keine Schwierigkeit bot, da der Salpeter, von jener Säure zersetzt, seine eigene leicht abgibt.

Wozu sollte jedoch die Salpetersäure am letzten Ende dienen? Darüber hatte der Ingenieur sich seinen Gefährten gegenüber noch immer nicht ausgesprochen.

Dennoch rückte das endliche Ziel näher und sollte eine letzte Operation die Substanz liefern, welche soviel Vorarbeiten nötig gemacht hatte.

Die Salpetersäure wurde nämlich mit dem durch Verdampfung etwas konzentrierten Glyzerin in Verbindung gebracht, und so erhielt der Ingenieur, selbst ohne Anwendung einer Kältemischung, mehrere Liter einer gelblichen, öligen Flüssigkeit.

Die letztere Arbeit hatte Cyrus Smith fern von den Kaminen

und allein vorgenommen, weil eine Explosion bei ihr leicht vorkommen kann, und als er eine Kleinigkeit jener Flüssigkeit seinen Gefährten zeigte, sagte er einfach:

»Hier ist Nitro-Glyzerin!«

Es war in der Tat jenes fürchterliche Sprengmittel, das wohl die zehnfache Kraft des Pulvers besitzt und schon so viel Unglücksfälle veranlaßte. Seitdem man indessen Mittel gefunden hat, dasselbe in Dynamit umzuwandeln, d. h. es mit einer festen, aber porösen Substanz, wie Ton oder Zucker, zu vermischen, läßt sich die gefährliche Flüssigkeit auch mit mehr Sicherheit verwenden. Zur Zeit, als die Kolonisten aber auf der Insel Lincoln tätig waren, kannte man den Dynamit noch nicht.

»Und diese Flüssigkeit soll unsere Felsen sprengen?« fragte Pencroff mit etwas ungläubiger Miene.

»Jawohl, mein Freund«, antwortete der Ingenieur, »auch wird dieses Nitro-Glyzerin eine desto größere Wirkung haben, da der harte Granit ihm so beträchtlichen Widerstand entgegensetzt.«

»Wann werden wir das zu sehen bekommen, Mr. Cyrus?«

»Morgen, sobald wir ein Sprengloch gebohrt haben«, antwortete der Ingenieur.

Am anderen Tage, am 21. Mai, begaben sich alle nach einer Spitze, welche das östliche Ufer des Grants-Sees, nur etwa fünfhundert Schritte von der Küste, bildete. An dieser Stelle reichten die Felsen bis an das Wasser heran und bildeten gewissermaßen nur noch einen nicht allzu hohen Rahmen um dasselbe.

Offenbar mußte das Wasser, wenn diese Einfassung gesprengt wurde, über die geneigte Oberfläche des Plateaus hinweg, und von letzterer auf den Strand hinunterstürzen. Wenn sich dann das Niveau des Sees erniedrigte, wurde die Mündung des Abflusses freigelegt – was man ja zuletzt bezweckte.

Jene Felseneinrahmung galt es also zu durchbrechen. Unter Leitung des Ingenieurs bearbeitete Pencroff mit einer Spitzhaue geschickt den harten Felsen. Das herzustellende Loch nahm seinen Anfang dicht über dem Niveau des Sees und verlief schräg nach unten, möglichst tief unter jenes. Wenn diese

Sprengung gelang, mußte dem Wasser ein weiter Ausweg geschaffen werden und sein gewöhnlicher Stand hinreichend sinken.

Die Arbeit beanspruchte lange Zeit, denn der Ingenieur wollte, um eine ausgedehnte Wirkung zu erzielen, zwei Liter Nitro-Glyzerin verwenden. Pencroff mühte sich aber, dann und wann von Nab abgelöst, so wacker ab, daß die Mine nachmittags gegen vier Uhr fertig wurde.

Jetzt handelte es sich nun noch um die Entzündung der Explosions-Substanz. Gewöhnlich erreichte man diese durch Zündsätze, obwohl auch schon ein Schlag hinreicht, dieselbe herbeizuführen.

Die Herstellung eines Zündsatzes nun wäre dem Ingenieur wohl nicht allzu schwierig geworden. Eine Substanz, wie Schießbaumwolle, konnte er sich gewiß bereiten, welche durch eine Lunte in Brand gesetzt, die Explosion herbeigeführt hätte.

Cyrus Smith sah davon ab, da es ihm einfacher erschien, die Eigenschaft des Nitro-Glyzerins, durch einen Schlag zu explodieren, zu benutzen, und einen anderen Weg erst beim Mißlingen dieses Versuchs einzuschlagen.

Wirklich genügte ja das Niederfallen eines Hammers auf einige Tropfen Nitro-Glyzerin, die Explosion zu veranlassen. Wer sich aber dazu hergab, diesen Schlag zu führen, der mußte gleichzeitig der Explosion zum Opfer fallen. Cyrus Smith ergriff also den Ausweg, über der Mine ein mehrere Pfund schweres Eisenstück mittels Pflanzenfasern aufzuhängen. Ein anderer langer und geschwefelter Faden wurde in der Mitte des ersteren angeknüpft und lag einige Schritte weit von dem Bohrloche auf der Erde hin. Wurde diese zweite Lunte entzündet, so teilte sie nach einer gewissen Zeit das Feuer dem herabhängenden Faden aus Pflanzenfasern mit, welcher dadurch reißen und auf den Sprengstoff niederfallen mußte. Nun entfernte der Ingenieur seine Gefährten, füllte das Bohrloch bis zur Mündung mit Nitro-Glyzerin und verschüttete absichtlich einige Tropfen auf das umgebende Gestein unter dem Eisen.

Nachdem das geschehen, entzündete Cyrus Smith die geschwefelte Lunte und eilte mit seinen Genossen nach den Kaminen.

Die Lunte mußte voraussichtlich fünfundzwanzig Minuten lang brennen, und wirklich krachte nach dieser Zeit ein Donnerschlag, der jeder Beschreibung spottet. Die Insel erzitterte in ihren Grundfesten. Eine wahre Garbe von Steinen wurde in die Luft geschleudert, wie bei einem Vulkanausbruche. Die Lufterschütterung war eine so große, daß die Felsenstücke der Kamine fast ins Schwanken kamen. Die Kolonisten selbst wurden trotz der großen Entfernung, in der sie sich befanden, beinahe zu Boden geworfen.

Sofort eilten sie nach dem Plateau und zu jener Stelle, an der das Seeufer durch die Explosion weggesprengt sein mußte . . .

Ein dreifaches Hurra erschallte. Weithin war der Granitrahmen des Sees gebrochen, durch ihn wälzte sich, über das Plateau schäumend, ein reißender Fluß, der aus einer Höhe von dreihundert Fuß auf den Strand niederstürzte!

Achtzehntes Kapitel

Pencroff verlernt das Zweifeln. – Der frühere Abfluß des Sees. – Unter die Erde. – Der Weg durch den Granit. – Top ist verschwunden. – Die innere Haupthöhle. – Der Schacht. – Ein Geheimnis. – Mit der Hacke. – Die Rückkehr.

Cyrus Smiths Unternehmen war vollkommen geglückt; seiner Gewohnheit nach verhielt er sich aber, ohne seine Befriedigung besonders laut werden zu lassen, mit gekreuzten Armen und sicher auf ihr Ziel gerichteten Augen, völlig ruhig. Harbert zeigte sich ganz enthusiasmiert; Nab sprang vor Freude umher; Pencroff wiegte den Kopf auf den breiten Schultern und murmelte:

»Nun ja, unserm Ingenieur gelingt eben alles!«

Wirklich hatte das Nitro-Glyzerin eine furchtbare Gewalt geäußert. Der dem See eröffnete Abfluß erwies sich so ausgedehnt, daß durch denselben gewiß die dreifache Menge Wasser, gegenüber dem früheren, einen Ausgang fand. Es stand demnach zu erwarten, daß das Niveau des Sees sehr bald um mindestens zwei Fuß gesunken sein werde.

Die Kolonisten begaben sich nach den Kaminen zurück, um von dort Hacken, eisenbeschlagene Stangen, Stricke, Feuerstein, Stahl und Zunder zu holen; dann kehrten sie in Begleitung Tops auf das Plateau zurück.

Unterwegs konnte sich der Seemann nicht enthalten, mit dem Ingenieur folgendes Gespräch anzuknüpfen.

»Aber, Mr. Cyrus«, begann er, »mit der prächtigen Flüssigkeit, welche Sie bereitet haben, könnte man wohl auch die ganze Insel in die Luft sprengen!«

»Ohne Zweifel«, erwiderte Cyrus Smith, »diese Insel, die Kontinente, den ganzen Erdball – das hängt nur von der dabei verwendeten Menge des Sprengöls ab.«

»Könnten wir dieses Nitro-Glyzerin aber nicht auch zum Laden von Feuergewehren benutzen?« fragte der Seemann.

»Nein, Pencroff, dazu wäre die Substanz zu gefährlich. Dagegen könnten wir uns leicht Schießbaumwolle, ja sogar gewöhnliches Pulver herstellen, da wir Salpetersäure, Salpeter, Schwefel und Kohle besitzen; leider fehlen uns nur die Gewehre selbst.«

»Oh, Mr. Cyrus«, entgegnete der Seemann, »mit etwas gutem Willen . . .!«

Das Wort »unmöglich« hatte Pencroff aus dem Lexikon der Insel offenbar gestrichen.

Auf dem Plateau der Freien Umschau angekommen, wandten sich die Kolonisten sofort nach jener Spitze des Sees, bei der sich die alte Abflußöffnung, welche nun zu Tage liegen mußte, befand. Wenn dieser Abfluß gangbar und natürlich wasserfrei war, durfte man wohl hoffen, den Verlauf der Höhlung im Felseninnern unschwer verfolgen zu können.

Bald erreichten die Kolonisten das untere Ende des Sees, wo ihnen ein Blick die Gewißheit gab, daß der gewünschte Erfolg erzielt sei.

Wirklich zeigte sich in dem Granitufer des Felsens und jetzt über dem Nivau des Wassers die so lange gesuchte Öffnung. Auf einer schmalen, jetzt ebenfalls freiliegenden Steinkante war dieselbe trockenen Fußes zu erreichen. Sie maß fünfundzwanzig Fuß in der Breite, jedoch nur zwei Fuß in der Höhe, ähnelte ihrer Gestalt nach also einer Schleusenöffnung am Rande eines Trottoirs, wodurch es zunächst unmöglich wurde, ohne weiteres durch den Eingang einzudringen. Binnen einer Stunde hatten jedoch Nabs und Pencroffs Spitzhauen demselben die nötige Höhe gegeben.

Der Ingenieur trat also hinzu und fand den Grund im oberen Teile des Abflusses nur um dreißig bis fünfunddreißig Grad geneigt. Der Gang war demnach zu passieren, und für den Fall, daß er weiter im Innern nicht steiler abfiel, mußte es leicht sein, durch ihn bis zum Meeresniveau hinabzusteigen. Sollte sich indes, wie nicht unwahrscheinlich, innerhalb des Gebirgsstockes eine geräumige innere Höhle vorfinden, so hegte man auch die Hoffnung, sich diese nutzbar zu machen.

»Nun, Mr. Cyrus, was zögern wir noch?« fragte der Seemann, der ungeduldig in den engen Gang eindringen wollte. »Sie sehen, daß Top uns schon voran ist.«

»Schon gut«, antwortete der Ingenieur, »wir müssen da drinnen aber auch Beleuchtung haben. Nab, schneide uns einige harzige Zweige ab.«

Harbert und Nab liefen nach einer von Fichten und anderem Nadelholz bestandenen Stelle des Seeufers und brachten von dort bald eine Anzahl geeigneter Zweige, die zu Bündeln vereinigt wurden, um als Fackeln zu dienen. Nach Anzündung derselben stiegen die Kolonisten in den schmalen, dunklen Gang hinab, den früher das Überfallwasser erfüllt hatte.

Gegen Erwarten erweiterte sich der Gang, so daß die Bergbefahrer aufrecht gehen konnten. Die von dem seit undenklicher Zeit darüber hingleitenden Wasser glatt gewordenen Granitflächen waren noch so schlüpfrig, daß man sehr achtsam sein mußte, um nicht hinzufallen. Deshalb hatten sich die Kolonisten auch einer an den anderen mittels ihres Faserseils gebunden, wie es die Bergsteiger in den Alpen zu tun pflegen. Glücklicherweise bildeten wiederholte Absätze gewissermaßen Stufen und erleichterten dadurch das Herabsteigen. Da und dort am Gesteine noch hängende Tröpfchen blitzten beim Scheine der Fackeln, so daß man die Wände mit unzähligen Stalaktiten bedeckt zu sehen glaubte. Der Ingenieur prüfte den dunklen Granit genauer. Nirgends entdeckte er Gänge oder

Streifen anderen Gesteins. Die Masse erschien kompakt und von sehr feinem Korn. Dieser unterirdische Gang mochte also wohl gleichzeitig mit der Insel entstanden sein und war gewiß nicht erst von dem durchfließenden Wasser ausgewaschen worden. Pluto, nicht Neptun hatte diese Schlucht mit eigener Hand hergestellt, und noch bemerkte man an den Wänden die Spuren vulkanischer Tätigkeit, welche das Wasser nicht vollkommen wegzuspülen vermocht hatte.

Die Kolonisten stiegen nur sehr langsam weiter abwärts. Sie konnten sich einer gewissen Beklemmung nicht erwehren, als sie hier in die Tiefen des Gebirges eindrangen, die vor ihnen gewiß noch kein menschliches Wesen besuchte. Ohne ein Wort zu sprechen, hingen sie ihren Gedanken nach, welche ihnen die Befürchtung nahelegten, daß irgendein Achtfuß oder ein anderer gigantischer Cephalopode (d. i. Kopffüßler) die inneren mit dem Meere in Verbindung stehenden Höhlen bewohnen möchte. In Folge dessen tasteten sich alle mit größter Vorsicht weiter.

Übrigens lief Top der kleinen Gesellschaft immer voraus und konnte man von der Klugheit des Hundes erwarten, daß er im gegebenen Falle nicht unterlassen werde, Lärm zu schlagen.

Hundert Fuß tief war man nach mancherlei Windungen etwa hinabgelangt, als der vorausgehende Cyrus Smith stehenblieb, um seine Gefährten zu erwarten. Die Stelle, an der sich die Wanderer befanden, weitete sich zu einer mäßig großen Höhlung aus. Von der Wölbung derselben fielen noch Tropfen herab, die aber von einem Durchsickern des Wassers nicht herrührten. Sie stellten nur die letzten Spuren des Bergstromes dar, der so lange Zeit durch diese Höhle brauste, und enthielt auch die feuchte Luft keinerlei mephitische Ausdünstung.

»Nun, lieber Cyrus«, begann Gedeon Spilett, »hier hätten wir ja ein bis jetzt ganz unbekanntes, in der Tiefe verborgenes, aber dennoch ziemlich unbewohnbares Obdach.«

»Inwiefern unbewohnbar?« fragte der Seemann.

»Es ist zu klein und zu dunkel.«

»Können wir es nicht vergrößern, weiter aushöhlen, dem Lichte und der Luft Zutritt verschaffen?« warf Pencroff ein, der einmal an nichts mehr zweifelte.

»Für jetzt wollen wir unsere Untersuchung weiter fortsetzen«, entschied Cyrus Smith. »Vielleicht erspart uns tiefer unten die Natur eine solche Arbeit.«

»Noch sind wir nicht über ein Drittel der Tiefe hinunter«, bemerkte Harbert.

»Ein Drittel doch«, antwortete Cyrus, »denn wir befinden uns gewiß hundert Fuß unter der Mündung, und es wäre nicht unmöglich, daß hundert Fuß tiefer ...«

»Wo steckt nur Top?« unterbrach da Nab die Worte seines Herrn.

Man durchsuchte die Höhlung. Der Hund fand sich nicht.

»Er wird einfach weitergelaufen sein«, meinte Pencroff.

»So suchen wir ihn auf«, sagte Cyrus Smith.

Man stieg weiter hinab. Der Ingenieur beachtete aufmerksam die Windungen des Ganges, so daß er sich trotz vieler Umwege über dessen nach dem Meere zu verlaufende Hauptrichtung vollkommen im klaren blieb.

Wiederum waren die Kolonisten gegen fünfzig Fuß in senkrechtem Sinne hinabgekommen, als ihre Aufmerksamkeit von entferntem Geräusche aus der Tiefe gefesselt wurde. Lauschend hielten sie an. Die Töne, welche durch den Gang drangen, wie die Stimme durch ein Sprachrohr, erschienen deutlich hörbar.

»Das ist Tops Gebell!« rief Harbert.

»Ja«, bestätigte Pencroff, »und unser wackerer Hund bellt sogar ganz wütend.«

»Wir haben ja unsere Stöcke mit Eisenspitzen«, sagte Cyrus Smith; »also vorsichtig weiter!«

»Das wird immer interessanter«, raunte Gedeon Spilett dem Seemann ins Ohr, der ihm durch ein Kopfnicken antwortete.

Cyrus Smith und seine Begleiter beeilten sich, dem Hunde zu Hilfe zu kommen. Tops Bellen wurde immer vernehmbarer. Daß er wütend sei, hörte man an seiner Stimme. Hatte er vielleicht irgendein Tier aufgejagt? Ohne an eine Gefahr zu denken, die ihnen ja selbst drohen konnte, trieb die Kolonisten eine unbezwingbare Neugier weiter. Sie gingen gar nicht mehr abwärts, sie glitten vielmehr auf dem Boden hin und trafen wenige Minuten später um sechzig Fuß tiefer auf Top.

Hier erweiterte sich der Gang zu einer weiten, schönen Höhle. Top lief noch immer wütend bellend hin und her. Pencroff und Nab leuchteten mit ihren Fackeln nach allen Seiten, während Cyrus Smith, Gedeon Spilett und Harbert, ihre Eisenstöcke wie Lanzen eingelegt, sich für alle Fälle bereit hielten.

Die große Höhle erwies sich leer, trotzdem man sie bis in jeden Winkel durchsuchte. Nichts fand sich, kein Tier, kein lebendes Wesen, und dennoch hörte Top nicht auf zu bellen. Weder Schmeicheleien noch Drohungen vermochten ihn zur Ruhe zu bringen.

»Hier muß doch irgendwo ein Ausgang sein, durch den das Wasser des Sees nach dem Meere ablief«, sagte der Ingenieur.

»Ohne Zweifel«, antwortete Pencroff, »also nehmen wir uns in acht, nicht in ein Loch zu stürzen.«

»Vorwärts, Top! Geh!« rief Cyrus Smith.

Seinem Herrn gehorchend, lief der Hund nach dem Ende der Höhle und bellte dort nur noch heftiger.

Man folgte ihm vorsichtig. Beim Scheine der Fackeln erkannte man bald einen wahrhaften Brunnenschacht im Granit. Dort hatte unzweifelhaft der Wasserabfluß stattgefunden, doch nicht mehr auf mäßig fallendem Abhange, sondern durch einen senkrechten Schacht, in welchen tiefer zu dringen vorläufig ganz unmöglich erschien.

Auch als man die Fackeln über die Mündung desselben hielt, war in der Tiefe nichts zu erkennen. Cyrus Smith brach einen brennenden Zweig ab, den er hinunterwarf. Die Harzflamme leuchtete, durch den Luftzug beim schnellen Fallen noch mehr angefacht, heller auf, ohne daß etwas Auffälligeres dadurch sichtbar geworden wäre. Zuletzt erlosch sie mit einem leisen Zischen, woraus man abnahm, daß der Zweig in eine Wasserschicht, d. h. hier in das Meer gefallen sei.

Durch Berechnung aus der Zeit, welche er zum Hinabsinken gebraucht hatte, erkannte der Ingenieur die Tiefe des Schachtes, die er auf etwa neunzig Fuß bestimmte. Der Fußboden der Höhle befand sich also ebenso hoch über dem Meere.

»Hier haben wir unsere Wohnung«, sagte Cyrus Smith.

»Vorher befand sich aber irgendwelches Geschöpf hier«,

bemerkte Gedeon Spilett, dessen Neugier noch unbefriedigt war.

»Mag sein«, antwortete der Ingenieur, »doch ist dasselbe, ob Amphibie oder ein anderes Tier, durch jenen Ausgang entflohen und hat uns den Platz geräumt.«

»Vor einer Viertelstunde«, sagte der Seemann, »hätte ich aber doch Top sein mögen, denn ohne Ursache wird er nicht so wütend gebellt haben.«

Cyrus Smith sah seinen Hund an, und hätte ihm einer seiner Gefährten nahe genug gestanden, so hätte er hören müssen, wie jener für sich hinmurmelte:

»Das glaub' ich wohl, daß Top von manchem mehr weiß als wir!«

Alles in allem waren die Wünsche der Kolonisten doch nahezu erfüllt. Der Zufall hatte sie begünstigt, der wunderbare Scharfsinn ihres Führers ihnen zu dieser Höhle verholfen, deren Ausdehnung man beim Fackelscheine noch nicht einmal genau übersehen konnte. Wie leicht mußte es sein, sie durch Ziegelsteinmauern in Einzelräume zu teilen und somit ein ganz brauchbares Obdach herzustellen. Das Wasser war daraus abgeflossen, um niemals wiederzukehren – der Platz war frei!

Zwei Schwierigkeiten wollten freilich noch überwunden sein; diese Aushöhlung im kompakten Gestein verlangte Licht und einen bequemeren Zugang. An eine Beleuchtung von oben her war gar nicht zu denken, denn über ihr wölbte sich die enorme dicke Granitschicht, vielleicht aber ließ sich die vordere, nach dem Meere zu gerichtete Wand durchbrechen. Beim Niedersteigen hatte Cyrus Smith den Neigungswinkel des Ganges annähernd abgeschätzt und unter Berücksichtigung seiner Länge die Überzeugung gewonnen, daß die vordere Steinmauer nicht mehr sehr stark sein könne. War es möglich, sich in dieser Richtung Licht zu verschaffen, so konnte es auch nicht besonders schwierig sein, statt eines Fensters eine Tür auszubrechen und äußerlich eine Art Treppe anzubringen.

Cyrus Smith teilte den anderen seine Gedanken hierüber mit.

»Nun denn, ans Werk, Mr. Cyrus!« drängte Pencroff. »Mit einer Hacke will ich mich durch diese Mauern schon zum Tageslichte hindurcharbeiten. Wo soll ich einschlagen?«

»Hier«, bedeutete ihm der Ingenieur und wies auf eine merkliche Vertiefung in der Wand, welche deren Durchmesser vermindern mußte.

Pencroff griff den Granit mit seiner Spitzhaue an, daß er Funken gab und die Stücke umherflogen. Nab löste ihn nach einer halben Stunde ab; diesem folgte Gedeon Spilett.

Schon währte die Arbeit zwei Stunden lang, und befürchtete man fast, daß die Mauer doch wohl zu dick sei, als beim letzten Schlage Gedeon Spiletts das Werkzeug die Granitwand durchdrang und hinausfiel!

»Hurra! Und abermals Hurra!« rief Pencroff.

Die Steinmauer maß nur drei Fuß im Durchmesser. Cyrus Smith näherte sich der Öffnung, welche sich etwa achtzig Fuß über dem Erdboden befand. Vor seinen Augen lag der Strand, das Eiland und weiter hinaus das unendliche Meer.

Durch das in Folge des Nachbrechens des Gesteins ziemlich umfängliche Loch drang aber auch das Licht ein und brachte in der prächtigen Höhle wirklich zauberhafte Effekte hervor. Wenn jene nach links hin bei hundert Fuß Länge nur etwa dreißig Fuß in der Höhe und Breite maß, so war ihr Umfang nach rechts hin desto bedeutender und wölbte sich ihre Decke in einer Höhe von achtzig Fuß. In unregelmäßiger Anordnung strebten da und dort Granitsäulen in die Höhe, welche die Bogen trugen, die sich auf Wandpfeiler zu stützen schienen. Einmal war die Wölbung eine flache, das andere Mal stieg sie auf schlanken Rippen in die Höhe und bildete Spitzbogen, Tonnengewölbe, kurz, ein Kirchenschiff, in dem alles vertreten war, was des Menschen Hand im byzantinischen, römischen und gotischen Baustile nur jemals hervorgebracht hat. Und hier stand man vor einem Meisterwerke der Natur, sie allein hatte diese feenhafte Alhambra in dem Urgebirge ausgearbeitet!

In staunender Bewunderung sahen es die Kolonisten. Wo sie nur eine enge Höhle zu finden glaubten, da fanden sie einen prächtigen Palast, und Nab hatte wie vor Andacht den Kopf entblößt, als sei er in ein Gotteshaus versetzt!

Laut schallten bei diesem Anblicke die Hurrarufe und verloren sich in vielfachem Echo widertönend in dem halbdunklen Bogenschiffe.

»Ah, meine Freunde«, sagte Cyrus Smith, »wenn wir hier dem Lichte den nötigen Zugang verschafft und unsere Zimmer, Vorratskammern und Werkstätten in diesem linken Teile eingerichtet haben, dann bleibt uns noch immer diese prächtige Höhle, die unseren Lehrsaal, unser Museum darstellen wird.«

»Und ihr Name?« fragte Harbert.

»Granit-House«*«, antwortete Cyrus Smith, ein Name, dem seine Gefährten ihren Beifall zujauchzten.

Die Fackeln gingen allmählich zur Neige, und da man, um wieder herauszukommen, den Gang bis zum Plateau hinauf ersteigen mußte, beschloß man, alle weiteren Vorarbeiten zur Einrichtung auf den nächsten Tag zu verschieben.

Noch einmal, bevor sie aufbrachen, neigte sich Cyrus Smith forschend über den dunklen Schacht, der senkrecht bis zum Niveau des Meeres hinabreichte. Er horchte aufmerksam. Kein Laut ließ sich vernehmen, nicht einmal ein Rauschen des Wassers, welches der Seegang doch dann und wann bewegen mußte.

Noch ein brennender Zweig ward hinabgeworfen, der die Wände des Schlundes auf einen Augenblick erleuchtete, ohne daß, ebenso wie früher, irgend etwas Verdächtiges in die Augen gefallen wäre. Hatte das völlig abfließende Wasser hier auch irgendein Seeungeheuer überrascht, so mußte dieses wohl durch den sich unter dem Strande hin fortsetzenden Schacht das Meer wieder erreicht haben.

Unbeweglich und mit lauschendem Ohre lag der Ingenieur noch immer, ohne ein Wort zu sprechen, über den Abgrund geneigt.

Der Seemann näherte sich ihm und berührte leise seinen Arm.

»Mr. Smith!« sagte er.

»Was wollen Sic, lieber Freund?« fragte der Ingenieur, der wie aus einem Traume zu sich kam.

---

*Granit-Palast. Das Wort »House« ist für Paläste ebenso, wie für gewöhnliche Gebäude in Gebrauch, z. B. Buckingham-house, Mansion-house in London.

»Die Flammen werden bald erlöschen.«

»Vorwärts denn!« sagte Cyrus Smith.

Die kleine Gesellschaft verließ die Höhle und kletterte den dunklen Gang hinauf. Top trabte nach und ließ noch immer von Zeit zu Zeit ein grimmiges Knurren hören. Einen Augenblick verweilten die Kolonisten in der oberen Grotte, welche eine Art Treppenabsatz bildete. Dann setzten sie ihren Weg weiter fort.

Bald spürten sie das Eindringen der freien Luft. An den Wänden glänzten die vom Luftzuge aufgesaugten Tröpfchen nicht mehr. Langsam wurden die rauchenden Harzbrände düsterer. Nabs Fackel verlosch, und um sich nicht der undurchdringlichen Finsternis auszusetzen, mußte man nun eilen.

So erreichten Cyrus Smith und seine Gefährten ein wenig vor vier Uhr, als eben auch des Seemanns Fackel auslöschte, die Mündung des Felsenganges wieder.

Neunzehntes Kapitel

Cyrus Smiths Plan. – Die Fassade des Granithauses. – Die Strickleiter. – Pencroffs Träume. – Die aromatischen Kräuter. – Ein natürlicher Kaninchenbau. – Ableitung des Wassers für den Bedarf der neuen Wohnung. – Die Aussicht von den Fenstern des Granithauses.

Am nächsten Tage, den 22. Mai, ging man an die eigentliche Einrichtung der neuen Wohnung. Es drängte die Kolonisten in der Tat, diese geräumige und gesunde, im Felsen ausgehöhlte, vor dem Meere ebenso wie vor dem Regen geschützte Zuflucht gegen das mangelhafte Obdach, das die Kamine gewährten, zu vertauschen. Dennoch sollten diese nicht vollkommen verlassen werden, sondern nach Ansicht des Ingenieurs als Werkstätte für die gröberen Arbeiten dienen.

Cyrus Smiths erste Sorge war es, sich zu überzeugen, an welcher Stelle der Uferwand ihr Felsenhaus wohl liege. Er begab sich also gegenüber der gewaltigen Granitmauer nach dem

Strande; da beim Durchbrechen jener die Spitzhaue den Händen des Reporters entfallen war und notwendig senkrecht herabgefallen sein mußte, so genügte ja deren Wiederauffindung, um die Stelle zu treffen, die man durchschlagen hatte.

Die Hacke fand sich leicht wieder und wirklich lotrecht über der Stelle, wo sie in den Sand eingedrückt lag, auch die erste Öffnung etwa achtzig Fuß über dem Niveau des Strandes. Schon flogen einige Felsentauben durch diese Luke ein und aus. Fast gewann es den Anschein, als sei das Granithaus allein zu ihrem Besten entdeckt worden.

Die Absicht des Ingenieurs ging dahin, den linken Teil der Höhle in mehrere Zimmer und einen Vorraum zu trennen und diese durch fünf Fenster und eine Tür zu erleuchten. Gegen die fünf Fenster machte Pencroff zwar keine Einwendung, den Nutzen der Tür dagegen vermochte er nicht einzusehen, da der frühere Wasserabfluß des Sees ja eine natürliche Treppe bildete, über welche man stets leicht nach dem Granithause zu gelangen vermochte.

»Mein Freunt«, antwortete ihm Cyrus Smith, »wenn wir durch den unterirdischen Gang bequem unsere Wohnung erreichen können, so können das andere ebenso gut. Ich habe dagegen die Absicht, die obere Mündung wieder vollkommen zu schließen, wenn nötig, sie sogar wieder ganz zu verdecken, indem wir durch eine Art Wehr am jetzigen Ausflusse den Wasserstand des Sees wieder heben.«

»Und wie sollen wir ins Haus gelangen?« fragte der Seemann.

»Über eine Stiege an der Außenseite, etwa eine Strickleiter, durch deren Aufziehen wir den Zugang zu unserer Wohnung zur Unmöglichkeit machen.«

»Wozu diese Vorsicht?« sagte Pencroff. »Bis heute begegneten wir noch keinen so besonders zu fürchtenden Tieren, und von Eingeborenen ist die Insel offenbar nicht bewohnt.«

»Sind Sie dessen so sicher, Pencroff?« fragte der Ingenieur und richtete seinen Blick auf den Seemann.

»Überzeugt werden wir freilich erst sein«, lenkte dieser ein, »wenn wir sie einmal in allen Teilen näher durchforscht haben.«

»Richtig«, sagte Cyrus Smith. »Für jetzt kennen wir die Insel indes nur stückweise. Im Fall uns aber auch keine inneren Feinde bedrohten, so können solche doch von außerhalb kommen, denn der Stille Ozean ist immer ein gefährliches Gebiet. Wir ergreifen diese Vorsichtsmaßregeln also auch gegen den schlimmsten Fall.«

Cyrus Smith sprach sehr weise, und ohne weitere Einwendungen bereitete sich Pencroff, seinen Anordnungen nachzukommen.

Die Fassade des Granithauses sollte also fünf Fenster und eine der gesamten Zimmerreihe dienende Tür erhalten; außerdem gedachte man der prächtigen Säulenhalle durch eine weitere Öffnung und mehrere kleine Gucklöcher das nötige Licht zuzuführen. Die Fassade lag in einer Höhe von achtzig Fuß über der Erde nach Osten zu, so daß die ersten Strahlen der Morgensonne sie begrüßen mußten. Sie befand sich in der Mitte des Steinwalls zwischen dessen vorspringender Ecke an der Mündung der Mercy und einer senkrecht auf den Felsenhaufen, die die Kamine bildeten, stehenden Linie. So konnte die Wohnung von den bösesten Winden, d. h. denen aus Nordosten, nur schräg getroffen werden, da sie die Felsenecke bis zu einer gewissen Grenze davor schützte. Vor der Hand und bis man einst Fensterrahmen gefertigt haben würde, beabsichtigte der Ingenieur die Öffnungen durch dichte Läden zu schließen, welche Wind und Regen abhielten und im Notfalle selbst verborgen werden konnten.

Zuerst galt es also, die nötigen Öffnungen auszubrechen. Mit der Spitzhaue wäre das eine zu lange dauernde Arbeit gewesen, jedenfalls nicht im Sinne Cyrus Smiths, welcher heroischere Mittel anzuwenden liebte. Noch besaß er eine gewisse Menge Nitro-Glyzerin, das er nutzbar zu machen gedachte. Die Wirkung dieser explodierenden Substanz wurde also auf geeignete Weise örtlich beschränkt, und es gelang dadurch, den Granit nur an den gewünschten Stellen zu sprengen. Nun vollendeten Spitzhaue und Hacke die Form der Fensteröffnungen, der Gucklöcher und der Tür, glätteten die mehr oder weniger zerrissenen Felsenrahmen, und wenige Tage nach dem Beginn der Arbeiten schien das erste Morgenrot in das

Granithaus hinein und erhellte dasselbe bis in seine entferntesten Tiefen.

Nach dem von Cyrus Smith entworfenen Plane sollte die Wohnung in fünf Einzelräume mit der Aussicht nach dem Meere abgeteilt werden, zur Rechten einen gemeinschaftlichen Vorraum mit der Tür nach der anzulegenden Stiege erhalten, daran stoßend eine dreißig Fuß lange Küche, ein vierzig Fuß langes Speisezimmer, einen Schlafraum von derselben Größe und endlich ein von Pencroff vorgeschlagenes »Fremdenzimmer«, das an den großen Saal anstieß.

Diese Zimmer, oder vielmehr diese Zimmerreihe, welche die Wohnung im Granithause bildete, durften die ganze Tiefe des kleineren Höhlenteils nicht ausfüllen. Sie erhielten nämlich noch einen gemeinschaftlichen Korridor und ein langgestrecktes Magazin, in welchem die Geräte, Nahrungsmittel und Vorräte aller Art bequem Platz fanden. Alle Produkte der Insel aus dem Pflanzen- und dem Tierreiche befanden sich hierin in dem zu ihrer Konservierung günstigsten Zustande und vollkommen vor Feuchtigkeit geschützt. An Raum mangelte es ja nicht, so daß alles in schönster Ordnung untergebracht werden konnte. Überdem besaßen die Kolonisten noch die kleine Höhlung über der von ihnen bewohnten, welche gewissermaßen einen Speicher darstellte.

Nachdem man sich über diesen Plan geeinigt, schritt man sofort zu dessen Ausführung. Die Bergleute wurden wieder zu Ziegelstreichern. Die fertigen Mauersteine lagerte man zu Füßen des Granithauses ab.

Bis jetzt stand Cyrus Smith und seinen Gefährten noch immer kein anderer Zugang zu ihrer Höhle zu Gebote, als die frühere Wasserrinne. Diese Art der Kommunikation nötigte sie aber immer, erst das Plateau der Freien Umschau zu besteigen, und zwar auf dem Umwege längs des Flußufers, dann zweihundert Fuß tief durch den unterirdischen Gang hinab zu gehen und ebenso weit wieder emporzuklimmen, wenn sie nach dem Plateau zurück wollten. Es versteht sich, daß hierdurch Zeitverluste und manche Anstrengungen entstanden. Cyrus Smith beschloß also, unverzüglich die Herstellung einer festen Strickleiter in die Hand zu nehmen, welche ja zurückgezogen den Aufgang zu dem Granithause unwegsam machte.

Diese Strickleiter wurde mit peinlicher Sorgfalt angefertigt, und bestanden ihre Längenseile aus Fasern des »Curryjonc«, die man, ganz ähnlich, wie es die Seiler tun, zusammendrehte und welche dadurch eine mehr als hinreichende Festigkeit erlangten. Zu den Stufen verwendete man eine Art rote Zedern, deren Äste von leichter und sehr zäher Natur sind. Das ganze Werk vertraute man dann Meister Pencroffs geübten Händen an.

Daneben wurden auch noch andere Seile aus Pflanzenfasern fabriziert und an der Tür ein roh zugerichteter Flaschenzug angebracht. Das erleichterte wesentlich die Herbeischaffung der Materialien, mit denen man die eigentliche innere Einrichtung begann. An Kalk fehlte es ja nicht und einige tausend Zigelsteine harrten nur ihrer Verwendung. Das wenn auch etwas rohe Zimmerwerk der Scheidewände wurde ohne Schwierigkeiten aufgestellt, und in kurzer Zeit war die ganze Abteilung der Höhle entsprechend dem vorher entworfenen Plane in fünf Einzelräume geteilt.

Unter Leitung des Ingenieurs, der auch selbst mit Hammer und Kelle zugriff, schritten diese verschiedenen Arbeiten rasch vorwärts. Cyrus Smith, der seinen einsichtigen und fleißigen Arbeitern immer mit gutem Beispiele voranging, war eben in allen Stätteln gerecht. Man arbeitete voller Vertrauen, selbst heiter, da Pencroff immer ein Scherzwort auf der Zunge hatte, wenn er jetzt als Zimmermann, dann als Seiler oder Maurer tätig war und dieser ganzen kleinen Welt seine ewig gute Laune mitteilte. Seinen absoluten Glauben an den Ingenieur vermochte nichts zu erschüttern. Er hielt ihn für fähig, alles zu unternehmen und erfolgreich auszuführen. Die übrigens sehr gewichtige Frage wegen der Bekleidung und des Schuhwerks, die der Beleuchtung während der Winterabende, der Urbarmachung der Insel, der Veredelung der wildwachsenden Pflanzen, – alle schienen ihm mit Cyrus Smiths Hilfe sehr einfach und leicht zu lösen. Er phantasierte von schiffbar gemachten Flüssen, zur Erleichterung des Transports der Bodenreichtümer der Insel, von Ausbeutung der Steinbrüche, Anlegung von Bergwerken, von Maschinen zu allen industriellen Zwekken, von Eisenbahnen, ja! von Eisenbahnen, einem ganzen Netze solcher, das einst die Insel Lincoln bedecken werde.

Der Ingenieur ließ Pencroff plaudern und vergönnte seinem guten Herzen jene unschuldigen Übertreibungen. Er wußte, wie leicht sich das Vertrauen weiter verbreitet, lachte selbst, wenn er jenen so schwärmen hörte, und sprach nicht von der Unruhe, die ihm die Zukunft doch dann und wann einflößte. In diesem Teile des Pazifischen Ozeans, weit abseits von den gewöhnlichen Schiffskursen, konnte man leicht für immer auf jede Hilfe verzichten müssen. Dann hatten die Kolonisten nur auf sich, allein auf sich selbst zu rechnen, denn die Insel Lincoln lag ja so weit von jedem Lande entfernt, daß es ein zu gefahrvolles Unternehmen blieb, mit einem nicht ganz seetüchtigen Fahrzeuge diese ungeheure Strecke zurücklegen zu wollen.

Aber sie schlugen doch, wie der Seemann zu sagen pflegte, die anderen Robinsons, die allemal ein Wunder getan zu haben glaubten, wenn sie etwas fertigbrachten, »wenigstens um hundert Nasenlängen«.

In der Tat, sie »hatten ja Kenntnisse«, und der »wissende« Mann siegt noch über Verhältnisse, unter denen andere nur mühsam vegetieren und unvermeidlich untergehen.

Harbert zeichnete sich bei jeder Arbeit aus. Begabt und fleißig, begriff er alles leicht und führte es gut aus, so daß Cyrus Smith sich Tag für Tag mehr zu ihm hingezogen fühlte. Harbert hegte für den Ingenieur eine innige und achtungsvolle Freundschaft. Pencroff bemerkte wohl die Bande, welche beide immer enger aneinander knüpften, ohne doch darüber eifersüchtig zu werden.

Nab blieb eben Nab. Wie immer war er der personifizierte Mut, Eifer, die Ergebenheit und Selbstverleugnung. Mit demselben Vertrauen zu seinem Herrn wie Pencroff, äußerte er dasselbe doch minder laut. Wenn Pencroff ganz außer sich geriet, nahm Nab immer eine Miene an, als wolle er sagen: »Das geht ja alles ganz natürlich zu!« Pencroff und er waren sich jedoch herzlich zugetan und duzten sich schon seit längerer Zeit.

Auch Gedeon Spilett entzog sich seinem Teile der allgemeinen Arbeit nicht und erwies sich nicht als der Ungeschickteste, – zum größten Erstaunen des Seemanns. Ein »Journalist« und geschickt, nicht nur alles zu begreifen, sondern es auch auszuführen!

Die Strickleiter wurde am 28. Mai endgültig angebracht. Auf die Höhe von achtzig Fuß zählte sie nicht weniger als hundert Stufen. Glücklicherweise hatte Cyrus Smith dieselbe in zwei Teilen ausführen lassen können, weil sich etwa in der halben Höhe ein Vorsprung im Felsen fand, der gleichsam als Podest diente. An diesem befestigte man, nachdem er durch Hacke und Meißel möglichst gut eingeebnet war, den einen Teil der Leiter, deren Schwanken hierdurch natürlich weit geringer wurde, als wenn die ganze Länge aus einem Stück bestanden hätte. Der andere Teil der Strickleiter fand an demselben Podest und der Tür seine Stützpunkte. Wenn diese Anordnung das Besteigen schon merklich erleichterte, so gedachte Cyrus Smith doch, später einen hydraulischen Aufzug zu errichten, um den Bewohnern des Granithauses jede Anstrengung und allen Zeitverlust zu ersparen.

Die Kolonisten gewöhnten sich sehr bald an die Besteigung dieser Leiter. Selbst gewandt genug, hatten sie überdem Pencroff, der in seiner Eigenschaft als Seemann ihnen mit der nötigen Unterweisung an die Hand ging. Vorzüglich mußte aber Top angelernt werden. Der arme Hund war mit seinen vier Pfoten von der Natur nicht zu solchen Seiltänzerübungen bestimmt, brachte es aber durch seinen eifrigen Lehrmeister Pencroff dahin, die Strickleiter ebenso hurtig hinaufzulaufen, wie man es von seinen Anverwandten dann und wann in einem Zirkus sieht. Selbstverständlich erfüllte den Seemann ein gerechter Stolz auf seinen Schüler, nichtsdestoweniger lud er letzteren, wenn er in die Höhe stieg, nicht selten auf die Schultern, worüber sich Top gar nicht zu beklagen schien.

Es bedarf wohl keiner Bemerkung, daß während der eifrigen Betreibung dieser Arbeiten, zu welcher die nahende schlechte Jahreszeit drängte, die Nahrungsfrage niemals vernachlässigt wurde. Tagtäglich verwendeten der Reporter und Harbert, die offiziellen Lieferanten der Kolonie, einige Stunden auf die Jagd. Bis jetzt durchstreiften sie immer und immer wieder den Jacamar-Wald am linken Ufer der Mercy, da sie letztere in Ermangelung einer Brücke oder eines Bootes nicht zu überschreiten vermochten. Alle die ungeheuren Dickichte, denen man den Namen der Wälder des Fernen Westens gegeben hatte, blieben vorläufig also noch undurchsucht. Einen Ausflug dahin verschob man bis zu den ersten schönen Tagen des nächsten Frühlings. Überdies erwies sich der Jacamar-Wald ausreichend wildreich; Känguruhs und wilde Schweine barg er in Menge, und die Spieße und Pfeile der Jäger taten das Ihrige. Zudem entdeckte Harbert nahe der südwestlichen Ecke des Sees ein prächtiges Kaninchengehege, einen mäßig feuchten Wiesengrund, bedeckt mit Weiden und wohlriechenden Kräutern, wie Thymian, Lavendel, Basilikum, Saturei u. a., die mit ihrem Wohlgeruch die Luft erfüllten und nach denen die wilden Kaninchen so besonders lüstern sind.

Nach der Beobachtung des Reporters, daß wenn der Tisch für Kaninchen gedeckt war, es wunderbar zugehen müßte, wenn keine Kaninchen vorhanden wären, untersuchten die Jäger das Gehege möglichst aufmerksam. Jedenfalls brachte es nützliche Pflanzen in Menge hervor und hätte ein Naturforscher Gelegenheit gehabt, hier eine große Anzahl verschiedener Familien zu studieren. Harbert pflückte sich eine Quantität Basilikum, Rosmarin, Melisse, Petunia usw., welche Kräuter alle therapeutische Eigenschaften, die einen als Hustenmittel, Adstringentia und Fiebermittel, die anderen als krampfstillende oder antirheumatische Mittel besitzen. Als Pencroff später fragte, was dieser Vorrat an Kräutern nützen solle, antwortete der junge Mann:

»Den, uns zu helfen und zu behandeln, wenn wir krank würden!«

»Warum sollen wir denn krank werden«, erwiderte der Seemann ganz ernsthaft, »es sind ja keine Ärzte auf der Insel!«

Dem war nun freilich nicht zu widersprechen, dennoch setzte der junge Mann seine Ernte fort, welche im Granithause sehr gern aufgenommen wurde, und das um so mehr, als er derselben noch einen reichlichen Vorrat an der in Nordamerika unter dem Namen »Oswego-Tee« bekannten Pflanzenart hinzugefügt hatte.

Als die Jäger weiter und weiter suchten, gelangten sie an demselben Tage auch noch zu dem eigentlichen Kaninchenbau, in dessen Umgebung der ganze Boden wie ein Sieb durchlöchert erschien.

»Hier sind Erdbaue!« rief Harbert.

»Ja«, erwiderte der Reporter, »das sehe ich wohl.«

»Ob diese wohl bewohnt sind?«

»Das ist die Frage.«

Diese Frage sollte indes bald gelöst werden, denn fast in demselben Augenblicke entflohen wohl an hundert kleine, den Kaninchen ähnliche Tiere, nach allen Richtungen und mit einer Schnelligkeit, daß selbst Top sie kaum einzuholen im Stande gewesen wäre. Jäger und Hund hatten gut laufen; die Nager entwischten mit Leichtigkeit. Der Reporter entschloß sich aber, nicht eher von der Stelle zu weichen, als bis er etwa ein halbes Dutzend der Tiere gefangen habe. Zunächst wollte er den Tisch damit versorgen, andere aber später zu zähmen suchen. Mit einigen an der Mündung der Öffnungen angebrachten Schlingen hätte das nicht schwierig sein können, jetzt hatte man aber weder solche, noch irgendein geeignetes Material, dieselben anzufertigen. Man mußte sich also darauf beschränken, jedes einzelne Lager zu untersuchen, mit einem Stocke hineinzustechen und durch Geduld das zu erreichen trachten, was man auf andere Weise nicht zu erzwingen vermochte.

Nach einer Stunde fing man endlich vier Nager in ihrem Baue. Es waren wirklich Kaninchen, ihren Verwandten in Europa ziemlich ähnlich und allgemein unter dem Namen »amerikanische Kaninchen« bekannt.

Die Jagdbeute wurde nun nach dem Granithause heimgebracht, wo sie zum Abendbrot auf der Tafel erschien. Der köstliche Geschmack dieser Tierchen wurde von allen gelobt. Der Kaninchenbau versprach der Kolonie eine ebenso geschätzte, als unerschöpfliche Hilfsquelle zu bieten.

Am 31. Mai gingen die Zwischenwände ihrer Vollendung entgegen. Jetzt galt es nur noch, die Zimmer mit dem nötigen Mobiliar auszustatten, eine Arbeit, die man den langen Tagen des Winters vorbehielt. In der ersten Abteilung, welche als Küche diente, wurde ein Kamin hergestellt. Das Rohr, das zur Abführung des Rauches dienen sollte, machte den wackeren

Leuten einiges Kopfzerbrechen. Cyrus Smith erschien es am einfachsten, ein solches aus Tonmasse anzufertigen; da man nicht daran denken konnte, dasselbe nach dem oberen Plateau zu führen, so schlug man über dem Fenster der Küche noch ein Loch in den Granit und leitete dasselbe schräg dahin, wie das Blechrohr eines gußeisernen Ofens. Vielleicht, ja sogar wahrscheinlich, würde die Feuereinrichtung bei Ostwind, der direkt an die Fassade schlug, etwas rauchen, doch wehten diese Winde erstens nur selten und zweitens war auch Nab, der Koch, nach dieser Seite nicht so empfindlich.

Nach Beendigung der inneren Einrichtungen beschäftigte sich der Ingenieur damit, die frühere Abfluß-Mündung wieder zu verschließen, so daß jeder Zugang von dieser Seite unmöglich wurde. Man rollte also Felsstücke vor die Öffnung und vermauerte diese bestens. Noch sah Cyrus Smith von dem Vorhaben ab, das Wasser des Sees wieder über die Mündung ansteigen zu lassen. Er begnügte sich damit, dieselbe durch Kräuter, Büsche und Gesträuch zu verstecken, welche in die Zwischenräume der Felsenstücke gepflanzt wurden und von denen man hoffte, daß sie mit dem nächsten Frühling üppig aufwuchern würden.

Jedenfalls benutzte er aber die frühere Abflußrinne noch, um der neuen Wohnung die Zuleitung füßen Wassers aus dem See zu sichern. Die künstliche Quelle, welche man durch Erbohrung eines kleinen Loches unter dem See-Niveau gewann, lieferte etwa 150 Liter den Tag, also konnte es dem Granithause an Wasser voraussichtlich niemals fehlen.

Endlich war alles fertig, und es wurde auch hohe Zeit, denn schon meldete sich die schlechte Jahreszeit. Dichte Läden gestatteten die Fensteröffnungen zu schließen, in Erwartung, daß der Ingenieur einmal Muße finden werde, Fensterglas zu fabrizieren.

Gedeon Spilett hatte in den Felsenritzen und um die Fenster sehr kunstvoll verschiedene Pflanzen angebracht, so daß die Öffnungen mit reizenden grünen Rahmen umschlossen waren.

Die Bewohner der sicheren, gesunden und festen Wohnung konnten mit ihrem Werke gewiß zufrieden sein. Durch die Fenster schweifte ihr Blick über einen grenzenlosen Horizont, den die beiden Kiefer-Kaps im Norden und das Krallen-Kap im Süden abschlossen. Prächtig dehnte sich die ganze Unions-Bai vor ihren Augen aus. Gewiß, die wackeren Kolonisten hatten alle Ursache, sich über ihre Erfolge zu freuen, und Pencroff sparte auch seine Lobsprüche nicht, wenn er im Scherz von »seiner Wohnung im fünften Stock über dem Entresol« sprach!

Zwanzigstes Kapitel

Die Regenzeit. – Die Kleidungsfrage. – Eine Robbenjagd. – Fabrikation von Kerzen. – Häusliche Arbeiten. – Die beiden Brückchen. – Rückkehr von einem Besuche der Austernbank. – Was Harbert in seiner Tasche fand.

Mit dem Monat Juni, der dem Dezember der nördlichen Erdhälfte entspricht, begann nun ernstlich der Winter und führte sich mit Platzregen und Windstößen ein, welche einander ohne Unterbrechung folgten. Jetzt lernten die Bewohner des Granithauses die Vorteile einer Wohnung schätzen, die sie vor jeder Unbill der Witterung schützte. Zur Überwinterung hätten sich die lustigen Kamine gewiß unzulänglich erwiesen, abgesehen davon, daß bei den anhaltenden, steifen Seewinden das Wasser wahrscheinlich bis in sie hineingetrieben worden wäre. Cyrus Smith ordnete hiergegen noch einige Vorsichtsmaßregeln an, um die Schmiede nebst den dort eingerichteten Öfen möglichst zu sichern.

Während des ganzen Monats Juni verwendete man die Zeit auf verschiedene Arbeiten, ohne die Jagd und den Fischfang, durch welche die Vorräte der Speisekammer nach Kräften vermehrt wurden, zu vernachlässigen. Sobald er die nötige Muße gewann, wollte Pencroff auch Fallen aufstellen, von denen er sich das Beste versprach. Er verfertigte also Schlingen aus holzigen Fasern, und bald verging kein Tag, an dem der Kaninchenbau nicht sein Kontingent dieser Nagetiere geliefert hätte, so daß Nab kaum mit dem Pökeln und Räuchern des Fleisches fertig werden konnte, das eine so schöne und haltbare Nahrung versprach.

Nach und nach drängte sich nun auch die Bekleidungsfrage mehr in den Vordergrund. Die Kolonisten besaßen ja nichts, als was sie auf dem Leibe trugen, als der Ballon sie auf die Insel warf. Ihre Bekleidung war wohl warm und dauerhaft; sie wandten ihr ebenso wie der Leibwäsche die strengste Sorgfalt zu und hielten alles so sauber als möglich, und doch machte sich ein Ersatz bald nötig. Sollte nun gar der Winter recht anhaltend und streng auftreten, so mußte die Kälte ihnen gar empfindlich zusetzen.

Hier ließ nun Cyrus Smith fast seine Weisheit im Stiche. Das zunächst Notwendigste, Wohnung und Nahrung, hatte er zu beschaffen gewußt, und jetzt konnte ihn die Kälte überraschen, noch bevor die Frage bezüglich der Kleidung gelöst war. Man mußte sich wohl oder übel darein ergeben, diesen ersten Winter ohne vieles Murren zu ertragen. Bei Wiederkehr der besseren Jahreszeit sollte dann den wilden Schafen, die man schon bei Gelegenheit der Besteigung des Franklin-Berges bemerkte, ernstlich nachgestellt werden. Hatte man nur die nötige Wolle, so würde der Ingenieur schon warme und haltbare Stoffe herzustellen wissen . . . Wie . . .? Das würde er sich schon überlegen.

»Ei was«, sagte Pencroff, »da versengen wir uns die Beine im Granithause! Brennmaterial haben wir ja genug und brauchen es also nicht zu sparen.«

»Übrigens«, bemerkte Gedeon Spilett, »liegt auch die Insel Lincoln nicht unter so hoher Breite, und hat voraussichtlich gar keinen so strengen Winter. Sagten Sie uns nicht, Cyrus, daß dieser fünfunddreißigste Breitengrad etwa dem von Spanien auf der nördlichen Halbkugel entspreche?«

»So ist es«, erwiderte der Ingenieur, »und doch hat Spanien manchmal verhältnismäßig recht harte Winter, denen weder Schnee noch Eis fehlen; dasselbe können wir wohl auf der Insel Lincoln erleben. Indes, Lincoln ist eben eine Insel und wird als solche hoffentlich eine gemäßigtere Temperatur haben.«

»Und warum das, Mr. Cyrus?« fragte Harbert.

»Weil das Meer als ein ungeheures Reservoir betrachtet

werden kann, in dem sich die Sonnenhitze aufspeichert. Im Winter strahlt dasselbe diesen Wärmevorrat wieder aus, und das sichert den Nachbarländern jedes Ozeans eine mittlere Temperatur, die im Sommer nie so hoch steigt und im Winter nie so tief herabgeht.«

»Das wird sich ja zeigen«, fiel Pencroff ein; »darüber aber, ob es sehr kalt werden mag oder nicht, wollen wir uns jetzt nicht beunruhigen. Ganz gewiß aber nehmen die Tage ab und die Abende zu. Ich meine, wir besprächen lieber das Thema der Beleuchtung.«

»Nichts leichter als das«, antwortete Cyrus Smith.

»Zu besprechen?« fragte der Seemann.

»Nein, auch zu lösen.«

»Und wann gehen wir daran?«

»Morgen, und beginnen nämlich mit einer Robbenjagd.«

»Um Talglichter zu erhalten?«

»Pfui, Pencroff! Feine Kerzen.«

In der Tat lag das in der Absicht des Ingenieurs. Da er Kalk und Schwefelsäure besaß und die Amphibien des Eilandes das nötige Fett liefern mußten, so erschien ihm die Ausführung derselben mit Recht nicht so schwierig.

Man schrieb den 4. Juni; es war Pfingstfest, das man unter allseitiger Zustimmung andächtig feiern wollte. Alle Arbeiten schwiegen, dafür wurde manches Gebet zum Himmel emporgesandt, in dem sich jedoch nur der fromme Dank der Kolonisten aussprach. Jetzt waren sie ja keine elenden Schiffbrüchigen mehr, sie hatten alles und priesen Gott für seine Gnade.

Am anderen Tage, dem 5. Juni, begaben sich alle bei ziemlich unsicherer Witterung nach dem Eilande. Jetzt war man noch immer gezwungen, die Ebbe abzuwarten, um den Kanal zu durchwaten, und so wurde denn beschlossen, recht bald und so gut es sich eben ausführen ließ, ein Kanu zu erbauen, das die Verbindung mit dem Eilande erleichtern und bei Gelegenheit der für das Frühjahr geplanten großen Expedition stromaufwärts der Mercy benutzt werden sollte.

Robben gab es in Menge und erlegten die Jäger mit ihren Spießen in nicht zu langer Zeit ein halbes Dutzend derselben. Nab und Pencroff häuteten sie ab und brachten nach dem Granithause nur das Fett und die Häute mit, da man letztere zur Anfertigung dauerhaften Schuhwerks zu verwenden gedachte.

Das Jagdergebnis bestand übrigens in etwa dreihundert Pfund Fett, welche ganz und gar zur Kerzenfabrikation dienen sollten.

Diese Operation gestaltete sich überraschend einfach, und wenn sie auch nicht allseitig vollkommene Erzeugnisse lieferte, so zeigten sich dieselben doch ganz brauchbar. Hätte Cyrus Smith nur Schwefelsäure zu Diensten gestanden, so konnte er wohl durch Erhitzung derselben mit dem Fettkörper – hier dem Robbetran – das Glyzerin isolieren und aus der entstandenen neuen Verbindung durch Absieden mit Wasser das Oleïn, Margarin und Stearin abscheiden. Um die Operation zu vereinfachen, zog er es vor, das Fett durch Kalk zu verseifen. Hierbei erhielt er eine unlösliche Kalkseife, aus welcher bei ihrer Zersetzung durch Schwefelsäure der Kalk in schwefelsauren Kalk umgewandelt, obige Fettsäuren aber frei wurden.

Von diesen drei Säuren, dem Oleïn, Margarin und Stearin, entfernte er die erstere, welche flüssig ist, einfach durch Auspressen. Die beiden übrigen stellten nun die zu Kerzen bestimmten Stoffe dar.

Das ganze Verfahren nahm kaum vierundzwanzig Stunden in Anspruch. Die Dochte bereitete man nach mehreren fehlgeschlagenen Versuchen aus Pflanzenfasern, die mit Oleïn getränkt wurden. So entstanden denn wirkliche, freilich aus freier Hand geformte Stearinkerzen, denen im Grunde nur die Bleiche und die Politur fehlten. Die Dochte boten freilich nicht dieselbe Bequemlichkeit, wie die gebräuchlichen, welche mit Borsäure getränkt sind und sich je nach dem Herabbrennen der Kerze verglasen und vollständig verflüchtigen; da es Cyrus aber auch gelang, eine ganz praktische Lichtschere herzustellen, so fanden jene Kerzen bei den Abendzusammenkünften im Granithause die ausgedehnteste Anwendung.

Den ganzen Monat über fehlte es an Arbeiten im Inneren der neuen Wohnung nie. Die Tischler bekamen zu tun. Man suchte die sehr primitiven Werkzeuge zu verbessern und zu vervollständigen.

So wurden unter anderem Scheren hergestellt und konnten

die Kolonisten endlich einmal ihre Haare schneiden und den Bart, wenn auch nicht rasieren, doch nach Belieben stutzen. Harbert hatte einen solchen noch nicht, Nab nur sehr wenig, die übrigen dagegen waren nach und nach so struppig geworden, daß die Fabrikation einer Schere schon aus diesem Grunde gerechtfertigt erschien.

Die Anfertigung einer Handsäge kostete unendliche Mühe, endlich erhielt man aber doch ein Werkzeug, mit dem sich bei dem nötigen Kraftaufwande Holz schneiden ließ.

Nun baute man sich Tische, Sitze, Schränke zur Möblierung der Zimmer, Bettgestelle, deren ganze Ausstattung aus einer Seegrasmatratze bestand. Die Küche mit ihren Brettern, auf denen die irdenen Gefäße ihren Platz hatten, ihrem Ziegelsteinofen und der steinernen Aufwaschplatte bot ein recht freundliches Aussehen, und Nab vollzog seine Geschäfte in derselben mit einem Ernste, als befände er sich in einem chemischen Laboratorium.

Bald mußten die Tischler aber den Zimmerleuten den Platz wieder räumen. Der neue, durch die Minensprengung geschaffene Abfluß machte zwei kleine Brücken nötig, die eine auf dem Plateau der Freien Umschau selbst, die andere auf dem Strande. Beide Örtlichkeiten waren in der Tat jetzt durch den Wasserlauf durchschnitten, den man allzu häufig überschreiten mußte, wenn man sich nach dem Norden der Insel begab. Wollte man diesen vermeiden, so ging das nur mit dem ungeheuren Umwege um die Quelle des Roten Flusses nahe dem Franklin-Berge herum. Am einfachsten erschien es also, auf dem Plateau, wie auf dem Strande, zwei kleine, zwanzig bis fünfundzwanzig Fuß lange Brücken darüberzuschlagen, deren Grundlager einige mit der Axt roh vierkantig behauene Baumstämme bildeten. Das war das Werk weniger Tage. Nach Fertigstellung der Brücken benutzten sie Nab und Pencroff sogleich, um sich nach der, in der Nähe der Dünen aufgefundenen Austernbank zu begeben, dabei nahmen sie auch eine Art Wagen mit, der jetzt die Stelle der früheren, gar so unbequemen Schleife ersetzte, und brachten einige tausend Austern mit, welche zur Anlage einer künstlichen Bank zwischen den Felsen, welche die Mündung der Mercy umgaben, dienten.

Die Mollusken von wahrhaft trefflicher Qualität bildeten einen täglichen Bestandteil der Tafel unserer Kolonisten.

Wie man sieht, lieferte die Insel Lincoln, trotzdem, daß sie bis jetzt nur zum kleinsten Teile untersucht war, den Einsiedlern doch schon reichlich alle Lebensbedürfnisse und versprach in den dichtbewaldeten großen Strecken zwischen den Mercy und dem Krallen-Kap gewiß noch neue Schätze. Nur einen einzigen Mangel empfanden die Kolonisten der Insel Lincoln recht hart. Wohl hatten sie stickstoffhaltige Nahrung in Menge, ihre Körperkraft zu erhalten, Vegetabilien, um die Wirkung derselben zu mäßigen; die der Gährung unterworfenen holzigen Wurzeln von Drachenbäumen lieferten ein säuerliches, einem Biere ähnliches Getränk, das dem einfachen Wasser vorzuziehen war, sie hatten selbst ohne Zuckerrohr oder Runkelrüben sich Zucker zu verschaffen gewußt, indem sie den Saft von »Acer saccharinum«, dem sogenannten Zuckerahorn, der in den gemäßigten Zonen vielfach gedeiht und auf der Insel Lincoln angetroffen wurde, auffingen; sie entbehrten nicht eines sehr angenehmen Tees; sie besaßen Salz, das einzige Mineral, das als solches zur Nahrung gehört, im Überfluß – aber eines fehlte ihnen, das Brot!

In der Folge war dieses Nahrungsmittel vielleicht durch irgendein Äquivalent, wie das Mehl des Sagobaumes oder das Satzmehl des Brotfruchtbaumes zu ersetzen, denn in der Tat lag die Möglichkeit nahe, daß die Wälder des Südens jene so kostbaren Bäume enthielten, bis jetzt jedoch war man denselben noch nicht begegnet.

Hierin sollte ihnen aber die Vorsehung direkt zu Hilfe kommen und zwar auf eine Weise, daß Cyrus Smith mit allen seinen Kenntnissen niemals im Stande gewesen wäre, dasjenige zu ersetzen, was Harbert in dem Futter seiner Jacke, das er auszubessern im Begriffe stand, eines Tages in die Hand fiel.

Gerade befanden sich die Kolonisten – draußen regnete es in Strömen – in dem großen Saale des Granithauses versammelt, als der junge Mann plötzlich ausrief:

»Hier, Mr. Cyrus, ein Getreidekorn!«

Hierbei zeigte er seinen Gefährten ein einziges Korn vor, das aus seiner durchlöcherten Tasche den Weg ins Futter gefunden hatte.

Das Vorhandensein desselben erklärte sich aus Harberts Gewohnheit, in Richmond einige Holztauben, die ihm Pencroff geschenkt hatte, zu füttern.

»Ein Getreidekorn!« wiederholte lebhaft der Ingenieur.

»Ja, Mr. Cyrus, aber nur eines, ein einziges!«

»Ei, mein Junge«, rief da Pencroff dazwischen, »was sind wir denn damit gebessert? Was können wir aus einem einzigen Körnchen machen?«

»Brot«, entgegnete ihm ganz ernsthaft Cyrus Smith.

»Jawohl, Brot, Kuchen, Torten!« fuhr der Seemann fort. »Doch an dem Brote, das wir aus diesem einzelnen Korn erhalten, werden wir nicht sobald ersticken!«

Harbert, der seinem Funde selbst keine besondere Wichtigkeit beilegte, wollte das Körnchen eben bei Seite werfen, doch Cyrus Smith nahm es ihm ab, besah dasselbe genauer, erkannte, daß es in unversehrtem Zustande war, und wandte sich nun an den Seemann.

»Pencroff«, sagte er und sah diesem gerade ins Gesicht, »ist Ihnen bekannt, wieviele Ähren ein Korn treiben kann?«

»Nun, doch wohl eine«, erwiderte der Gefragte etwas erstaunt.

»Zehn, Pencroff; und wissen Sie, wieviel Körner eine Ähre trägt?«

»Wahrhaftig, nein!«

»Im Mittel achtzig«, fuhr Cyrus Smith fort. Wenn wir demnach dieses einzige Körnchen pflanzen, so können wir bei der ersten Ernte 800 daraus gewinnen, welche bei einer zweiten 640.000, bei der dritten 512.000.000 und bei der vierten mehr als 400 Milliarden Körner geben. Sehen Sie, so steigt das!«

Cyrus Smiths Genossen lauschten seiner Rede, ohne zu antworten. Über solche Zahlen erstaunten sie, und doch waren jene richtig.

»Jawohl, meine Freunde«, nahm der Ingenieur wieder das Wort, »derart sind die arithmetischen Progressionen der fruchtbaren Natur. Und doch, wie sehr verschwindet die Vervielfältigung des Weizenkornes, das nur 800 Körner zu erzeugen im Stande ist, gegen die Mohnpflanze, welche 32.000, oder gegen die Tabakstaude, welche 360.000 Samenkörner hervorbringt? Ohne die vielfältigste Zerstörung ihres Samens würden diese Pflanzen bei ihrer enormen Fruchtbarkeit in wenigen Jahren die ganze Erde überwuchern.«

Der Ingenieur hatte aber seine Inquisition noch nicht beendet.

»Nun, Pencroff«, redete er diesen noch einmal an, »wissen Sie vielleicht, wieviel 400 Milliarden Körner Scheffel ausmachen?«

»Nein, nein«, sagte der Seemann, »ich weiß überhaupt nur, daß ich ein Dummkopf bin.«

»Nun, 130.000 Körner auf den Scheffel gerechnet, ergibt diese Zahl mehr als 3.000.000 Scheffel.«

»Drei Millionen!« rief Pencroff.

»Drei Millionen.«

»In vier Jahren?«

»In vier Jahren«, antwortete Cyrus Smith; »ja vielleicht sogar in zwei Jahren, wenn wir, wie ich es unter dieser Breite hoffe, in einem Jahre zwei Ernten zu erzielen vermögen.«

Seiner beliebten Gewohnheit nach hatte Pencroff hierauf keine andere Erwiderung, als ein kräftig schallendes Hurra!

»Du hast also«, fügte der Ingenieur zu Harbert gewendet hinzu, »hier einen für uns hochwichtigen Fund getan. In unserer Lage, meine Freunde, kann uns alles und jedes von Nutzen sein, ich bitte, vergeßt das nun und nimmermehr!«

»Nein, Mr. Cyrus, nein, das vergessen wir nicht«, fiel Pencroff wieder ein, »und wenn ich jemals ein einziges Samenkorn vom Tabak finde, das einen 360.000fachen Ertrag verspricht, so versichere ich Ihnen, daß ich es nicht leichtsinnig wegwerfen werde. Doch jetzt, was haben wir zunächst zu tun?«

»Wir brauchen nur das Korn zu pflanzen«, antwortete Harbert.

»Gewiß«, fiel Gedeon Spilett ein, »und zwar mit aller ihm gebührenden Achtung, denn es trägt unsere zukünftige Ernte in sich.«

»Wenn es überhaupt jemals aufgeht!« rief der Seemann.

»Das wird es gewiß!« erwiderte Cyrus Smith.

Es war jetzt der 20. Juni, das heißt eine zur Aussaat vorzüglich geeignete Zeit. Zuerst wollte man das kostbare, einzige Samenkorn in einem Topfe anpflanzen, nach reiferer Überlegung aber entschied man sich dafür, es frei der Natur zu überlassen und der Erde zu übergeben. Das geschah denn noch an dem nämlichen Tage und selbstverständlich unter Beachtung aller Vorsichtsmaßregeln für das Gelingen.

Das Wetter war etwas heller geworden. Die Kolonisten erstiegen die Anhöhe über dem Granithause. Dort wählten sie einen gegen den Wind möglichst geschützten Standort auf dem Plateau, der der Mittagssonne frei ausgesetzt lag. Die Stelle wurde gereinigt, umgegraben, ja, gänzlich durchwühlt, um Insekten oder Würmer daraus zu entfernen. Dann bedeckte man sie mit einer Schicht guter, mit ein wenig Kalk vermischter Gartenerde, errichtete einen Zaun rund herum, und feierlich wurde das Samenkorn seinem feuchten Lager übergeben. Schien es nicht, als ob die Kolonisten den Grundstein zu einem neuen Gebäude legten? Jedenfalls erinnerte es Pencroff an den Tag, wo er das einzige Zündhölzchen anzustreichen versucht hatte, und doch war der heutige Vorgang weit ernsterer Natur. Feuer hätten die Schiffbrüchigen auf die eine oder die andere Weise doch einmal bekommen, aber keine menschliche Macht war im Stande, dieses Samenkorn zu ersetzen, wenn es nicht gedeihen sollte!

Einundzwanzigstes Kapitel

Einige Grade unter Null. – Untersuchung der Sumpfstrecken im Südosten. – Eine Art Füchse. – Ansicht des Meeres. – Ein Gespräch über die Zukunft des Pazifischen Ozeans. – Die Arbeit der Infusorien. – Was einmal aus der Erde wird. – Die Jagd. – Der Fuchsenten-Sumpf.

Von nun an verging kein Tag, an dem Pencroff seinem »Weizenfelde«, wie er es gern nannte, einen Besuch abstattete, und wehe den Insekten, die er in seiner Nähe fand, – sie hatten kein Erbarmen zu erwarten.

Gegen Ende des Monats Juni schlug die Witterung nach wahrhaft endlosem Regen zur Kälte um, und am 29. hätte ein Thermometer wohl sechs bis sieben Grad unter Null gezeigt.

Der nächste Tag, der 30. Juni, der also dem 31. Dezember der nördlichen Hemisphäre entspricht, war ein Freitag. Nab bemerkte, daß das Jahr mit einem Unglückstage aufhöre, wogegen ihm Pencroff erwiderte, daß das nächste also mit einem desto besseren anfangen müsse, was doch wohl noch mehr wert sei.

Auf jeden Fall fing das neue Jahr, wenn man hier überhaupt von einem solchen reden kann, mit einer recht heftigen Kälte an. Bald häuften sich Eisschollen an der Mündung der Mercy an und erstarrte die ganze Oberfläche des Sees.

Der Vorrat an Brennmaterial mußte mehrfach erneuert werden. Klugerweise hatte Pencroff nicht bis zum vollkommenen Gefrieren des Flusses gewartet, umfänglichere Holzladungen nach ihrem Bestimmungsorte zu führen. Die Strömung, der unermüdliche Helfer, wurde tagtäglich benutzt, Holz zu flößen, bis es die strengere Kälte verhinderte. Zu dem reichlichen aus dem Walde bezogenen Brennmaterial fügte man auch noch einige Ladungen Steinkohlen aus dem Lager am Flusse des Franklin-Berges. Die starke Heizkraft der Kohlen lernte man erst recht schätzen, als die Temperatur am 4. Juli etwa auf zwölf bis dreizehn Grad Celsius herabsank. Man versah deshalb auch noch den Speisesaal, der zu den gemeinschaftlichen Arbeiten diente, mit einem Kamine.

Während dieser Kälteperiode konnte sich Cyrus Smith nicht genug Glück wünschen, aus dem Grants-See einen kleinen Wasserlauf nach dem Granithause geleitet zu haben. Da derselbe unter der Eisdecke seinen Anfang nahm, blieb das Wasser, bei dem scharfen Falle durch die frühere Abflußrinne, immer flüssig und sammelte sich in einem bequem gelegenen Reservoir, von dem aus das überschüssige durch den senkrechten Schacht nach dem Meere ablief.

Bei der jetzt ausnehmend trockenen Witterung beschlossen die Kolonisten, die sich so warm als möglich bekleideten, einen Tag zu einem Ausfluge nach jenem Teile der Insel zu verwenden, der im Südosten zwischen der Mercy und dem Krallen-Kap lag. Er bestand aus einem großen, sumpfigen Terrain, und versprach eine erfolgreiche Jagd, da er Wasservögel in Menge bergen mußte.

Da der Weg wohl neun Meilen und der Rückweg also ebensoviel betrug, so mußte die Tageszeit gut ausgenutzt werden, und da es sich um die Erforschung noch gänzlich unbekannter Strecken handelte, sollte die ganze Kolonie daran teilnehmen. So verließen denn Cyrus Smith, Gedeon Spilett, Harbert, Nab und Pencroff am Morgen des 5. Juli schon früh um sechs Uhr, als kaum der Tag zu grauen begann, alle mit Spießen, Schlingen, Pfeilen und Bögen ausgerüstet, das Granithaus, und fröhlich sprang der jagdlustige Top vor ihnen her.

Man schlug den kürzesten Weg ein, nämlich den über die Mercy, deren Eisdecke jetzt einen Übergang gestattete.

»Aber«, bemerkte der Reporter, »eine ernsthafte Brücke vermag das doch nicht zu ersetzen.«

So wurde denn der Bau einer »ernsthaften« Brücke unter den zunächst vorzunehmenden Arbeiten verzeichnet.

Zum ersten Male setzten die Kolonisten den Fuß auf das rechte Ufer des Flusses und drangen zwischen die großen und prächtigen, jetzt schneebedeckten Koniferen desselben hinein.

Noch hatten sie keine halbe Meile zurückgelegt, als aus dichtem Gesträuche, das als Lager gedient zu haben schien, eine ganze Herde Vierfüßler durch Tops Gebell aufgescheucht wurde.

»Oh, man könnte jene für Füchse halten!« rief Harbert, als

er die ganze Gesellschaft eiligst entfliehen sah.

Wirklich waren es solche, aber von sehr großer Gestalt, und ließen ebenfalls eine Art Bellen hören, über das selbst Top erstaunte, denn er stellte plötzlich jede Verfolgung ein und gewährte den schnellfüßigen Tieren Zeit zum Entkommen.

Tops Stutzen war ganz erklärlich. Durch ihr Gebell indes verrieten diese Füchse mit graurötlichem Pelze, schwarzem Schwanze mit weißem Endbüschel ihr Geschlecht jedem Naturkundigen deutlich genug. Harbert erkannte sie sofort als eine Abart, die man in Chile und überhaupt in denjenigen Gegenden Amerikas häufig antrifft, welche vom siebenunddreißigsten und vierzigsten Breitengrade begrenzt werden. Der junge Mann bedauerte sehr, daß Top kein einziges dieser Raubtiere gefangen hatte.

»Sind sie eßbar?« fragte Pencroff, der alle Repräsentanten der Fauna ihrer Insel nur von diesem speziellen Gesichtspunkte aus betrachtete.

»Nein«, erwiderte Harbert; »übrigens sind die Zoologen wegen der Pupillen dieser Füchse noch nicht einmal einig, ob sie nicht etwa dem eigentlichen Hundegeschlechte beizuzählen sind.«

Cyrus Smith konnte sich des Lächelns nicht erwehren, als er den jungen Mann so ernsthaft dozieren hörte. Für den Seemann hatten natürlich diese Füchse, seitdem er sich von ihrer Nichtverwendbarkeit als Nahrungsmittel unterrichtet, keinerlei Wert mehr. Er erwähnte nur, daß man nach Errichtung eines Viehhofes beim Granithause einige Maßregeln gegen den Besuch dieser Burschen nicht würde vernachlässigen dürfen, worin ihm alle beistimmten.

Nach Umgehung der Inselspitze sahen die Wanderer eine lange ebene Fläche vor sich, welche wenig geneigt gegen das Meer verlief. Der Himmel war sehr rein, sowie es bei lange andauernder starker Kälte vorzukommen pflegt; durch ihr schnelles Gehen erwärmt, fühlten aber Cyrus Smith und seine Gefährten die Rauhigkeit der Temperatur fast gar nicht. Übrigens regte sich kein Lüftchen, ein sehr günstiger Umstand, durch den auch eine bedeutende Temperatur-Erniedrigung weit erträglicher wird. Glänzend, aber ohne Wärme, stieg die

Sonne aus dem Ozean empor und zog ihre enorme Scheibe über den Horizont; das Meer bildete eine ruhige Fläche von bläulicher Farbe, wie die eines Landsees bei reinem Himmel. Etwa vier Meilen im Südosten erstreckte sich das Krallen-Kap, wie ein Yatagan gekrümmt, weit sichtbar ins Weite. Gewiß, in diesem Teile der Union-Bai, welche nichts gegen die offene See schützte, nicht einmal eine Sandbank, hätten vom Ostwind verschlagene Schiffe keinerlei Schutz gefunden. An der Stille dieses Wassers, seiner gleichmäßigen, von keiner gelblichen Nuance unterbrochenen Farbe, an dem Fehlen jeden Riffes merkte man, daß diese Küste steil abfiel und der Ozean ungemessene Abgründe bedecken mochte. Rückwärts im Westen erhoben sich, doch in einer Entfernung von gegen vier Meilen, die ersten Baumlinien der Wälder des fernen Westens. Man hätte aber im Ganzen eher auf einer verlassenen Insel der Polargegend zu sein geglaubt, die vom Eise umschlossen wäre.

Die Kolonisten machten halt, um zu frühstücken. Aus Zweigen und trockenen Varecbüscheln wurde ein Feuer angezündet, und Nab legte kaltes Fleisch vor, dem er einige Tassen Oswego-Tee hinzufügte.

Während des Essens ließ man die Blicke umherschweifen. Dieser Teil der Insel Lincoln erschien vollkommen unfruchtbar und stach von dem westlichen ganz auffallend ab. Den Reporter verführte diese Beobachtung zu der Bemerkung, daß sie einen sehr traurigen Eindruck von ihrem zukünftigen Wohnsitz erhalten haben würden, wenn der Zufall sie als Schiffbrüchige auf diesen Küstenstrich geworfen hätte.

»Ich glaube sogar, daß wir ihn nicht einmal hätten erreichen können, denn das Meer ist hier sehr tief und bietet kaum einen Felsen als notdürftigste Zuflucht. Vor dem Granithause befanden sich doch Sandbänke und ein Eiland, welche mehr Gelegenheit zur Rettung boten. Hier ist nichts als die Tiefe des Meeres.«

»Es ist sehr sonderbar«, fügte Gedeon Spilett hinzu, »daß die verhältnismäßig kleine Insel einen so verschiedenartigen Boden aufweist. Gewöhnlich trifft man das doch nur bei Kontinenten von großer Ausdehnung. Man möchte sagen, daß die so reiche und fruchtbare westliche Seite der Insel Lincoln von den warmen Fluten des Mexikanischen Golfs bespült werde, während seine nördliche und südliche Küste bis an ein arktisches Meer reichen.«

»Sie haben recht, lieber Cyrus, dieselbe Bemerkung habe ich auch gemacht. Mir erscheint diese Insel ihrer Form und ihrer Natur nach ebenso sonderbar. Man möchte sie eine Musterkarte der verschiedenen Bilder nennen, die ein Kontinent liefert, und ich finde es gar nicht so unmöglich, daß sie früher einmal zu einem solchen gehört habe.«

»Wie? Ein Kontinent mitten im Stillen Weltmeere?« rief Pencroff.

»Warum nicht?« antwortete Cyrus Smith. »Warum sollten nicht alle diese pazifischen Archipele, welche die Geographen Australasien nennen, vor Zeiten einen sechsten Erdteil, so groß wie Europa oder irgendein anderer, dargestellt haben? Mir ist es nicht so unwahrscheinlich, daß alle diese über den ungeheuren Ozean verstreuten Inseln nur die höchsten Punkte eines nun versunkenen Kontinentes sind, der in vorhistorischen Zeiten über das Wasser emporragte.«

»Und die Insel Lincoln wäre ein Teil desselben?« fragte Pencroff.

»Sehr wahrscheinlich«, erwiderte Cyrus Smith, »das würde die Verschiedenheit ihrer Produkte am einfachsten erklären.«

»Und ebenso die große Anzahl Tiere, die sie jetzt bewohnt«, fügte Harbert hinzu.

»Gewiß, mein Sohn«, bestätigte der Ingenieur; »übrigens lieferst du mir hierdurch einen neuen Beweis meiner Ansicht. Unzweifelhaft ist, wie wir uns schon überzeugt haben, die große Anzahl der Tiere; viel auffallender erscheint aber noch die große Verschiedenheit der Arten. Hierfür bietet sich nur die eine Erklärung, daß die Insel Lincoln einst ein Bestandteil eines ausgedehnten Kontinentes gewesen ist, der nach und nach versank.«

»Dann könnte also eines schönen Tages«, bemerkte Pencroff, der noch nicht völlig überzeugt schien, »der Rest dieses alten Kontinentes auch noch ins Meer versinken, und zwischen Amerika und Asien läge dann gar nichts mehr?«

»Dafür«, erwiderte Cyrus Smith, »wird es dann neue Kontinente geben, an welchen Milliarden von Milliarden kleiner Tiere jetzt schon bauen.«

»Und wer sind wohl diese Maurer?« fragte Pencroff.

»Die Korallentierchen«, belehrte ihn der Ingenieur. »Sie waren es, welche durch unausgesetzte Tätigkeit z. B. die Insel Clermont aufgeschichtet haben, ebenso wie viele andere Koralleninseln des Pazifischen Ozeans. Erst 47.000.000 solcher Infusorien wiegen einen Gran (= 59 Milligramme), und doch erzeugen diese durch Absorbieren von Meeressalzen den Kalk, der die enormen unterseeischen Riffe zusammensetzt, deren Härte und Festigkeit mit dem Granit wetteifern. Noch früher, bei Gelegenheit der ersten Schöpfungsperioden, drängte die Natur durch Feuerskraft die Landmassen empor, jetzt überträgt sie dieses Geschäft mikroskopischen Tierchen, da die Kräfte des Erdeninnern offenbar abgenommen haben, was durch die große Zahl tatsächlich erstorbener Vulkane bewiesen wird. Ich neige sogar zu der Meinung, daß wenn einst Jahrhunderte auf Jahrhunderte gefolgt sind, sich das ganze Stille Weltmeer wieder in einen großen Kontinent verwandeln wird, auf dem dereinst neue Geschlechter wohnen.«

»Das wird lange dauern!« sagte Pencroff.

»Der Natur fehlt nicht die Zeit dazu«, antwortete der Ingenieur.

»Wozu sollen aber diese neuen Kontinente dienen?« fragte Harbert. »Mir scheinen die vorhandenen für die Menschheit völlig auszureichen, und doch tut die Natur bekanntlich nichts ohne Zweck.«

»Nichts ohne Zweck«, wiederholte der Ingenieur; »doch ist man wohl auch im Stande, die Notwendigkeit dieser neuen Landmassen für die Zukunft jetzt zu erklären, vorzüglich in der an Korallenriffen so reichen Tropenzone. Wenigstens erscheint diese Erklärung ziemlich annehmbar.«

»Sprechen Sie, Mr. Cyrus, wir hören gern.«

»Nun, mein Gedanke ist etwa folgender: Im allgemeinen geben die Gelehrten zu, daß die Erde einmal untergehe oder vielmehr, daß in Folge der fortwährenden Abkühlung, der sie unterliegt, das tierische und pflanzliche Leben zur Unmöglichkeit werden müsse; nur über die Ursache dieser Erkaltung sind sie noch nicht ganz einig. Die einen glauben, daß sie eine Folge der in Millionen von Jahren notwendigen Abkühlung der Sonne sein wird, die anderen nehmen an, daß das Feuer im Innern der Erdkugel nach und nach ganz verlösche; das Feuer, dem sie einen viel weiter reichenden Einfluß zuschreiben, als man gewöhnlich annimmt. Ich für meinen Teil neige mehr der letzteren Anschauung zu, unter Zugrundelegung der Tatsache, daß der Mond ja ein solcher erkalteter Weltkörper ist, während die Sonne ihm noch heute dieselben Wärmestrahlen wie uns zusendet. Ist aber der Mond erstarrt, so kann das in diesem Falle nur von dem Verlöschen der Feuer in seinem Innern herrühren, denen er wie alle Gebilde des Planetensystems seinen Ursprung verdankt. Doch aus welchem Grunde das auch geschehe, jedenfalls wird unser Erdkörper einmal erkalten, wenn das auch nur ganz allmählich vor sich geht. Was muß die Folge sein? Gewiß werden die gemäßigten Zonen ebenso unbewohnbar werden, wie es jetzt die am Pole sind. Die Bevölkerung an Menschen und Tieren wird notwendig in der von der Sonne noch stärker erwärmten tropischen Zone zunehmen, es wird eine ungeheure Völkerwanderung werden. Europa, Asien, das nördliche Amerika, Australasien und die südlicheren Teile Süd-Amerikas müssen nach und nach verlassen werden. Die Vegetation folgt dann dem Menschen nach. Flora und Fauna werden sich gleichzeitig nach dem Äquator hinziehen. Die tropischen Teile Amerikas und Afrikas entwickeln sich zu den am meisten bewohnten Kontinenten. Lappen und Samojeden finden die gewohnten klimatischen Verhältnisse des Polarmeeres etwa im Mittelländischen Meere wieder. Wer sagt uns nun, daß jenerzeit die Äquatorgegenden nicht zu klein sein möchten, die ganze Menschheit aufzunehmen und zu ernähren? Warum sollte die alles voraussehende Natur, um der pflanzlichen und tierischen Auswanderung Raum zu gewähren, nicht schon jetzt für die Grundlagen eines neuen Kontinentes unter dem Äquator sorgen, deren Zurichtung sie jenen Infusorien anvertraut? Ich habe diese Sache nicht selten überdacht und glaube es ernstlich, daß unsere Erdkugel dereinst vollständig umgewandelt werden wird, daß in Folge des Auftauchens neuer Kontinente die alten von den Meeren überflutet und daß ein Kolumbus späterer Jahrhunderte die Insel Chimboraço, Himalaja oder Montblanc, die Reste des untergegangenen Amerikas, Asiens und Europas, entdecken wird. Endlich kommen auch diese neuen Kontinente in den Zustand der Unbewohnbarkeit; ihre Wärme entschwindet, wie die eines Körpers, den die Seele verließ, und alles Leben erlischt, wenn auch nicht für immer, so doch auf gewisse Zeit, von unserem Planeten. Vielleicht ruht er dann nur aus, um aus dem Tode zu einem neuen, höher organisierten Leben zu erwachen! Alles das, meine Freunde, ist aber das alleinige Geheimnis des Schöpfers aller Dinge, und ich habe mich wohl von dieser Arbeit der Infusorien etwas zu weit fortreißen lassen.«

»Mein lieber Cyrus«, antwortete Gedeon Spilett, »diese Theorien gelten für mich als Prophezeiungen und werden eines Tages in Erfüllung gehen.«

»Das weiß nur Gott«, entgegnete der Ingenieur.

»Es ist alles ganz gut und schön«, ließ sich da Pencroff vernehmen, aber können Sie mir auch noch sagen, Mr. Cyrus, ob die Insel Lincoln von Infusorien aufgebaut worden ist?«

»Nein«, erwiderte Cyrus Smith, »sie ist rein vulkanischen Ursprungs.«

»Demnach wird sie eines Tages auch mit untergehen?«

»Sehr wahrscheinlich.«

»Ich hoffe, daß wir dann nicht mehr hier sind.«

»O nein, darüber können Sie ruhig sein, Pencroff, denn wir haben keine Lust, hier zu sterben, und werden doch einmal Gelegenheit finden, wieder wegzukommen.«

»Inzwischen«, meinte Gedeon Spilett, »richten wir uns wie für die Ewigkeit ein. Man muß nichts zur Hälfte tun!«

Hiermit endete die Unterhaltung. Das Frühstück war vorüber; die Kolonisten zogen weiter und gelangten nach der Grenze der sumpfigen Gegend.

Dieselbe mochte bis zu dem abgerundeten Seeufer im Südosten wohl zwanzig Quadrat-Meilen einnehmen. Der Boden bestand aus lehmig-tonigem, mit vielen Pflanzenresten untermischtem Schlamme. Wie ein dichter Samt bedeckten ihn Wassermoose, Binsen und Teichlinsen, nur einige wasserreiche Stellen freilassend, in welchen sich die Sonne widerspiegelte.

Diese Wasserbecken konnten weder durch den Regen, noch durch vorübergehendes Hochwasser eines Flusses angefüllt worden sein und verdankten ihre Entstehung offenbar nur Bodeninfiltrationen, auch legten sie die Befürchtung nahe, daß sie während der Sommerhitze die Luft mit jenen verderblichen Miasmen schwängerten, welche die Ursachen der Sumpffieber sind.

Über den Wasserpflanzen wimmelte an der Oberfläche der stehenden Gewässer eine ganze Welt von Vögeln. Bei einer Wasserjagd wäre hier wohl kein Schuß verschwendet gewesen. Wilde und langgeschwänzte Enten und Bekassinen flatterten in ganzen Gesellschaften umher und ließen sich, da sie nicht scheu waren, leicht nahe kommen. Ein einziger Schrotschuß hätte gewiß einige Dutzend erlegen müssen, so dicht waren ihre Schwärme. Freilich mußte man sich jetzt begnügen, sie mit Pfeilen zu schießen.

War der Erfolg dabei auch nur ein geringerer, so hatte das Verfahren doch den Vorteil, die anderen weniger zu erschrekken, die auf einen Flintenschuß wohl nach allen Seiten auseinandergestoben wären.

Die Jäger nahmen also für diesmal mit einem Dutzend Enten vorlieb. An ihrem weißen Körper mit zimtfarbenem Gürtel, dem grünen Kopfe, den schwarzen, weißen und roten Flügeln und dem abgeplatteten Schnabel erkannte sie Harbert sofort als »Tadorne« (sogenannte Fuchs- oder Brandenten). Top half bei dem Fange der Vögel redlich mit, deren Namen man der Umgegend beilegte, die für die Kolonisten eine reche Vorratskammer von Wassergeflügel bildete. Später gedachte man diese ernster auszubeuten, und vielleicht ließen sich einige Arten jener Vögel wenn nicht zähmen, so doch in den Umgebungen des Grants-Sees ansiedeln, wodurch sie den Konsumenten bequemer erreichbar wurden.

Um fünf Uhr abends schlugen Cyrus Smith und seine Gefährten den Rückweg ein, überschritten die »Tadorne-Sümpfe« und die Eisdecke der Mercy, so daß um acht Uhr alle im Granithause glücklich zurück waren.

Zweiundzwanzigstes Kapitel

Die Fallen. – Die Füchse. – Die Bisamschweine. – Nordwestwind. – Ein Schneesturm. – Die Korbmacher. – Größte Winterkälte. – Die Kristallisation des Ahornzuckers. – Der geheimnisvolle Schacht. – Eine projektierte Nachforschung. – Das Schrotkörnchen.

Die strenge Kälte hielt bis Mitte August an, ohne jedoch noch heftiger zu werden. Bei ruhiger Luft war diese Temperatur zwar erträglich, wenn sich aber Wind erhob, mochte sie so mangelhaft gekleideten Leuten wohl recht empfindlich werden. Pencroff bedauerte herzlich, daß die Insel nicht einige Bärenfamilien beherberge, an Stelle jener Robben und Füchse, deren Felle doch vieles zu wünschen übrig ließen.

»Die Bären«, meinte er, »sind gewöhnlich gut bekleidet, und ich verlange ja nicht mehr, als den Winter über den warmen Pelz zu leihen, den sie auf dem Leibe tragen.«

»Sie möchten aber wohl nicht zustimmen«, erwiderte Nab lachend, »dir ihren Winterüberzieher abzutreten, Pencroff, du weißt doch, daß sie keine Gotteskäferchen sind.«

»Dazu zwängen wir sie, Nab, ja, wir zwängen sie!« sagte Pencroff, als hinge das nur von seinem Befehle ab.

Jene furchtbaren Raubtiere existierten nun aber auf der Insel nicht, oder hatten sich doch noch nicht gezeigt.

Harbert, Pencroff und der Reporter beschäftigten sich inzwischen mit Ausstellung von Fallen auf dem Plateau der Freien Umschau und an dem Rande des Waldes. Nach der Anschauung des Seemanns war jedes Stück Wild, ob Nager oder Raubtier, das sich durch jene fing, im Granithause hoch willkommen.

Die übrigens möglichst einfachen Fallen bestanden nur aus ausgehobenen Gruben im Erdboden mit einer die Öffnung verbergenden Decke aus Zweigen und Kräutern und einer Lockspeise im Grunde, deren Geruch die Tiere herbeiziehen sollte, – das war alles. Dazu errichtete man diese Fallen jedoch nicht an ganz beliebigen Punkten, sondern da, wo zahlreichere Fährten das häufigere Vorbeikommen von Tieren verrieten.

Alle Tage wurden diese Fallgruben untersucht und fand man während der ersten Tage dreimal einige von den Füchsen darin, die schon früher auf dem rechten Ufer der Mercy bemerkt worden waren.

»Zum Kuckuck!« rief Pencroff, »hier gibts aber auch weiter nichts als Füchse«, als er zum dritten Male eines dieser Tiere aus der Grube zog, »Burschen, die auch zu gar nichts gut sind.«

»Und doch«, sagte Gedeon Spilett, »zu etwas taugen sie doch!«

»Und wozu?«

»Zum Köder, um andere herbeizulocken!«

Der Reporter hatte recht, und wurden in die Fallgruben von nun an tote Füchse als Lockspeise eingelegt.

Der Seemann hatte gleichzeitig aus langen Fasern Schlingen angefertigt, welche mehr Ausbeute lieferten als die Fallen.

Selten verging ein Tag, an dem sich nicht ein Kaninchen aus dem Gehege darin gefangen hätte. So gab es zwar immer Kaninchenbraten, Nab wußte diesen aber so verschieden zuzubereiten, daß seine Tischgäste keine Ursache hatten, sich zu beklagen.

In der zweiten Augustwoche fingen sich in den Fallen jedoch ein oder zwei Mal auch andere und nutzbringendere Tiere, als die erwähnten Füchse, nämlich einige jener wilden Schweine, denen man im Norden des Sees begegnet war. Pencroff hatte es nicht nötig, nach deren Eßbarkeit besonders zu fragen, da er diese an der Ähnlichkeit der Tiere mit den europäischen und amerikanischen Schweinen erkannte.

»Das sind aber gar keine Schweine«, sagte Harbert, »ich versichere es dir, Pencroff.«

»Mein Sohn«, erwiderte der Seemann, als er sich über die Grube beugte und an dem kleinen, die Stelle des Schwanzes vertretenden Anhängsel eines diesere Tiere heraufzog, »laß mich bei dem Glauben, daß es Schweine sind.«

»Und warum?«

»Weil es mir Vergnügen macht!«

»Du liebst also die Schweine sehr, Pencroff?«

»Ich liebe die Schweine«, antwortete der Seemann, »vorzüglich um ihrer Füße willen, und wenn sie deren acht statt vier hätten, wäre ich ihnen noch einmal so gut!«

Die fraglichen Tiere waren Pecaris (Bisamschweine), gehörten zu den sogenannten »Tajassus«, die man an ihrer dunkleren Farbe und dem Mangel an Hauerzähnen erkannte, welche alle ihre Verwandten haben. Diese Bisamschweine leben gewöhnlich in Gesellschaft und bevölkerten die Gehölze der Insel wahrscheinlich in großer Menge. Jedenfalls waren sie vom Kopf bis zu den Füßen eßbar, und mehr verlangte Pencroff nicht von ihnen.

Um die Mitte des August veränderte sich durch ein plötzliches Umschlagen des Windes nach Nordwesten die Atmosphäre auffällig. Die Temperatur stieg um mehrere Grade und die in der Luft aufgehäuften Dünste schlugen sich als Schnee nieder. Die ganze Insel bedeckte sich mit einer weißen Hülle und zeigte sich ihren Bewohnern in völlig neuer Gestalt. Der Schneefall währte einige Tage hindurch, und die Dicke der Lage erreichte wohl zwei Fuß.

Bald frischte der Wind sehr kräftig auf und hörte man von der Höhe des Granithauses das Rauschen des Meeres. Da und dort bildeten sich rasende Luftwirbel, und der zu hohen Säulen emporgedrehte Schnee ähnelte den Tromben auf der See, welche die Schiffer mit Kanonenkugeln zu zerstören suchen. Da der Sturm aus Nordwesten kam, traf er die Insel von rückwärts, und die Orientation des Granithauses schützte dieselbe vor seinem direkten Angriffe. Mitten in diesem Schneewehen, das so furchtbar auftrat, als befände man sich in einer Polargegend, konnten sich weder Cyrus Smith noch seine Gefährten, trotz der größten Lust dazu, hinauswagen, und fünf Tage lang, vom 20. bis zum 25. August, blieben sie eingeschlossen. Im Jacamar-Walde hörte man den Sturmwind wüten, der wohl so manches Unheil anrichten mochte. Ohne Zweifel fielen ihm nicht wenig Bäume zum Opfer, doch tröstete sich Pencroff damit, daß sie dann der Mühe des Fällens überhoben wären.

»Der Wind dient uns als Holzfäller, lassen wir ihn gewähren«, wiederholte er mehrmals.

Man hätte ja auch kein Mittel gehabt, ihm zu wehren.

Wie dankten die Bewohner des Granithauses dem Himmel,

der ihnen ein so festes, unerschütterliches Obdach verliehen hatte! Cyrus Smith kam gewiß ein wohlverdienter Anteil dieses Dankes zu, immerhin war diese ganze Höhle aber doch ein Werk der Natur, das er ja nur entdeckte. Da fühlten sie sich alle in Sicherheit und konnte kein Windstoß sie treffen. Hätten sie auf dem Plateau der Freien Umschau etwa ein Haus aus Holzwerk und Ziegelsteinen erbaut, der Wut dieses Orkans würde es schwerlich Widerstand geleistet haben. Die Kamine, an welchen sich die empörten Wellen brachen, erschienen unter solchen Verhältnissen völlig unbewohnbar. Im Granithause dagegen, das mitten in dem Gebirgsstock lag, hatten sie nichts zu befürchten.

Während der Tage ihrer unfreiwilligen Einschließung blieben die Kolonisten nicht untätig. An Holz in Form von Brettern fehlte es im Magazin nicht, und so vervollständigte man nach und nach das Mobiliar, bezüglich der Tische und Stühle, welche, da man das Rohmaterial nicht schonte, ziemlich handfest ausfielen. Diese etwas schwerfälligen Möbel machten ihrem Namen nicht so besondere Ehre, da die Beweglichkeit ein so wesentliches Erfordernis derselben ist; sie waren aber der Stolz Nabs und Pencroffs, die sie beide nicht gegen die schönsten gebogenen Möbel vertauscht hätten.

Später wurden die Tischler zu Korbmachern und erzielten in diesem neuen Zweige recht ansehnliche Resultate. An der nach Norden zu ausspringenden Seespitze hatte man nämlich schon früher ein ausgedehntes Gebüsch sogenannter Purpur-Weiden aufgefunden. Vor der Regenzeit brachten Pencroff und Harbert eine beträchtliche Menge dieser biegsamen Zweige heim, die nun, passend zubereitet, ihre Verwendung finden sollten. Die ersten Versuche fielen zwar ziemlich plump aus, doch dank der Geschicklichkeit der Arbeiter, welche sich mit gegenseitigem Rate unterstützten und früher gesehener Modelle erinnerten, entstanden bald, da immer einer den anderen übertreffen wollte, eine große Anzahl verschiedener Hand- und Lastkörbe, die das Material der Kolonie vergrößerten. Nab bewahrte nun in besonderen Körben seine Vorräte an Wurzelknollen, Pinienzapfen und Drachenbaumwurzeln.

In der letzten Hälfte des August änderte sich die Witterung

noch einmal. Mit dem Nachlassen des Sturmes sank die Temperatur allmählich. Die Kolonisten eilten hinaus. Auf dem Strande lag der Schnee wohl zwei Fuß tief, auf seiner erhärteten Oberfläche konnte man jedoch ohne große Mühe gehen.

Cyrus Smith und seine Begleiter bestiegen das Plateau der Freien Umschau.

Welche Veränderung! Das Gehölz, das sie zuletzt noch in grünem Gewande erblickt, vorzüglich an den Stellen, wo die Kiefern vorherrschten, erschien jetzt in gleichmäßig weißer Farbe, alles vom Gipfel des Franklin-Berges an bis zur Küste, Wälder, Wiesen, See und Fluß! Das Wasser der Mercy floß unter einer Eiskruste, die bei jedem Wechsel von Ebbe und Flut zerbarst. Zahllose Vögel schwärmten über der festen Oberfläche des Sees umher. Die Felsen, zwischen denen der Wasserfall vom Plateau herabstürzte, erschienen mit Eiszapfen besetzt, so daß es den Anschein gewann, als fließe er aus einer schmucküberladenen Dachrinne, an die ein Künstler der Renaissance-Periode all seine Phantasie verschwendet habe. Der Schaden, den der Orkan im Walde angerichtet, ließ sich jetzt nicht wohl schätzen und mußte man damit warten, bis die Winterdecke hinweggeschmolzen war.

Gedeon Spilett, Pencroff und Harbert unterließen nicht, ihre Fallgruben zu untersuchen. Unter dem dicken Schnee fanden sie dieselben nicht gerade leicht und mußte sich in acht nehmen, nicht selbst in eine solche zu fallen, was ohne den Spott der anderen nicht abgegangen wäre. Sie vermieden das glücklicherweise und fanden die Fallen gänzlich unberührt, obgleich zahlreiche Fährten verschiedener Tiere in ihrer Umgebung zu sehen waren, unter anderen die von ganz deutlich abgedrückten Tatzen. Harbert erkärte sofort, daß hier ein zu dem Geschlechte der Katzen gehöriges Raubtier vorübergekommen sein müsse, was die Ansicht des Ingenieurs über das Vorhandensein gefährlicher Tiere auf der Insel Lincoln nochmals bestätigte. Gewiß bewohnten jene gewöhnlich die dichten Wälder des Fernen Westens, und wahrscheinlich hatte nur der Hunger sie aus diesen weg und hierher bis zum Plateau der Freien Umschau getrieben. Witterten sie vielleicht die Bewohner des Granithauses?

»Nun, und zu welcher Katzenart hätten denn diese gehört?« fragte Pencroff.

»Das sind Tiger gewesen«, antwortete Harbert.

»Ich war immer der Meinung, diese fänden sich nur in warmen Ländern?«

»In der Neuen Welt«, erwiderte der junge Mann, »beobachtet man sie von Mexiko bis zu den Pampas von Buenos-Aires. Da nun die Insel Lincoln etwa unter derselben Breite liegt wie die La-Plata-Staaten, so ist es nicht besonders zu verwundern, wenn sich auch hier einige Tiger vorfinden.«

»Schön, so werden wir auf unserer Hut sein«, erwiderte Pencroff.

Am Ende verschwand der Schnee unter dem Einflusse der sich wieder hebenden Temperatur. Es fiel aufs neue Regen, dessen auflösender Kraft die Schneedecke nicht lange widerstand. Trotz der schlechten Witterung erneuerten die Kolonisten ihre Vorräte nach allen Seiten, wie die an Pinienzapfen, Drachenbaumwurzeln, Knollen, Ahornsaft aus dem Pflanzenreiche, an Kaninchen, Agutis und Känguruhs aus dem Tierreiche. Hierzu wurden einige Ausflüge in den Wald nötig, wo man nun selbst sah, daß der letzte heftige Orkan eine ziemlich große Anzahl Bäume umgeworfen hatte. Der Seemann und Nab begaben sich sogar bis nach dem Kohlenlager, um einige Tonnen Brennmaterial anzufahren. Im Vorüberkommen bemerkten sie, daß der Töpferofen jedenfalls durch den Sturm sehr gelitten hatte und von dem Schornstein gut sechs Fuß heruntergeweht waren.

Zu derselben Zeit wurden auch die Holzvorräte des Granithauses erneuert, und benutzte man die wieder frei gewordene Strömung der Mercy, um mehrere Flöße nach der Mündung zu tragen, da man noch nicht darüber Gewißheit hatte, ob die Periode der strengen Kälte vorüber sei.

Bei dieser Gelegenheit besuchte man auch die Kamine, und konnte sich nur herzlich Glück wünschen, dieselben während des Wintersturmes nicht bewohnt zu haben, denn überall hatte das Meer seine deutlichen Spuren zurückgelassen. Die einzelnen Abteilungen zeigten sich nämlich halb mit Sand angefüllt, die Steine mit Varec bedeckt. Während Nab, Harbert und Pencroff jagten oder sich mit Herbeischaffung des Brennmaterials beschäftigten, reinigten Cyrus Smith und Gedeon Spilett die Kamine einigermaßen, und fanden in Folge der überall stattgefundenen Anhäufungen von Sand die Schmiede und die Öfen ziemlich unversehrt.

Es erwies sich bald als ganz richtig, daß man für das verbrauchte Material aufs neue Holz herzugeschafft hatte, denn wirklich sollte noch einmal strengere Kälte eintreten. Bekanntlich zeichnet sich in der nördlichen Hemisphäre der Februar nicht selten durch die stärksten Temperatur-Erniedrigungen aus. Auf der südlichen Halbkugel ist das nun ebenso der Fall, nur daß hier der August jenem klimatischen Gesetze Rechnung trägt.

Am 25. August drehte sich der Wind nach mehrfacher Abwechslung von Schnee und Regen nach Südosten und trat sofort eine lebhafte Kälte ein. Nach der Abschätzung des Ingenieurs hätte ein Thermometer wenigstens zweiundzwanzig bis dreiundzwanzig Grad Celsius gezeigt, und diese heftige Kälte wurde durch einen mehrere Tage anhaltenden scharfen Wind noch empfindlicher. Von neuem sahen sich die Kolonisten auf ihr Granithaus beschränkt, und da man jetzt auch die Läden soweit schließen mußte, daß nur ein zur notwendigen Erneuerung hinreichender Luftwechsel stattfand, so verbrauchte man in dieser Zeit ungemein viel Kerzen. Um letztere zu schonen, begnügten sich die Ansiedler nicht selten mit den Flammen des Herdes, den man reichlich mit Holz versorgte. Mehrmals wagte sich der eine oder der andere auf den Strand und zwischen die Eisschollen hinab, welche jede Flut an demselben anhäufte, doch immer kehrten sie sehr bald zurück und konnten sich beim Hinaufsteigen nach der Wohnung nur mit Mühe und Schmerzen an den Stufen der Leiter, deren Berührung bei der strengen Kälte fast ein brennendes Gefühl verursachte, halten. Jetzt mußten die Bewohner des Granithauses die gezwungene Muße wieder irgendwie zu benutzen suchen, deshalb entschied sich Cyrus Smith für eine Arbeit, die auch bei verschlossenen Türen vorgenommen werden konnte.

Wie erwähnt, besaßen die Kolonisten keinen anderen Zucker als den Saft des Ahornbaumes, den sie durch Einschnitte in die Rinde desselben gewannen. Diesen fingen sie nämlich in großen Gefäßen auf und verwandten ihn zu verschiedenen Zwecken in der Küche, was um so eher anging, als der Saft durch das längere Stehen sich klärte und eine Sirupskonsistenz annahm.

Er sollte aber noch mehr verbessert werden, und eines Tages verkündete Cyrus Smith seinen Gefährten, daß sie nun Raffinierer werden sollten.

»Raffinierer!« erwiderte Pencroff, »das ist ja wohl eine sehr erwärmende Beschäftigung?«

»Ja, gewiß!« antwortete der Ingenieur.

»Nun, dann paßt sie zur Jahreszeit!« versetzte der Seemann.

Bei der Ausführung dieses Vorhabens denke man aber nicht etwa an die ausgebildeten Zuckerfabriken mit ihren vielen Geräten und Maschinen. Um eine Kristallisation zu erzielen, kam hier ein sehr einfaches Verfahren in Anwendung. Der Saft wurde nämlich in weiten irdenen Pfannen über dem Feuer langsam verdampft, wobei sehr bald ein dichter Schaum auf die Oberfläche stieg. Nab war angestellt, denselben immer mit Holzspateln zu entfernen, wodurch erstens die Verdunstung beschleunigt und zweitens auch verhindert wurde, daß der Inhalt der Pfanne einen empyreumatischen Geruch annahm.

Nach einigen Stunden fortgesetzten Siedens, welche den dabei Beschäftigten ebenso wohl tat, als sie die behandelte Substanz veredelte, hatte sich alles in einen sehr dicken Sirup verwandelt. Diesen schüttete man nun in verschiedene Tonformen, welche vorher am Küchenofen selbst gebrannt worden waren, und fand am anderen Tage eine erkaltete Masse von Broten und Tafeln darin vor. Das war nun wirklicher, wenn auch etwas mißfarbiger Zucker, der aber doch einen recht guten Geschmack hatte.

Die Kälte hielt bis Mitte September an, und die Gefangenen des Granithauses fingen an, ihre Einsperrung etwas langweilig zu finden. Fast jeden Tag versuchten sie einen Ausgang, ohne denselben jemals ausdehnen zu können. Die weitere Einrichtung der Zimmer bildete also fortwährend die Hauptbeschäftigung. Die Arbeit würzte man durch Plaudereien. Cyrus Smith unterrichtete seine Gefährten über alle Dinge und legte ihnen vorzüglich die praktischen Anwendungen der Wissenschaften vor Augen. Eine Bibliothek besaßen die Kolonisten zwar nicht; der Ingenieur ersetzte jedoch vollkommen jedes Buch, von dem immer diejenige Seite aufgeschlagen war, deren man bedurfte, ein Buch, das jede Frage löste und das man immer und immer wieder zu Rate zog. So verging die Zeit, und die wackeren Leute schienen keine Sorge wegen der Zukunft zu spüren.

Dennoch regte sich in allen der Wunsch, diese Gefangenschaft geendet, und wenn auch noch nicht die Wiederkehr der schönen Jahreszeit, so doch die Abnahme der Kälte zu sehen. Wären sie nur mit entsprechender Kleidung versorgt gewesen, welche Ausflüge hätten sie, entweder nach den Dünen oder nach dem Fuchsentensumpfe, unternommen! Welch' erfolgreiche Jagden hätten sie veranstaltet. Cyrus Smith legte aber einen ganz besonderen Wert darauf, daß niemand seine Gesundheit aufs Spiel setze, da man die Arme aller brauche, und so folgte man seinem Rate.

Nach Pencroff zeigte sich als der Ungeduldigste Top, der Hund, dem das Granithaus viel zu eng erschien und der fortwährend von einem Raum zum andern lief und seinen Widerwillen gegen diese Einsperrung auf jede mögliche Weise kund gab.

Cyrus Smith bemerkte wohl, daß Top, wenn er sich dem dunkeln Schachte, der in Verbindung mit dem Meere stand, näherte, immer ein eigentümliches Knurren hören ließ. Häufig trabte er um die verdeckte Öffnung umher und suchte manchmal sogar mit den Pfoten unter die Decke zu gelangen; dann kläffte er wohl voller Wut und Unruhe.

Der Ingenieur beobachtete dieses Verhalten zu wiederholten Malen. Was konnte wohl in dem Abgrunde stecken, das den Hund nie zur Ruhe kommen ließ? Sicherlich hatte der Schacht eine Öffnung nach dem Meere zu. Verzweigte er sich vielleicht unter der Insel noch weiter? Stieg in seinem Grunde vielleicht dann und wann ein Meeresungeheuer auf, um Luft zu schöpfen? Der Ingenieur konnte sich darüber niemals klarwerden und verlor sich wohl in die bizarrsten Kombinationen. Gewohnt, nach allen Seiten sich seinen nüchternen Blick zu bewahren, ertappte er sich hier nicht selten auf Abwegen; wie sollte er sich aber erklären, daß Top, ein viel zu gescheiter Hund, als daß er jemals den Mond angebellt hätte, immer in diesen Schlund hineinschnüffelte und horchte, wenn wirklich nichts darin gewesen wäre. Tops Verhalten beunruhigte den Ingenieur mehr, als er sich selbst zugestehen wollte. Dem Reporter gegenüber sprach er sich wohl aus, hielt es aber für unnütz, auch die andern in seine Gedanken einzuweihen, vorzüglich, da die ganze Sache ja doch vielleicht nur auf eine Schrulle Tops hinauslaufen konnte.

Endlich legte sich die Kälte. Wieder gab es Regen, Stürme und Windstöße, doch dauerte diese unbestimmte Witterung nicht allzulange. Schnee und Eis schmolzen, und der Strand, das Plateau, die Ufer der Mercy und der Wald wurden gangbar. Die Rückkehr des Frühlings hauchte den Bewohnern des Granithauses neues Leben eins und bald verbrachten sie in jenem nur die Stunden der Ruhe und des Schlafes.

Bei den häufigen Jagden im September kam Pencroff immer wieder auf seine Forderung von Flinten zurück, indem er behauptete, daß Cyrus Smith ihm diese versprochen habe. Letzterer wußte ja recht wohl, daß Gewehre ohne sehr feine und vielfältige Werkzeuge nicht herzustellen waren, wich deshalb immer aus und verschob die Beschaffung derselben auf die Zukunft. Er wies auch darauf hin, daß Harbert und Gedeon Spilett sehr geschickte Bogenschützen geworden seien, daß sie bei dem dichten Wildstande ja Tiere aller Arten in großer Menge erlegten und man also keinen Grund zu besonderer Eile habe. Der starrköpfige Seemann schenkte aber solchen Worten kein Gehör und ließ nicht ab, den Ingenieur um die Erfüllung seines Wunsches zu quälen.

»Wenn die Insel«, sagte er, »woran gar nicht zu zweifeln ist, wilde Tiere beherbergt, müssen wir auch an deren Bekämpfung und Ausrottung denken. Es könnte eine Zeit kommen, die uns das zur unabweislichen Pflicht machte.«

Jetzt beschäftigte sich aber Cyrus Smith noch keineswegs mit der Beschaffung anderer Waffen, sondern weit mehr mit der neuer Kleidungsstücke. Die, welche die Kolonisten trugen, hatten nun den ganzen Winter ausgehalten, konnten aber unmöglich auch bis zum nächsten dauern. Vor allem galt es, sich Felle von Raubtieren oder Wolle von Wiederkäuern zu verschaffen, und gedachte man sich von den wilden Schafen vielleicht eine Herde für die Bedürfnisse der Kolonie zu bilden. An einer geeigneten Stelle der Insel sollten für diese ein Viehhof und ein Behälter für Geflügel angelegt werden; das erschien dem Ingenieur für die kommende schöne Jahreszeit am dringendsten.

Zu diesem Zwecke wurde es indes notwendig, auch die noch unerforschten Teile der Insel Lincoln kennenzulernen, d. h. die großen Wälder, die sich von dem rechten Ufer der Mercy bis nach der Schlangen-Halbinsel ausdehnten, ebenso wie die ganze Nordküste des Landes. Da ein solcher Ausflug nur bei andauernd gutem Wetter unternommen werden konnte, mußte man denselben voraussichtlich noch um einen Monat hinausschieben.

Es versteht sich, daß man die Zeit zu jenem mit einer gewissen Ungeduld herbeiwünschte; da ereignete sich aber ein Vorfall, der das Verlangen der Kolonisten, ihr gesamtes Gebiet zu durchforschen, noch verdoppeln sollte.

Es war am 24. Oktober, Pencroff war ausgegangen, die Fallgruben, die er immer bestens im Stande hielt, zu untersuchen. In einer derselben fand er drei Tiere, welche der Küche sehr willkommen sein mußten, – ein Pecari-Weibchen mit beiden Jungen.

Erfreut über seinen Fang eilte Pencroff nach Hause und rühmte sich, wie gewöhnlich, seiner Jagderfolge nach Kräften.

»Hier, das wird eine schöne Mahlzeit werden, Mr. Cyrus«, rief er, »und Sie, Mr. Spilett, Sie werden auch mitessen!«

»Das will ich wohl«, erwiderte der Reporter, »aber was gibt es denn für Seltenheiten?«

»Milchschweine.«

»Wirklich, Pencroff? Wenn man Sie hörte, sollte man denken, Sie brächten Rebhühner mit Trüffeln nach Haus.«

»Nun«, rief Pencroff beleidigt, »wollen Sie etwa einen Milchschweinbraten verachten?«

»O nein«, antwortete Gedeon Spilett, ohne jedoch einen besonderen Enthusiasmus zu zeigen, »wenn er nicht gerade zu häufig kommt . . .«

»Schon gut, schon gut, Herr Journalist«, versetzte der Seemann, der seine Beute nicht gern geringschätzen hörte, »Sie spielen den Feinschmecker? Vor sieben Monaten, als wir auf die Insel geworfen wurden, wären Sie wohl herzlich froh gewesen, solch' ein Stück Wild zu haben . . .«

»Da haben Sie es«, fiel der Reporter ein, »der Mensch ist eben nie vollkommen und niemals zufrieden.«

»Nun, ich denke, Nab soll meine Milchschweine freudiger aufnehmen. Hier, sehen Sie nur, sie sind kaum drei Monate alt, und zart wie Wachteln. Komm, Nab, heute werde ich die Küche selbst mit besorgen!«

Der Seemann und der Neger gingen an die gewohnte Beschäftigung.

Man ließ sie nach Belieben schalten. Die Köche bereiteten auch wirklich eine vorzügliche Mahlzeit. Die beiden kleinen Pecaris, eine Känguruh-Fleischsuppe, Schinken, Pinienzapfen, Drachenbaumbier, Oswego-Tee, überhaupt alles, was es nur Leckeres gab.

Um fünf Uhr ward der Tisch im Speisesaal gedeckt. Die Känguruhsuppe dampfte; man fand sie vortrefflich.

Der Suppe folgten die gedämpften Pecaris, welche Pencroff selbst vorschneiden wollte und von denen er jedem ein riesiges Stück servierte.

Die Milchschweine wurden ausgezeichnet gefunden, und Pencroff verzehrte seinen Teil mit gerechtem Stolze, als urplötzlich ein Schrei und ein gelinder Fluch über seine Lippen kamen.

»Was gibt es denn?« fragte Cyrus Smith.

»Ich habe . . . ich habe . . . mir eben einen Zahn zerbrochen«, antwortete kleinlaut der Seemann.

»Aha«, fiel der Reporter ein, »in Ihren Pecaris stecken also Kieselsteine?«

»Ich möchte es fast glauben«, erwiderte Pencroff und zog das Corpus delicti hervor, das ihm einen Backenzahn kostete . . .

Ein Kiesel war das freilich nicht . . . wohl aber ein Schrotkorn!

COLLECTION JULES VERNE

1. Von der Erde zum Mond
Direkte Fahrt in 97 Stunden 20 Minuten
2. Reise um den Mond
3. Reise um die Erde in 80 Tagen
4. Reise zum Mittelpunkt der Erde
5. Fünf Wochen im Ballon
6./7. Zwanzigtausend Meilen unter dem Meer
8. Abenteuer von drei Russen und drei Engländern in Süd-Afrika
9./10. Abenteuer des Kapitän Hatteras
11./12./13. Die Kinder des Kapitän Grant
14./15./16. Die geheimnisvolle Insel
17./18. Das Land der Pelze
19. Eine schwimmende Stadt
Die Blockadebrecher
20. Eine Idee des Doktor Ox
Meister Zacharius
Ein Drama in den Lüften
Eine Überwinterung im Eis
Eine Mont-Blanc-Besteigung
21. Der Chancellor
Tagebuch des Passagier J. R. Kazallon
22./23. Der Kurier des Zaren
Michael Strogoff
24. Schwarz Indien
25./26. Reise durch die Sonnenwelt
27./28. Ein Kapitän von 15 Jahren
29./30./31. Die Entdeckung der Erde
32. Die fünfhundert Millionen der Begum
33. Die Leiden eines Chinesen in China
34./35. Die großen Seefahrer des 18. Jahrhunderts
36./37. Das Dampfhaus

38./39. Der Triumph des 19. Jahrhunderts
40./41. Die Jangada
42. Die Schule der Robinsons
43. Der grüne Strahl
44./45. Keraban der Starrkopf
46. Der Südstern oder das Land der Diamanten
47. Der Archipel in Flammen
48./49./50. Mathias Sandorf
51. Robur der Sieger
52. Ein Lotterie-Los
53./54. Nord gegen Süd
55./56. Zwei Jahre Ferien
57. Kein Durcheinander
58./59. Die Familie ohne Namen
60./61 Mistreß Branican
62. Das Karpatenschloß
63. Claudius Bombarnac
Notizbuch eines Reporters
64./65. Der Findling
66./67. Meister Antisers wunderbare Abenteuer
68./69. Die Propeller-Insel
70. Vor der Flagge des Vaterlandes
71. Clovis Dardentor
72./73. Die Eissphinx
74./75. Der stolze Orinoco
76./77. Das Testament eines Exzentrischen
78./79. Das zweite Vaterland
80. Das Dorf in den Lüften
81. Die Historien von Jean-Marie Cabidoulin
82./83. Die Gebrüder Kip
84./85. Reisestipendien
86. Ein Drama in Livland
87. Der Herr der Welt
88. Der Einbruch des Meeres
89. Der Leuchtturm am Ende der Welt
90./91. Der Goldvulkan
92./93. Reisebüro Thompson & Co.
94. Die Jagd nach dem Meteor
95. Der Pilot von der Donau
96./97. Die Schiffbrüchigen der Jonathan
98. Wilhelm Storitz' Geheimnis
99./100. Cäsar Cascabel